作者简介

　　虹影，著名作家、诗人、美食家，现居北京。代表作有
《女子有行》《好儿女花》《饥饿的女儿》《K-英国情人》
《上海王》《米米朵拉》和儿童小说"神奇少年桑桑系列"
等。六部长篇被译成30多种文字在欧美、以色列、澳大利
亚、日本、韩国和越南等国出版。多部作品被改编成影视作
品。2005年获意大利"罗马文学奖"。2009年被重庆市民选
为重庆城市形象推广大使。

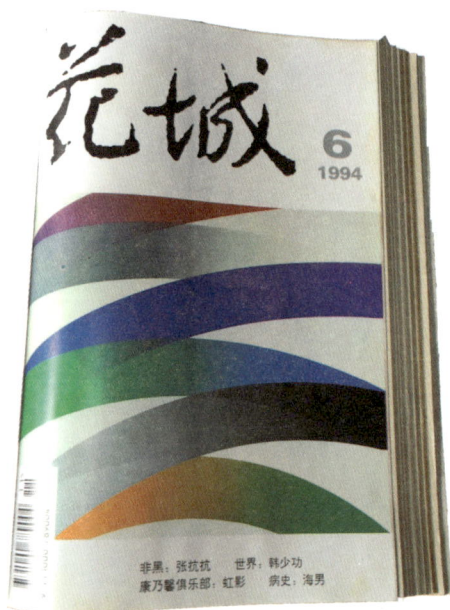

《康乃馨俱乐部》首发于 1994 年第 6 期《花城》

《千年之末布拉格》（后改名为《布拉格的陷落》）首发于 1996 年 1 月《花城》

漓江出版社版（2001年）

知识出版社版（2003年）

江苏文艺出版社版（2005年）

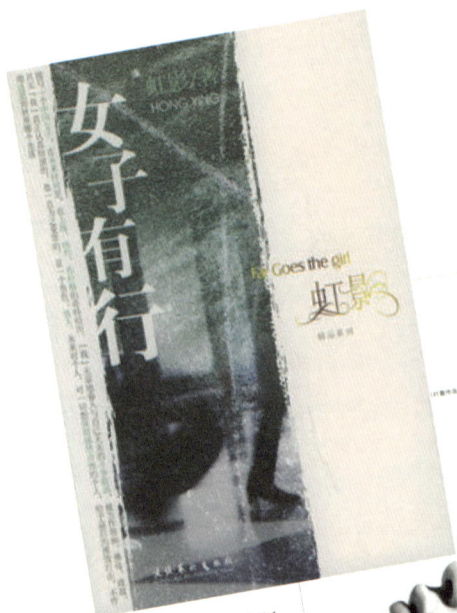

文化艺术出版社版
（2006 年）

陕西师范大学出版社版
（2009 年）

阳光出版社版（2011 年）

江苏文艺出版社版（2013年）

尔雅出版社版
（台湾繁体版，1995年）

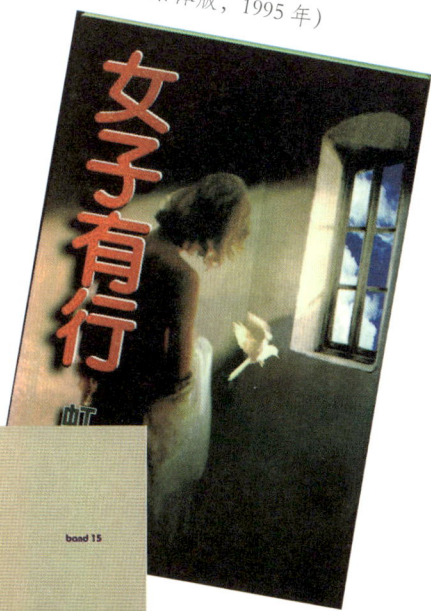

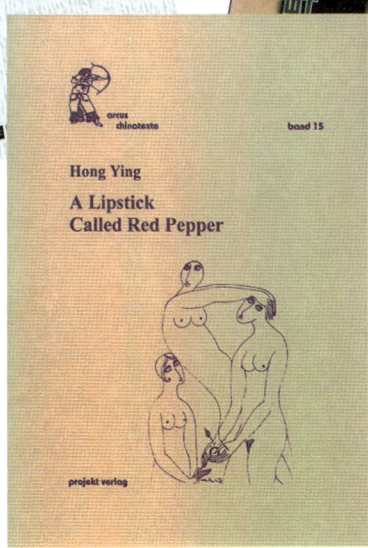

Projekt Verlag 版
（英文版，1999年）

康乃馨俱乐部

女子有行三部曲

虹影 著

SPM
南方出版传媒
花城出版社
中国·广州

图书在版编目（CIP）数据

康乃馨俱乐部：女子有行三部曲／（英）虹影著
. -- 广州：花城出版社，2016.5
（《花城》首发）
ISBN 978-7-5360-7932-8

Ⅰ.①康… Ⅱ.①虹… Ⅲ.①中篇小说－小说集－英
国－现代 Ⅳ.①I561.45

中国版本图书馆CIP数据核字(2016)第087469号

出 版 人：詹秀敏
策划编辑：林宋瑜
责任编辑：揭莉琳　林　菁
技术编辑：薛伟民　凌春梅
装帧设计：刘红刚
封面图片提供：杨菲朵

书　　　名	康乃馨俱乐部：女子有行三部曲
	KANGNAIXIN JULEBU：NÜZI YOU XING SANBUQU
出版发行	花城出版社
	（广州市环市东路水荫路11号）
经　　销	全国新华书店
印　　刷	佛山市浩文彩色印刷有限公司
	（广东省佛山市南海区狮山科技工业园A区）
开　　本	880毫米×1230毫米　32开
印　　张	11.5　6插页
字　　数	200,000字
版　　次	2016年5月第1版　2016年5月第1次印刷
定　　价	46.00元

如发现印装质量问题，请直接与印刷厂联系调换。
购书热线：020－37604658　37602954
花城出版社网站：http://www.fcph.com.cn

目录
Contents

第一部　上海：康乃馨俱乐部

第一节

　　猫、债主和妖精在窗外等我，她们已等得不耐烦了，摩托车马达踩得隆隆直响。但我不等到长针指向 12，短针指向 1 是不愿出门的。猫开着一辆破吉普压阵，说是破吉普，其实是花十几万美钞买的新车，好端端一辆纯白色红旗，被她打扮成破烂，又时兴乞丐主义了。她们戴着防红外线墨镜，哪怕半夜，嘴唇也抹得红润晶亮，全身皮装，细蛇腰肢，长发从头盔后泻出来，在风中飞扬。

　　我的幸运数字是 1，幸运花朵是康乃馨，它们文在我的右手臂以及光滑如绸的屁股上，像围成一圈的三个"2"字。黑色的"1"像路标，又像花蕊射出的箭。我总在半夜我的幸运时间外出。

我已剪掉一头长长的青丝，寸头短到显露出权威。脖子上挂着一个沉甸甸的项链，项链上吊着一颗金色的大蜘蛛坠子，冷面，杀气凛凛，艳色夺目。我上了车，把翻檐的黑皮帽在空中挥了挥。后面一排摩托车的引擎声同时雷鸣，一齐打亮了前灯，沉沉夜色之中，我们一辆接一辆斜出一条弧线，膝盖几乎擦到地面，排气管打出火花，绕出花园的曲径，冲上略有些高度的马路。

上海废弃的工厂区一片一片冲入眼前：黑蓝的云，偶然露出一两颗星星，压紧在地平线上。而身后的云，像一群乌鸦，或许真是一群乌鸦不紧不慢地尾随着，车灯光强烈地掠过树木和街心雕塑时，前面也有乌鸦怪叫着惊飞起来，黑翅膀在风中扑打着我们发烧的面颊，这个城市的鸽子早被乌鸦赶走，开满白花的夹竹桃乱长成两个巨大的塔，耸立在空地之上。

一个烂醉如泥的老头突然爬起来，站在红绿双色的立交桥上朝我们的摩托车队吼着什么，声音没打个旋儿便被吹散了。肮脏的人工湖的水漫到马路上，上面漂着一层锈色的油光，溅到人行道上。穿过城市的铁路轨道乱打了一串结，深夜的火车长笛呜咽，鬼鬼祟祟地驶进站，没有下车的旅客，也没有上车的旅客，穿着制服的列车员清扫出垃圾顺着敞开的窗子倒在月台上：一切不准倒在路上的东西。

或许他们倒掉的垃圾中有我早就失落的一张黑白照片：静谧的夜晚，空气清澈，凉风抚摸皮肤，吹得衣裙习习翻卷。同一条马路，不对吗？那就是说，同一地点，在黑白照片上有两个人影，一个自然是我，另一个是古恒，我和他在马路上走着，我认为我的裙子在风中飘得很美。

在路上或一些公共场所，常有人拦住我，问我认识古恒不。古恒在这些人的嘴里被说成是一个混混儿，只会卖嘴皮，或是个无所事事的江湖骗子即所谓的艺术家。对每个人，我都很自然地摇摇头。

我这样做是下意识的，不过也可能是对某种意识的挑战。我至今还很满意当年的对策，每一个人的出现，就是在消解另一个人的存在。用这样那样的理由来诽谤他人，无非为了美化自己的道德形象。

那个晚上，我指十九年前的那一晚，我想你们早已明白十九年前是 1992 年，也明白那时我比现在年轻十九岁。现在已是 2011 年。那晚，我和古恒坐在大学校园的银座里。满山红枫的印刷画贴满了一堵墙，坐在墙边的人被画湮没，成为画中之物。只有到柜台去买烟、花生米之类的东西时，画中人才竭尽全力奔出来，汗水涔涔。我不知是哪根神经发热，一反常态，向他陈述起自己一些类似上面的看法、观点，不过话说得很婉转、温柔，的确是毫无分量，不过意思却差不了多少。

"哦，这就是你对男人的理解！"古恒手里把玩着半截纸烟。他仅仅看着，不抽，在对面的椅子上好久一声不响，脸沉闷，眼睛因颧骨高而深陷，出奇地亮。他突然又冒出一句："这就是你的爱情观！"我起身离座，绕过貌似真花的塑料杜鹃、玫瑰，一张张本应年轻姣好的面孔，在黯淡的灯光下互相比较着病态、委顿、狰狞。

出了银座，我沿着校园后门的小道，来到寂静的松花江街上。

黑暗到了尽头。我拿着书，装模作样地背诵。路灯出现在树丛之中，光块被稀稀密密的树枝摇碎，风却静止着，一切依旧。在桥头，我放慢步子，溪水细喘着流下舒缓的沟面，但我听不见流水声，我的耳朵里只有自欺欺人的背书声，就在这时，我扶住桥栏回过头来。

古恒一向对我的反应不太介意，但这次他没像以往那样留在银座，抽他永远抽不完的烟，喝他永远喝不够的啤酒，居然跟在我身后两三米远，看来一直保持着这距离，瘦高的身影在黑暗里显得更文弱了些，歪歪扭扭，双手似乎插在裤袋里，看到我回头发现了他，他放慢脚步，煞有介事地头朝天仰着，又低下来看着碎石铺就的路，仿佛他是偶然遇到了我。

你怎么可以同意第二次呢？他可是你的亲生父亲！

他跟了上来，那并不大声的吼叫连连在夜空中炸开。

强奸，实际上并没有书上或人们言传的那么可怕，试试，也不屈辱，惊天动地地发生，悄无声息地结束，如果一切顺理成章，合乎所设想的环境地点，在静悄悄的时间包容之中，既平常又容易，与做爱差不了多少。

"瞧瞧，你这是什么话？"我真想去搬一张桌子来让他捶，以免他站在那儿僵硬着身体对空中费劲地挥动手臂，"一个哗众取宠的女人，在纸上故作惊人之语。实际上胆小如鼠，假现代派。嘿，你父亲……"

"不说行不行？"我哀求，并提醒古恒注意，每次走到松花江街尾他就提我父亲。

"他先摸你，还是你让他把你的妈妈支走？去亲戚家，去河边沙滩摘香葱、马齿苋做凉拌菜？"古恒甩甩手，"对，是去亲戚家，在江对岸，当然一时半会儿回不来，过江来回要两个钟头。嘁，一个空荡荡充满淫欲乱伦的房间！"古恒真好像站在那个和他毫不相干的夏夜细雨里，在自己想象的细节中受刑，他在虚构的雨水里痛苦得奇怪的脸，扭动着，反倒激起了我对他的怜惜。从我以往讲述的小说中，他突然跳了出来。"你的身体是陷阱，勾着你父亲往下跳。"

他似乎有点笑意。那么一点笑意，就把我绷紧的心松开了。当我整个人落入他的怀里时，他推开我，冷冷地看着我，举起手臂。他惯于惊吓我，整日骂骂咧咧，恶语没遮拦，但从未真动手脚，这次他却朝我迎面打来，他比我高出大半个头，但我稍一闪就让开了。他讪笑起来："女人终究是女人，改不了样，调教也没用，只配——"他未说出那个词，我的眼泪唰地一下流了出来。

然后他说，我是玩着来的，你还当真？

而我只不过写小说来着，你怎么当真呢？你不是口口声声要做我丈夫，怎么这样对待我？

天下还没有敢拿自己老子开心的，即使是写小说！你骗得了我？古恒的眼睛在我身上溜了一转，盯着我的眼睛，口气却缓和多了。

我们谈不下去。这是今晚的必然结果，他比我更清楚。

我的手紧抱着书，挂着泪水的脸被长长的黑发遮住，风和黑夜把我圈起来，我瑟瑟发抖。他的背影接近那片残垣断壁时变得越来越小，拆毁的建筑为什么这么久也未重建，难道拆毁并不是为了重建？

　　现在让我们回到 2011 年，蓝绿光束映过紧掩门窗的住宅，阴沟的气味跟初开的花一样刺鼻，使人直想打喷嚏。我的班子前导是妖精，她解开领子的衣纽，滚圆的乳房如皮球上下跳个不停。她的眼睛并不大，但会眯起来瞅人，这就使她与众不一般了，波浪形的头发，波浪形的身段，还有一见陌生人就脸红的本领，男人迷上她是不足为奇的。古恒怎么会厌烦她？妖精找到我时已有两个月身孕，我打量她，感到有点不可思议，唯一的解释就是，再新鲜的香气若只涌向一个男人，这个男人仍然会腻味，况且还有女人常提到的责任、义务等，让男人望而生畏，只敢看不敢咬鱼饵。

　　妖精很自然地与我常来常往，最后走入我这个圈子也是自然而然的。被我拉入这个圈子的，可以说不少是当年的情敌。谈不上对男人如何苦大仇深，只是抱着情人的枕头，女人做了一场梦，不值得做第二场而已。

　　我们不对人这样，就会被人，哦——那样。

我们不善躲藏，就会遍体，哦——鳞伤。

我们无路可走，只有信马，哦——由缰。

哦，管他什么方向，都去走他一趟。

搞不明白往日第一号男子汉崔健为什么中年之后总为女人作歌，这首《他妈的，猪猡!》在体育馆一演唱，便被大街小巷的女人们叼在了嘴里，口香糖一般来回嚼。

本地报纸记者采访妖精，她扯上一大堆"新构造女性主义"宏论，最后干脆说玩弄一个你厌恶已久的男人就像做党八股文章，有预备期、调节期、冲刺期、高潮期、泄欲期、舒缓打发期和清除期。不这样分段理清，按部就班，就总会觉得这个地方空得慌。

她高声笑着，那个羞怯腼腆的比较文学研究生已在飞逝的时光中消失了吗？路灯的光亮间或打在我的身上，而我的脸始终在帽檐的阴影中。宽敞的马路上，摩托车引擎声在楼群间隆隆地回应着，高架单轨环城车、地铁站马路两旁的巨幅标语和广告在我们头顶呼叫，被风吹得乱舞。

坐在我身边的债主是我的第一副手、军师。她又在唠叨，翻来覆去的话是说她不应该在那个不该下冰雹而下冰雹的时候看见我。当时我站在河边，面朝长满苔藓、青草的桥墩，往水里一页一页扔我的小说手稿，我的表情不麻木也不哀伤，像是做一件应别人所请的事，很认真。所有从桥上经过的人都慌着躲避满天突然降临的手指头大的冰块儿，就这个看起来贤淑的外科女大夫，注意到桥下有一个和这天气和这世界不相关的人，在做一件自己想做的事。女大夫走到下游，徘徊歧路，不知何去何从。她顺手将漂浮在河边灰黑水面上的稿子拾起几页，字迹已经漫漶，读起来不知所云，前言不搭后语。她却越读越激动，最后没命地往上游奔来找我，正好在我扔完了稿子，考虑是否把自己往河里扔时，她抓住了我这个千年一遇的知音。

猫右手握着方向盘，左手放在排挡杆上说，什么不都是命定的嘛，有缘，咱姐们！

"这不是命。"债主说，"你们看我吧，结过三次婚，第一个丈夫嫌我不会生小孩，第二个丈夫凡事都记账，一小瓶酱油、一度电，包括我的卫生巾消耗量。"

"第三次婚姻，新郎有心脏病，死在婚床上。"猫插话。

"唉，他不死，我看也过不长。三次婚姻一次比一次短，我干脆做了快乐的寡妇。"债主反对把一切变化和奇遇都说成是上天安排的。男人口口声声说女人愚蠢，咱们能聪明一点，就聪明一点。

我对猫说，当我们聪明一点之后，便遇到了你。关于猫的传说太多，有人说她是名教授之后，又有人说她是名演员的弃女。待她成为一只名猫后，身世不明，反而给她增添了神秘的诱惑，特别是那一身白衣，加上在阳光下微微泛着红光的黑发，使她身后永远跟着一群人。她的乐趣、嗜好就是她的职业，就靠"趣味"，她成为这个城市里可以数得上来的年轻富婆之一。

你抢了我们的生意！在宾馆的礼品店里，我和她这样开始了对话。她把我们要的几条大鱼先下手钓住了。

你们？她正在全副心思挑鲜花。

是的，我们。

是我手里的康乃馨还是我语调的奇异引起了她的兴趣？当她随我一道步入无主名花酒吧——我们经常出入集会的场所之一，面对一屋子狼一般毒盯着她的眼睛，她没有退缩，而是走上前来，诚恳地问我：我能在这儿喝一杯吗？

猫露出迷人的微笑，对后视镜中的我和债主说："知道吗？那时，我对你们心仪已久！"

第二节

比人高半截的砖墙，沿着河沟绕校园一圈，隔着墙，校园宿舍楼隐约的灯光、吉他声、录音机播放的 BBC 英语、怪叫、吵闹、歌声，不间断地向小路大大咧咧扑过来，热浪裹卷着郊外曼陀罗、地丁、马兰花的气息，使我的呼吸不如平日那么容易。

一句诗这么描述插入中文系三年级的作家：世界是一幢网状的大楼左右颠动，他们附在上面，像猫头鹰的眼睛。

别的大学生喝墨水，他们喝酒，而让墨水洒在纸上印成铅字，这就是骄傲的资本。大学生稚气未脱，而他们有上过越南战场的，当过知青去过边疆的，曾在天安门前接受过伟大领袖的检阅的，在煤矿挖过十年煤的，甚至有蹲过大牢的。只是没有几个人愿拍胸膛，声称自己把图书馆迷宫似的小径走遍。书容易打开，也容易关住，关住了，便再也出不来了，做学问无疑是陷阱中最无聊的一种，比中世纪的抄书匠略高明一些而已。

当然，这只不过是职业需要的自我广告，但自从作家班开办之后，大学面目全非却是事实。

校园依然绿树成荫，草地青幽，但墙上张贴着奇奇怪怪的招贴，诸如需要氰化钾复仇、高价出卖一夜之欢等，每个角落都有纸片纸条表明校园的生机勃勃，学生开始失魂落魄，教师无所事事，骑着自行车游荡，甚至与学生一起出入学校酒吧，参加每晚移动的舞会，深夜不归，有意让老婆或丈夫生气。

但是，比起我的同学们，那些杂志社、出版社的编辑、主编显然活得更有趣，他们是快乐游戏的高手，懂得怎样使日子过得不同寻常，快乐嘛，就是视野宽阔，跳过人生中一切烦恼的事，包括编辑只是为人作嫁，作者一成名就扔掉对他们献媚的面具之类的牢骚和时而冒出的自卑心。只要懂得如何使用权力，政变和大革命的暴风雨之间，还有漫长的风和日丽的和平年代。如果我们尚没有再次听见"狼来了"，那么快快端坐到桌前，完成许多许多次最后晚餐中的一次吧！

我在山城雾都，乘一列特快火车，呼啸着由西向东，穿过昼与夜之间长长的隧道，来到上海这个中国最大的城市。1989年那个秋天的下午，我左顾右盼月台上的接客者，竟没有一张认识的脸，也没有一双举着我名字纸牌的手。那份由电波传递的简信虽然完成了它的使命，但并没有得到我盼望的响应，月台上已空无一人，谁会前来？谁会把我放在心上？旧友星散，浪迹天涯，偶然遇到故人，也不会贸然续上友情。

拖着我仅有的全部家当：一个大包装有简单的四季更换衣服，三个小包装有《入穴》《背叛之秋》等百余册跟随我多年的当代名著，我好不容易挨出了月台和长长的通道。

火车站出口外铺着水泥方块的不大不小的广场，像个喧闹的大锅，川流不息的接送客的人，倚靠行李横竖躺着、坐着、站着的男女老少，无数口腔所发出的气息，汇成巨流，压过商店喇叭里的歌曲，比这混乱的城市先一步揪紧我的心。

喧闹也罢了，还有这当地人引以自豪的口音。其他省市的人都讨厌的口音，本地人却为此觉得高人一等，把不操纯粹当地口音的人看成二等公民。

在人群之中，我问自己，干吗千里迢迢而来，找罪受，还是有意在罪恶的中心寻找暴风雨中的静谧？站在拥挤的公共汽车里，我的身体被口音纯正的小瘪三们搓揉着，使人有种说不出口的心动，对，入骨切肤的心动，以至于我在报到注册之后，断然拒绝住在大学生宿舍的黑暗走廊和六人房间。颇费了一番周折，我在校园外一个骑自行车可以到的地方租了一间农舍。江南乡间的平淡，土墙、简陋的桌椅、每夜吱嘎响的旧木床，窗外泥土、蔬菜的芳香和肥料的臭味，我从心底感谢上天——用一个名牌大学的名义，躲避每天上八小时班以及一切其他庸庸碌碌。我关起门来，专心写构想了多年的小说。

就在这个时候，古恒擅自住了进来，一边将他的牙刷插入我的杯中，一边说是为了帮我分担一半日益上涨的房租，还有一个最强有力的理由——"因为我爱你"。他像一个天生的强盗，窃取了我的一半心、一半床，以及整个时间。我勉强支撑，继续写了两个星期，就明白自己真是愚蠢至极，不仅再也无法逃脱这个世界，而且书内书外的事相互衔接，继而脱节，使我自信心直线下降到零。这部小说写得散乱至极，文路不通，永远不可能发表，发表就得过许多关，看一审、二审、三审们操着所谓的道德标准与我兜圈子，拿我消遣解闷。

不仅如此，小说中做主角的这几个人肯定要找我算账，而且小说中顺便提到的人也会对号入座，绝不会饶了我。我昔日的朋友还能剩下几个？何必与全世界为敌处处不得安身。于是我每写完一章便心灰意冷地把它锁进桌子最底层的抽屉里，抽屉尽头存有几根肉骨头，引诱胃口最好的读者离开我的纸片。

白蛾，在望不到头的油菜花上飞舞，黄澄澄的花朵加强了云彩的效果，我推开敞了一条小缝的窗户，一只黑蝴蝶醒目地夹在白蛾之中，忽上忽下，一串跳跃着的线条在消失，在重现。那声音轻轻地飘入我的耳中，如海那边传来的一个警告。

不，我不必这么想。这本是你必须读的书啊，你却要把它关入阴暗的牢狱之中，最后，小说世界就像曾经存在过的历史一样整个儿消失，仅留下一片令人兴奋的空白。

这样的选择，或许是最好的选择。

千万别心软，我不断地提醒自己。

还是让我们回到2011年的这个深夜吧。每次出动前必算卦，按照今晚算卦的结果，今夜是挑一个厌恨已久的东西开心。

山阴路的汪大评，债主说。大家齐声喊："对！"

我点点头。

横拉在街中心的一幅塑料广告，如五光十色的幡旗，车队猛穿过去时，声音恍似白骨"哗哗"摇响。

"明天又是一个忌日——别吃蛤蜊。"债主认真地说。

"吓人来着。"

"信不信由你，不仅F2型肝炎会爱上你，而且你的模样会变成蛤蜊。"

"那也不错，生生世世与君相伴！"

几辆甲壳虫车从后面摩托车队中疾驰而来，猫忙转方向盘绕开：话留在牙缝里吧，快到虹口公园了。

关于我和古恒，当年的那个晚上应当就是结局。

如果我聪明一点，那么我会回到自己的房间，睡不着，在床上辗转反侧，独个儿度完残夜。天亮之后，他会回来，我和他像以往吵架之后一样，又会和好如初。另一种和好方式是到经常去的那棵枯树下，往泥地上铺上我和他的外套，对着半壁围墙做爱，待呻吟和拼搏的抽搐结束之后，平静下来，我们又会像两个武林新手虚张声势地比试一番后，自己也觉得夸张得太累，毫无新鲜热情地搂抱着对方的腰沿小街走回去。

问题在于以上两种情况都没有发生。我白痴一样跟着他走，没打算，也没欲望。

马路旁的树林响起一片鸟受惊振翅的声音，小河臭味更浓了，却一如既往在黑暗之中幽蓝地流淌，古恒分开树枝时，稍稍迟疑了一下，但没有停下来。树林间盘错曲折的小径尽头，会合了两条方向不同的路，松花江街再次出现在眼前，我们不约而同地看了对方一眼，以前并不知道马路旁的小径和这街相通。但这并没有使我们惊奇，我们惊奇的是我们竟然做到了没有惊奇。没有月光的天幕漏下光线，像沙子那么细，洒在整条没有人走动的街上。高墙那边，大学校园已经静如一座死城。这时大约在凌晨两点四十分到两点四十五分之间。

一团黑影疾奔而来。

古恒定了定神，愣在那儿。我第一次看见他的目光直抖。我打量那团因为近了而放慢的影子：一个盲人，看不出实际年龄，朝我们站着的地方走来，手里拄着一根拐杖，一着地便弹起石子和灰尘。那根竹棍不时指向空中，犹如武器，只等早已命定的开火时机来临。

我突然听见古恒说："我得跟他走，远走高飞。"

"什么？"我怕自己听错了。

"我腻透了这种生活，你自己回去吧！"古恒不耐烦地喊了起来，"别管我！"他已跟在盲人身后，他们步伐一致，像父子兄弟。

"玩笑开出格了。"我劝古恒。可我这么说完之后，发现我脚步沉重起来，像穿上铅鞋。在慌乱中我继续说："别闹了，天都快亮了！"这句话像以前电影中穷人盼翻身一样充满了感情。当我说完这话，大风骤起，刮过我的外衣，钻入我的内衣内裤。我的手紧紧护着衣服，我叫道："以后你说什么，我都听你的，但你别跟瞎子走，别吓唬我，行不行？"

我的手臂不由自主举了起来，怪风拼命地撕扯我的衣服，要把它们全剥掉，让我没法去拉住他。古恒往前疾走，看也未看我一眼。

　　我奔跑起来。我感到身体的每个部位都由一个心思驱动，拦不住古恒，那么我拦盲人。

　　盲人如果机敏，会绕开；如果迟钝，会跌跤。可是盲人步子不变，脸被一顶草帽遮得严严实实。我的心猛跳，在他接触我的一瞬，我毅然决定直撞上去，把他撞倒。不料盲人却从我的身体里穿了过去，似乎我是一扇门，推一下就通向另一个空间，或者反过来，他是一个洞口，一走进去，便无尽头。我叫了一声，倒在沥青马路上。

　　当我从比梦境还深的回忆中突然醒过来时，东方仍然没有露出它淡薄的微光，四周的漆黑将我重新引入只有鸡啼的凌晨：古恒不在床上。

　　一个梦？但那个瘦瘦的盲人，我想起来似乎在哪儿见过，在不久前来学校演出的一个戏里，那盲人是一个小有名气的女演员扮的。

第三节

　　我终日昏昏欲睡，颓唐地揉捏身上的酸痛处，如果这个世界上还存在精神的话，我会尽早恢复日常状态，但哪儿能找得着精神呢？我开始用镇定药片，然后用安眠药，尽可能不从睡眠中醒来。同时我再次爱上独身带来的自由以及徘徊于自杀走廊里的孤独。我几乎没有梦见过古恒一次，自从他突然不辞而别了之后，当然他常这样，但以往哪一次也没这次长。

谁会相信我这一夜的经历？

几天来我早就厌倦了和各种人纠缠此事的来龙去脉、分析过去分析过来，把各个理论体系如洗澡水一样翻动，我不再骑车去学校上课，一次也不去，更不与人约见。不拆信，也就谈不上回信了。由厌恶自身到厌恶他人，虽然我时时实践着最高限度的容忍，令人窒息的容忍！但我一天天习惯并接受了古恒的失踪。他不过是一个二流货的诗人，从借调到一家杂志社编诗为生混到省作协养着的专业诗人，终其一生，浑浑噩噩，不过如此而已，绝不会突然创造出一个奇迹来。如今这样的结局，对他对我都很难说不是最恰当的安排。

当然，用如此蔑视的口气打发他，是有点过分。他不乏过人之处，比如会将一口标准的北方话转化成带点夹生的本地口音，这使他从外省来到上海这个城市犹如鱼拥有了水、鸟拥有了天空。浓得像浮雕的男性魅力，加上几本书名怪得吓人一跳的诗集，将他的声名抬得又远又高。慕名写信乃至不约而来的人，绝大部分是大学内就读的女大学生、女研究生以及学院外爱附庸风雅的女文学青年。只有一点让我细想起来应该心存感激，那就是他只用一部分时间耗在崇拜者身上，让她们簇拥，与她们周旋厮混，大部分时间却像水泼在我四周，水渗入泥土，肥沃的是校园不停生长的花木，滋润的是一个个黯淡的夜晚，不是我。

以他的话来说，如此使用时间是诗人生涯之妙谛。"多产诗人"让人瞧不起。得名之法是少写！因而他和我泡在一起时极其心安理得，年华流逝得很高雅。

他拿出一张不知从哪里弄来的女人照片，让我看。

鬈曲的头发包裹在军帽里，五官搭配到位。"她很漂亮！"我由衷地赞美。

"是我妻子，"他将照片小心地放回钱夹里，"你走在我的左边，她走在我的右边，这幅画将会绝妙无比。"

那么在遥远的北方某市菜场，那个穿白衣戴白帽卖豆芽的女人呢？

"那是前妻！"

他说与前妻整日大事小事争吵不休。我想他说的或许有充分的文件根据，如同他老想把我推向你对我错的形式逻辑之中一样叫人难以争辩。

"结婚是一个靠不着楼房的钢梯子，一旦爬上去，你就无家可归。"他的手轻轻地敲着椅背。

这个爱着我的男人最大的长处莫过于对我的盯梢与窥视，关于我的任何可能不贞之处，他都细细查勘：核对时间、地点、人物，比一个受过专业训练的警安人员更地道、更彻底而有耐心。我觉得他如此生活苦不堪言，他似乎也很疲倦，然而他总想有机会"抓奸成双"，便不惜花无穷心计精力，其乐无穷，死而后已。这样一个被虐狂，居然也厌倦了这诗意的游戏，情愿放弃诗人的桂冠，放弃女人，放弃环绕在他四周的一切，要另择出路？那个用草帽遮住脸的盲人！我笑了起来，不不，不是嘲笑他，也不是笑我自己，只是觉得世界不可理解到只能一笑了之。

笑声像一群鱼苗在我身体里奔腾、欢跃，我的脸上红晕持续，我意识到自己仍然年轻。

我在一页稿纸上写下：

我活着给你制造地狱
我死了给你建筑天堂

那随便、陌生的字迹，仿佛是别人的手握住我的笔。长久对视这两行字，我逐渐清楚自己心里想的是什么，要的是什么。徘徊在房中，我决定将这两行字作为自己那部小说扉页题词。于是我回到桌前，放下笔，坐下，又极用心地环顾四周；潮湿的土墙刷了一层白石灰，仍凸凸凹凹，跟不平的地面一样，空气里的灰尘节奏缓慢地徐徐坠落，用手轻轻摸一下桌面，总有薄薄的一层。窗外还是熟悉的油菜花摇曳在风中，并没有无法理解的事物进入我的眼帘。

我弯下身子，将那页写有题词的纸塞进装有小说手稿的抽屉里，然后伸直了腰，搓了搓汗涔涔的手，既然生命总在有意无意的转折之中逝去，那么，这次，或许我能按照自己的心愿生活，我感到这可能性是存在的。

这些无聊小事已过去不知多少日月。

我早已学会活得潇洒轻松。

我的思想也早已回到隆隆的疾驰声里来，回到四通八达的马路上来，回到 2011 年。我们一行人已经接近今夜要去的目的地了。

从公园转入甜爱路——这好听的名字，像一阵动听的鼓声响在耳边。甜爱路转进漂亮的山阴路，这儿曾住过中国现代文学鼻祖鲁迅，他像一块植入我们神经中的电极，永远动态地存在。把汪大评从被窝里提起来时，屋外的围观者比我们的人多十几倍。

汪大评每日骑自行车上班，在拥挤的人潮里，指指点点。他绝不会躲在深巷窄弄里，他是一个堂堂正正的男子汉。一件件在他看来毫无干系的事连连发生，他的上司、部下、朋友轮番遭到撤职、调离、严重处分，甚至自杀丧命，而他稳稳当当从报社编辑室主任、副社长，坐上了社长的位置。他那些感怀过去的泪水淅沥的文章不断提醒我一些一生中最不愉快的事，我很奇怪于人的爱和憎会如此相反。

记起了他，我便记起了他有一个很值得称道的习惯。当年他在文学界的声誉与日俱增，没有任何风流韵事阻碍他的前程。时间的轮子往回滚动，停止在某个笔会上。这个始终留着浅浅一圈美须的五十岁不到的男人，不停地给我和我的女友打电话，某个下午他让我们到他房间，实事求是地许愿给我们全国第一第二块小说奖金牌银牌，然后他先示意我背过脸去，让他脱下烫得笔挺的裤子，又叫我的女友背过脸去，他得脱掉喷了香水的衬衣，他看来是想让自己——一个男人——在两个女人面前因为女人分别背过脸去而转化为两个男人，为这种感觉他十分自豪，在他已经是一个光滑的面团形状时，他说要先爱我的女友，然后才来爱我，他这么郑重其事交代之后，我和女友哈哈大笑，一齐说，你这个人看来需要治疗。

这么一说，他的脸马上进入了一向的理论状态：严肃、认真。

不久，整个文坛都传遍了我和女友试图用色相赢得小说奖而自取其辱的故事。

两天前，这个城市的权威性报纸《城汇报》发表了"本报特约记者"的文章《敦促康乃馨投降书》，从此文对昔日好时光的眷恋之情看，人人都知道是汪大评的手笔，但片段的抒情不过是佐料，整篇文章慷慨激昂，篇首篇尾警告说这个城市现在各种恶势力猖獗，尤其罪行累累的是一个所谓的"康乃馨帮"，许多假作伸张正义报私仇清私账的暴行都是这伙匪帮干的，这些鲁莽女人自居法律之上，诽谤司法机关，仿佛只有她们才是正义的代表，手段恶毒无所不用其极，一枝枝烧焦的康乃馨几乎到处可见，怒放出罪恶的芬芳。这是重复历史上形"左"实右的错误，其目的正是破坏我市安定团结的大好形势，一切热爱城市的公民必须立场鲜明地声讨举报之，帮匪的亲友应当劝说她们自动投案，帮中受蒙蔽而犯过一些罪的成员，应立即到公安局自首。我们将实行惩前毖后治病救人原则，反戈一击，既往不咎。至于极少数臭名昭著的怙恶不悛的匪首，历史上一切被打倒的反动派在朝她们招手，等等。

是你啊！汪大评见我走过去，一把拉住我的手，说早就听说你了……我们是老朋友了！他的脸很快从惊慌转为长者的矜持和有分寸，穿着睡衣裤的身体挺得直直的。

我没有避开，我大方地摇了摇他的手，说认识就好，认识就好。

松开他的手，我笑了。他睁大眼环顾四周，无法控制的一种神色一下抹掉了他好不容易武装起来的精神。几个女人的手摸着汪大评苍白的脸，他闭上眼睛，舌头却在嘴里绊跌，结巴了半天也吐不出一句话。

男人最担心被女人摸脸摸头，真是不假。已经读到此段的各位女士不妨试试，只要不让男人知道是我的经验传授，就肯定灵验。

猫绕着他走，突然"啪"地一下扯下他的睡衣，围观者在屋里屋外欢叫，口哨声、掌声混杂。

"用家伙！"有人叫道。镭射镜照着汪大评，壁炉里的火把一张张脸拉长、变方，半是红光半是绿光。一把大铁剪刀递到我手里。身高1米78的妖精和债主抓住汪大评挣扎的双手。猫接过我手里的大铁剪走上前去。汪大评盯着大铁剪，喉咙里吐出不成音节的声音，一阵怪响"咔嚓"一声，他的一撮毛发落在地上，他呼吸噎住，极为识时务地跪在了地上。

楼上忽然传来一个女人的尖叫声："干得好啊！你也有今天，我早就想把你……"汪大评的老婆顿了一下，接着冲口而出，"把你的东西当神位供起来。"

"下来！"我的手向她挥动。

她的头缩回阁楼里。可不一会儿又伸出来，哭闹嚎嚷，既是为汪大评求情又像落井下石，声音听起来很刺耳。

我的心一下退回到我只求忘记的多年前，心境顿时糟透了。我对猫说："我先离开了。"走了几步，我又着重加了一句，"只是吓唬他一下，别让人真以为我们是暴力帮派。"我回到汽车里独自坐着。

第四节

街上，法国梧桐被月光渲染成一棵棵画中之树。这时节是春季，也可能不是春天。这不明确的季节，到处出没闪现一些小小的飞絮，每个街角、下水道、垃圾桶、屋顶都可能见到。风把飞絮吹成一组组自由的花边，镶嵌在路边。

俱乐部的会歌震动围墙内的万年青和越出墙炸裂的石榴：

　　不骑木驴游街，

　　不背石磨沉潭。

　　嗬，风水轮转，光阴怎会如此善察人心！

　　现在，世界已到了让世界来承受一切的时候。

　　"眼镜蛇"帮只会使砒霜、毒药、开冷枪。"白痴"帮尚可称道，他们每次抓双数，让其进入击剑场，最后让胜利一方用药水给对方的脸上留下记号，使城里多了些夏天也戴大口罩的人。我们不屑于与这城市中的那些自以为也在替天行道的帮派同列。我们是个理论严肃、理想崇高的组织，我总是最后一个发言。

　　"怎么样？"我问从汪大评家出来走在最前面的猫。

　　"不经吓的东西！"拉开车门，猫骂道。

　　汪大评再次被提起来靠墙站立。不知是否太伤自尊心或是那玩意儿越吓越小，他改成不屑一顾的态度，说，看她们要对我干什么。这突然转变的态度，猫说，当时我还给他多打了几下。

　　那把大铁剪举了起来，轻轻地碰了一下汪大评的大腿，铁器的冰凉、锋利使他"腾"地一下离开墙，向窗外猛蹿。不过没跑得了，他的身子被妖精强劲的胳膊死死钳住，奇怪的是这时他两腿间的东西却硬了起来，如一支等待出售的枪。

喝彩声又响起。

猫手中的大铁剪像手指一样张开了。

本来混乱喧哗的房间，骤然寂静，如无人之境。

大铁剪对准。

汪大评"啪嗒"一下，头垂到一边，眼睛翻了翻白眼，整个人滑到地上，妖精低下身子，摸了摸汪大评的鼻孔：气还在出。

猫背着汪大评身边的大铁剪，对已经停止哭泣的汪大评的老婆说，这下你不就有办法了吗？爱怎么样都由你，我们的慰劳就到此结束了。

"但是，"我强调说，"我们不屑于采用消灭或损伤人的肉体的方法。"我感到我的脑子又被切开：挂在壁炉前倾斜的塑像、口哨与哭声互相调节节奏，模糊的脸在黑夜里轮换主角。"不经吓的东西"——这是猫事后说的那句话。我的手不太自然地在空中划了两下，仿佛把脑子腾空、鼓捣清楚一点。

"我们的目的是改造社会，用我们的榜样感化市民，把他们从各种绝情绝义的桎梏中营救出来。像昨夜这样的特殊行动只是不得不做时才有一次。我们相信精神启蒙才是根本性的。"

一个个酒杯，在空中旋转，酒抛洒成奇异的图案，香气溢满空气。占了整一面墙的玻璃将整个夜空投在我们身上。

像一辆颤动不已的风车，空间在一点点变大，同时又在一点点缩小。

我来到债主面前。我知道有些女人的亲吻，近似海藻的气息，有种不可告人的隐私的诱惑，让人蜕落一层皮露出第二层皮。似乎占有她们妖冶的面庞，我就真正战胜了以前只能给我苦恼或疯狂的世界。

我取下围在颈上的黑绸巾，用来遮住债主的眼睛，在她脑后齐肩的头发上系了个结。她脸颊上的皱纹在黑绸巾里若隐若现、轻轻颤动，她的双手无助地伸向我。

在屋顶玻璃房间的里面，债主坐在沙发形的竹椅上，我在她面前蹲下，把她的手放在她的膝盖上，然后我拉开她胸前的拉链：已经毁损的青春，颈上肉感的圆纹，耳旁和唇上的痣，松弛的嘴唇不再鲜艳，这一切都让我着迷，使我心动。我是多么厌恨和腻味女人特意延长的青春期必然有的脆弱、偏激、滥情、毫无决断和自制力等毛病，我一向对年龄较大的女人藏有不可名状的欲望，终于被她引发了，其实债主年长我仅仅十岁。

成熟的美不可多得，历尽沧桑的沉着和智慧，使它别具

风采，我真不明白为什么女人一听见"四十""五十"就直打
哆嗦。

　　我拿起这么一只经历了岁月的手，贴在脸颊。我的微笑
夹着轻声哭泣，喃喃低语：她的眼睛里布满神秘的通道、神秘
的梯子。我随着自己走进去，爬上梯子，一段起伏与另一段起
伏缠在一起，盘绕我心的是一系列近乎抽象的形象，那越出
水面的游泳，那一次比一次长久的抛起，各个部位打出的节
奏，敲击在最敏感的点上，修长的手指，光滑如玉的脚趾，
哦，舒软甜润的舌头——我生平最偏爱的器官，犹如一只只
小小的白鼠，穿进穿出身体。"像小时第一次看见一个人撕碎
又黏合另一个人时一样，"债主喃喃地说，"我感到全身在水
中。"

　　我惊叫，我的小白鼠啊，一直飘荡在血液起伏的波浪上，
不需要找到岸，只要在浪尖顶端！

第五节

　　连着三个月，虹口地区的居民每天拥挤着看一辆辆卡车
浩浩荡荡开过，车里都是死刑犯，当然还有荷枪实弹的卫兵。
卡车向靶场驶去，那是开花落地的好地方。自上世纪末起，那

儿就是一个极奇怪的热闹中心场所，每次枪杀或斩决犯人，事前就已围得人山人海。

意外的情况总是会发生的。多年前，有一次，几辆卡车快到靶子场的拐角，中间一辆卡车出现了前所未有的情况，死刑犯忽然与卫兵厮打，抢夺了卫兵的枪，前后卡车的卫兵都被这突如其来的变故惊呆了，卫兵们赶快把枪口对里，怕自己车里的死刑犯也动手。

押队的军官带着队伍奔上来，一路狂喊："跳！跳！"

被缠住的军人放弃武器跳下，冲锋枪、机关枪的射击声像节日的爆竹，大约十分钟之后，枪战才告一段落。硝烟渐渐散去，弹痕累累的卡车上堆满形体不全的血肉。

血腥气像当年一样顽强地停留在街道上空，浓缩在苹果、梨子、樱桃里，浸入玫瑰和十里香中。终于，人们忍受不了某种暗示或需要，他们过节似的奔出家，从一条里弄串到另一条里弄，来到大街上，他们已像圆白菜一样团结。

这是一个集体的狂欢，这个城市需要刺激，就像需要雪里蕻咸菜和臭豆腐乳。在太阳升起和落下之时，他们喜欢聚集在甜爱路和四川北路，有时在苏州河四川桥屯集，交头接耳，传播各种来路不明的最新消息，趁机菲薄别人的妻子或女友，勇敢点的人用手用胳膊，有意无意顶顶碰碰良家和非良家妇女的局部，或者像献宝似的猛地从身上掏出玩意儿，吓唬放学回家的少女。或者干脆更下作，扎堆儿商量如何写匿名信。

这些一向循规蹈矩的市民，已经注定成了每日要靠犯规来寻求刺激的球员，他们以栽赃陷害他人为乐，以逼人发疯为骄傲。少数人趣味优雅，从比较睡过的异性生理心理发展出新学科"比较私通学"。

三五成群的人，脸上神情可笑又极其认真地议论着蒜皮类的大事。这个城市看来是出了毛病。类似半个世纪前发生的那些场面，已经注定这城市总有一天神志不正常，未见诸史书的腥味，把这城市的光荣历程染得可疑。而现在，罪恶正在使这城市血压增高。自然由此出现了报仇的需要，于是帮会与各种互动组织或同道协会应运而生。

我忽然明白了多年前我那真假莫辨的遭遇，也与这城市对血腥的兴致有关。

我有意丢开同伙，避开人群，一个人走在阴森森的街上。天上下起毛毛雨，一会儿停，一会儿下。走了很久才意识到头发、脸、衣服湿了，我的脚试图绕开路上发黑的斑迹，可是没用，脏物不断粘着我的鞋，而且又开始翻回鲜红的颜色。一个弄堂连着一个弄堂，我看不到撑着伞的人，家鸡野猫，甚至乌鸦也提前撤离。

树木和房屋都歪斜着，等待一场飓风骤起。

第六节

为什么他们不关上房门？光滑照人的地板映出我哆嗦的身影，移向他们向我招手的地方——床。

我拼命跑，跑在广场上，混在陌生人中间，我开始哭泣。

"我养女儿就是为了我喜欢，我养儿子就是为你妈高兴。"他捧着我的脸，半开玩笑半认真地说。

她在阳台上捣碎红辣椒，或许是由于辣椒的刺激，她的脸色红润，但那声音的细柔却是她自己的。红辣椒已捣成粉末，她不进客厅，那仅仅因弯着腰而需要抬头的一双眼睛，含而不露地朝玻璃窗里扫了一下，其实什么也看不见，泪水模糊了她的视线。但就是那双盯在我身上的眼睛，仿佛又在看着我，折射出西南边陲那座我想忘掉却永远忘不掉的城市夜空幽蓝的光。

她是我母亲。

他的身体离我只有一尺之遥。他似乎是在犹豫，并惊异我眼里突然闪出的那股渴望之火，怎么会即刻熄灭。我脸上沁出了汗珠。

他退后了一步。

我企望他就这样退，一直退出我的视线。

他是我父亲。

究竟谁是我最早的老师，教会了不是我当时那个年龄应懂得的一切知识和游戏，并让我一直在恐惧中成长？究竟谁是我的第一个男人？

我和古恒做爱时，古恒无休无止地谈论这些问题，由于伤口的创痛，我缄默不语。古恒伴随着折磨心理的追问，不仅给他自己狂热的想象增添燃料，而且导致我不可救药地爱上了这些问题，认同了提这些问题的人对我的欲望。

怎么会想不起来？古恒先试探，然后真正愤怒地责问，认为我故意不说。古恒那张混杂邪恶与天真的脸，此刻瞧起来真的心里难受，像有人抄袭了他更隐蔽地抄来的诗句。

我是真的记不起来，一切朦朦胧胧，一切不该发生而发生的事，一切该发生而没发生的事。他是我父亲，而她是我母亲。应该是，如果不是，那又是谁呢？我披上衣服，坐在离农田不远的房子里，我真的愿意这么丧失记忆，永久丧失。

鹰头笑嘻嘻地说，你该不是在这儿等我的吧？

哦，真是巧事！我答道。我知道单独面对这种帮主级人物是危险的。

鹰头下身穿了条紧绷着屁股的牛仔裤，上身白灯笼衣，脚蹬长及膝盖的浅棕色皮靴。"我们真该携手并进，你瞧，血水都溅到咱们楚楚衣冠上了。"他第一次用如此文雅的言辞，与以往不一样。

我笑了。当我揭下帽子时，他问我和他何不进这空无一人的路边酒吧间里喝一杯！我点了点头。十来个鹰，他的随从，即刻变成侍者，为我们放上音乐，端来进口的德国黑啤酒。

"我讨厌这音乐。"我喝了一口冰冻的黑啤，放下杯子，开始了我与鹰头的谈判。

狂躁的近乎语录歌的曲子换成柔美的歌剧，像是我曾经喜欢的谭盾的名曲《一向落索》。鹰头说："这不错了吧？"

"是的，我们都进入了舞台。"我在这鲜花枯槁但桌布洁净的酒吧里，在小提琴、大提琴和双簧管不停催促下，没有断然阻止鹰头靠近我。交流是必要的，许多事都在交流中得到解决和进行。我的声音铿锵有力，婉谢着温暖巢穴外的敲门声。

他松开手，紧闭着嘴唇定定地看着我，人看来极聪明。智商第一——这个我从前唯一衡量男人的条件，而现在呢，我一想到他那满腹坏水和不伦不类的半上流语言，便忍不住笑。

"笑什么？"

"不为什么。"我不置可否，继续笑。

"新鲜，很新鲜，是吗？"他已经喝了五杯了，脸上仍未有半点醉意，"我在想……哦，我想看到你高潮时的面部表情。"

从酒吧落地有色玻璃窗看出去，桥的曲线顺着河面旋绕开去，而夜幕却融化在河面上。

是啊，我必须走，母亲不暗示我走，我也会离开？

蝃蝀在东，莫之敢指。
女子有行，远父母兄弟。

那个停电只能点蜡烛的夜晚，母亲又提起在我出生前后给我取名字的事，说她和我父亲翻遍字典，终不满意，最后两人精疲力竭躺在床上，父亲翻过身，面朝窗子，看着下午雨后阳光移走乌云的天空，忽然想起这一段。他连忙起身去书房翻书。

蠛蛛，虹也。日与雨交，倏然成质，似有血气之类，乃阴阳之气。

不当交而交者，盖天地之淫气也。在东者莫虹也，虹随日所映。故朝西而莫东也。

此刺淫奔之诗，言蠛蛛在东，而人不敢指。

以比淫奔之恶，人不可道。况女子有行，又当远其父亲兄弟。

岂可不顾此而冒行乎。

父亲看着看着，脸白如一堵墙。

母亲躺在床上，捂着凸起的肚子没言语。

几天之后，我出生了，待我经护士之手洗裹好后，第一次抱给从产房移到病房休息的母亲看时，母亲说，就叫她蠛蛛。

烛光，企图翻越我的恐惧，不断地挣扎、跳动。

每次这个早已成老话的故事重提在母亲的嘴里时，我都猝不及防打了个冷战，有种前所未有的恐惧，我似乎依稀瞥见了以后我们各自的生活和预定的结局。

船悄无声息地从桥下穿过。夜，更换着色泽，由黑转青蓝，再由青蓝变成墨黑。灰蒙蒙的云块，隐隐沉沉飞动。而船灯、桥灯、路灯连同两岸的房屋，留给上海这个城市一片模糊不清的影子。在一阵风传递过来的烟雾之中愈加缥缈，不真实。

　　我走得有点疲劳，于是我停了下来，靠在一家卖早点的店铺门框上。门紧紧关着，透过玻璃，店铺里间微弱的光线打在我的脸上，我的手触及玻璃上写着的锅贴、米粉、油条、豆浆之类的字样，双腿开始轻轻打战，或许，我生来就应该落脚在这个地图上最东端的上海，哪怕我在其他城市长大。而且，我生来就应该到这个城市闹一场革命。面对这个已经打烊的城市，我多么像拒绝离开畜栏的一头可爱的牲口！

第七节

　　又是深夜一点。

　　天蓝下去，覆盖了夜空，蓝下去，出现了一轮残缺的月亮。又一场火烧毁了几栋苏州河边的房屋，随着烟灰，好多烧煳的蝴蝶、蛾子从空中坠落在街上、河面、人的头顶和肩上，与每场火一样。

　　一拨人慌张地后退着，不知在害怕什么。

　　我刹住摩托，跳下地，将车靠在一棵银杏树边，走了过去。

在一家鞋店与人行道上的垃圾箱间，一条黑色的狼狗站在那儿，据说已有一年多时间了，它阴冷地瞪着眼睛，张开长着利齿的大口，不动，也不吠叫，似乎谁靠近它，谁就是它饥饿肠胃的第一口美餐。它颈上戴着一个璀璨耀眼的项圈。应该叫它"圣徒"呢，还是"回忆"？我脑子飞快地转动着，这时它离我只有二十步不到的距离，与我的目光对视。我的脸色镇定，温柔而欣喜，不放慢脚步。"回忆！"我嘴里轻轻地打了个呼哨，然后走几步忍不住轻声呼唤一次"回忆"，我像一个灵魔，靠近狼狗。

在这个时候，我突然觉得从前那些同行太可笑，他们写的所谓警世之作，追索神圣情感与绝望，昼夜不食不寝，充当道德审判家，俨然忧于天下之先。诗人、作家、画家、音乐家以及政客等，所有的形象，都没有比在世界的分裂中作为一个人本身的行动更为重要的了。一个很响的榧子，从我的手指弹出，重重地蹦落在身后"嘘"的一声众人变色的脸上。

狼狗一惊，凶猛地龇出牙齿和鲜红的舌头，头昂起之时，身子后坐，准备扑跃的样子。我身后响起了奔逃的脚步声。

我不予理睬，继续专心致志地打着漂亮的榧子，清晰，悦耳，铿然。我说："回忆！回忆！"步态平缓，可以说是漫不经心地从狼狗身旁走过。忽然，我转过身，往回闪了一步，弯下腰，摸住了回忆的脖颈。

　　学会了不再流泪的我，第一次养一条雌狗，我几乎与它形影不离，总是左右相伴。这天，我身穿一件紧裹的连衣裙，因为半透明，那几朵刺花在阳光下格外醒目，衣服仅仅起了罩一个红光的作用，使文身表现出神秘的美。我牵着健壮、浑身毛发油亮的回忆，走在虹口公园门口一路九路电车行进的马路当中。叫卖茶叶蛋的小贩以及围在摊前的顾客专心而残酷地剥刚孵出小鸡的蛋壳，把带毛的肉团儿扔进嘴里，此城重新盛行品吃佳肴"母女合床"，据说源自《金瓶梅》刚发现的古抄本，补阳有神效。飘扬在城市上空的本地话，一串一串蛆似的扭动，加上买者卖者为一两分钱争红脖子，在一场令人神魂颠倒的戏尚未开张时，在黑夜降临之前，白天的街道还可从某些景致中挑出少许似曾相识、过去多少年的秩序和有政府主义的形状来。我感叹万分，俯下身，把脸贴在回忆的头上，那首早已淡忘却对我来说非同寻常的歌落在了我舌头上：

　　　我出卖了灵魂，你为我拾了回来，

我简直不敢相信，

你真需要我。

第八节

已经不存在的时间，加上一些不应发生的事，这就是回忆。这话或许有道理，但不会永远如此。这桩不应当有的事不在过去，而在现在，此时此刻，就在这儿。因此，我感到有必要不再遮掩事实的真相。比如，在此书中我想讲的并不是一个恐怖加血腥的性暴力故事。如果我在前面没有说明白，那并不是我的本意，而是还没来得及醒悟到你们的误会。再比如，我不应该拒绝古恒几次三番请求进入这灯残酒冷的舞台，我为什么不允许他、答应他呢？以前他是我的男朋友，现在他算我的什么人？但我的确想看到他怎么将他担任的角色演下去。

当然，我这么说，有点不切实际，在犯傻。事实上，我总是阻止他，虽然我明知不让他走近我是办不到的。例如，就在此刻，我已从这漆黑的跳舞的人群中，辨认出一个远远注视着我的人，高个，表情冷漠。是的，这个人对我而言，并不陌生。

今夜的通宵舞会，由警安工会主办。

"警匪一家，真不假！难怪街上连蟑螂咬死人也无人管了。"古恒将一把伞靠在墙边，站在我身旁说，"这个城市快成政治波普了。"讽刺中带着万分悲戚。十几年不见，他好像我们昨天才分手似的，连招呼都不必打，但他那愤世嫉俗、高人一等的腔调，却是依然故我，一点也没变。

我随着乐曲轻扭着身体说："难道不好吗，警民鱼水情深！"他的呼吸以及从天而降的整个人，使我浑身战栗，我怀疑他的出现隐含阴谋，与某项罪恶的策划有关，但我马上打消了自己的想法，我不想过早地折磨自己。

来参加这个不定期的舞会的人形形色色，各行各业都有，但最积极的是这城市中越来越壮大的警察队伍。乔装打扮、奇形怪状已足够荒诞滑稽的了。熄灯，就意义更多了。当然不是为了掩人耳目，也不是害怕新闻媒体的报道，而是给自己壮胆。于胡作非为之后，灯亮了，第二天若彼此碰头相见装作不曾有过什么事，不负任何责任。这样的遮羞布对某些警察来说是尤其必要的。

古恒终于看不下去了。他拿起搁在墙边的伞，拖我到休息室。

"你的想象永远这么丰富奇特啊！用树叶和花瓣披挂在身

上，头发也削成了男人样，那你干吗还涂脂抹粉？不男不女。"拧亮壁灯，他一边说个不停，一边脱下他的豆沙色风衣，要罩在我身上。

倒在门后的那把伞很新，绿色，而且是仿油纸的。我的眼睛在上面溜了一圈，身体让开风衣。但抵不过他坚持，便随他了。

古恒把休息室的门闩上，站在门那儿望着我，然后说，这还有点像了。

嫦娥宫，这个坐落在外滩，一百多年来都叫同一个名字的五星级宾馆的舞厅，休息室隔音效果优良，几乎听不到金丝绒窗帘外那条著名的江和不著名的海汇合处轮船的长鸣，更感觉不到二十四层楼下汽车与行人的喧嚣，甚至连隔壁百鸟回头群凤戏龙的音乐声，一丝一毫也没泻入。这儿，只有开得正欢的马蹄莲、美人蕉，水一样明净宽大的镜子，以及洗手间有人用过的水龙头尚未关紧的滴水声。

我从镜前的平台上，拿起一盒印有花纹的喷香的纸，从中取了一张，仔细地擦手。我和古恒还有什么可谈的呢？相隔一天就如同一生半世。他懂吗？我可是深深感受到这一点的。

"向你道歉，请你原谅，但不会有丝毫作用，"他一本正经，严肃地说，"我还不如不说的好。"他头发长及肩，脸瘦，眼睛凹进去，这样的五官轮廓醒目，还带有几分沧桑的色彩。我得承认，他比以前更帅，更有魅力了。

我走近他，他披在我身上的风衣竟自己滑落在地上。

他转过身，背对着我，但他看到镜子中的我，突然呆住了。

有什么可吃惊的，你忘了我的身体是怎么回事，表情何必如此夸张？但我发现自己想错了。他盯着我手臂和屁股上的文身，说："传闻一点不假，你真是康乃馨帮的人？"

"什么帮不帮？"我说，"这是我个人挑选的花纹。"我揭掉手臂和屁股上的树叶和花瓣，看着镜子里的古恒，问道，"难道你不觉得很美？"我耸了耸肩，顾影自怜地转向一旁一面更大的镜子，那深陷进皮肉色彩斑斓的图案，箭非箭，花非花，它们纠缠起来，毫不留情地将时间往前抛。不懂的人永远不懂。可不是吗，此时彼地，恍若另一世。

他不自然地颓坐到沙发上，鼻子里哼了两声，才说："不是美丑问题。"

"那是什么呢？"

"感觉不对，也许是感觉跟不上来，总之，我觉得极不舒服。"

我说："得了吧，感觉。感觉都是瞬间的，而且太个人化了，我奉劝你留给自己，我不想知道，因此免开尊口。你别皱眉，这都是你的口头禅！"

他苦笑，接着便沉默了。可没隔一会儿，不等我开口，他就说那年他去的那地方比他想象的好不了多少。他显然在做一种不像解释的解释——为他重新出现在这个城市。关于他失踪，我已没这份耐心在这儿听他瞎扯，更谈不上要去追问个水落石出，我表现出想离开的神态。

"才两分钟，"他低头看了一下表，"再待一会儿行吗？"他抓住我的手，继续说，那地方比他想象的还糟，那是一种你摸不到看不见的可怕和无知。他身子倾斜，把我的手放到他的唇边，轻轻吻着，"不，那是我瞎说。"

我心里有点乐了，他承认撒谎时连眼睛也不眨一下，完全跟过去一样。

他强调他哪儿也没去，仍在校园，有时住在研究生宿舍区九号楼，时不时骑自行车去教室听一堂"现代文学作品剖析"，与教授讲讲素笑话。有时候，带几个学写诗的回去，不，不，当然是她们自愿的。换了换花样，滑滑旱冰，拍拍照片，去一些文学社演讲、指导而已。

我俯视这个男人，他对我来说，仍然不同于别人，不然我凭什么会站在这儿听他瞎说呢？

"跟我回去，答应我！"古恒的眼睛充满深意地凝视我。的确，眼睛注视比手的抚摸嘴的亲吻有用得多。

"回哪儿？"我的温柔声音又回来了。

"我那条路不容易走，你这条路更不能走，太可怕了。"

"我不明白你在说什么？"

"你要装糊涂就装吧！"他的手伸进裤袋，掏烟，但只摸出一个画着龙虎卧在一起的烟盒，他不死心，再次搜索，仍摸不出一支烟，便把龙虎揉成一团，扔在大理石的地上，感觉到我投过去的目光，又弯身拾起。

"我偶尔也去电教室看看新潮派的电影，什么《摇摇摇》《活着的痛苦》，你看过吗？"我耸耸肩，古恒不是在有意耍弄我，就是住了几十年精神病院才放出来。

有人敲门。我和古恒都未作声。敲门声停止。也许是有人要去洗手间，见门关着，便另换一地了。古恒的声音随即响起："你不在的日子里，我的时间靠找事打发，无聊透了！那么多女人，试试可以，可哪一个像你呢？我能去哪儿？我不过是换了一件衣服，有时，戴了副轻度近视眼镜，有时换成墨镜，理了一种别的发型。"

他把揉皱的烟盒放回了裤袋，站了起来，直视我，声音肯定，带着仇恨，或者说近于仇恨。"实际上那晚消失的是你，而不是我。我至今在那个倒霉的大学做'住校'诗人，而你呢？"他走了两步，"是错误，是你的错，那晚本来不该发生的一切发生了。嗯，我想起了，你为什么要拦我？"

"我拦你了？"

"你不拦我，我就不会跟她走了。"

"'她'——盲人，那个演员？"

"你很聪明，不过我们并没有存心演一出戏。"

"你为什么不敢承认自己一生是在演戏呢？"他刚要开口，我打断他，不想再听他说下去。这事一提起，我就恶心。

"她真是一个出色的演员，"他钦佩地说，但又不无遗憾，"可惜她只能演一个角色，演完了就只有退场。"

"这不就是你和每个女人的关系吗？"我笑了起来，"难道我的角色还没完？"

"角色？哦，"他也故作轻松，笑了起来，"没完，当然没完。你换角色的本领谁能比得上？"避开镜子的光，他减缓了些说话的速度，说，"总之，不管怎么说，我还是愿意向你道歉，请你原谅。我几乎天天从窗子里往路上望，希望看见你，听到你的脚步声。"

我回想起来了，早已结晶的泪水，像门前的霜，脚印踩在上面，全是污迹。我不断闩门又开门。我骑车到校园转，怕深夜他喝醉酒摔在路边，虽然我明白他不想让人找到时，谁也找不到他。一两天没音讯是常事。

这天清晨，我醒了过来，仿佛和以前的每天早晨醒来一样慵倦懒散。但又与以前不太一样，窗外温柔的绿色淌入我的眼里时，我感到了树叶把风带动，涟漪在一次次抚摸洼地里的水，乌云像一座座相连的山，移动在田野上。我铁了心，得改变这一切。首先我想到的是搬家。但出去转了一整天之后，我便打消了这个念头，一是一时找不到比我目前住的更理想的房间，二是我想，只要我留在这儿，我就会再拿起笔。

这是一个应该记住的日子，我不仅将床、桌子、椅子调换了位置，而且把房间清扫得一干二净，达到了重租一个房子一样的目的。

门外小路上响起了脚步声。我定了定神，与其受门外一阵又一阵脚步折磨，还不如干脆将门打开。那是个多雨的季节。几天不见，古恒大大甩甩地回来了，手里挽着一个修长身段的女人，两个人互相注视着，欲火的热浪，煽得我和一直敞开的门直摇晃。

古恒看也不看我说，外面空气新鲜，你出去散会儿步好吗？

我说，不明摆着外面在下雨，你们才跑到这屋里来的吗？

而且我在写作，我不想中断。

哦，真的，古恒敲了敲自己的脑袋，好像突然明白过来，真对不起，我忘了。

那个女人看着我，古恒对她说，这是我妹妹。她心肠最好，待我比我妈还好。然后转过脸对着我：好吧，你继续写——你不会回头的，对吗？

他们钻入了薄薄的蚊帐里。我背朝床，但比面对床更难受。一层蚊帐之隔，或许算是古恒对我感情的一点照顾？

我坐在那儿，笔尖在纸上划开一道道口子，眼泪啪嗒啪嗒地掉在稿子上。大概听见我抽泣的声音，床上吱嘎声和嘴唇相接的吮吸才停住了。那女人说了句什么，然后我听到衣服的声音，不知是穿衣还是脱衣。我一直不愿，也不敢回头。

门被狠狠地摔上。

古恒说，你为什么不走开，尽坏我的事。

因为我并不是你的妹妹。我的反驳，语言贫乏、无力到我为自己羞愧的程度，其实我心里明白，我不是这样软弱可欺的，我不过与天下所有的恋爱中的女人一样，为了抓牢爱情，睁只眼闭只眼。

人行道上，每隔一个水泥方柱，便有一条红色塑料长椅。

这条街，屋檐如广州街头一样宽，下雨天也不用穿雨衣打雨伞。

我和他坐在椅子上。周围是肩并肩的商店，拥挤的汽车、三轮车以及拎着大包小包的行人。那个傍晚，天空逐渐吸收椅子上的红色，渲染着远近的楼房。

这情景就像 90 年代初那位著名女导演林白摆弄的镜头，男主人公在带轨的电车里看见他心爱的女人走在街上。我们的耳边一遍遍传来他的叫声。因为车玻璃，因为人声嘈杂，因为所有可以导致她听不到他呼唤的原因，他的心脏病突发，死在追她的路上。

刚结束的电影结尾，无疑打开了古恒与我之间的一条捷径，他注视停在对面车站上电车的神态，使我的眼睛逐渐明亮起来。我从小就有的恶习，使我害怕自己被摄影机拍进去。

古恒当年在我的心中和此时此刻是多么不一样啊！

古恒拿着一枝白色的马蹄莲在我的肩上摩动：我为你写了一首长诗，副标题——献给人的女儿。

　　　　飞机的侧面投射出虹的幻影，

　　　　情况特殊时是几个弯曲的器皿，

　　　　种植于苹果的核中，

　　　　置于比目鱼的鳃上，

闪耀在店堂强行穿透玻璃的心。

我的脸移向他，闭上眼睛，沉醉地听着。"这咬人的剪刀，一个装满红蚂蚁的杯子。"他抱住了我，手上的动作爆发到夸张的程度，而嘴在我脸上找不到家。

他睁开眼睛深切地看着我，忽然他把我推靠在墙上，所有的力量都使在我与他分开的时间——那段空白上，他企图用肉体填满它们。我正好面对镜子，他骨骼分明的背脊，绷着肌肉的腿和往下滑的裤子，一一晃动在我的眼里。

在他要进入我的那一秒，我推开了他。我承认我有意作弄他，半点帮忙的心思也没有。"听着，"我叫他的名字，"你现在就走，离我远些，像以前一样。"

"我要是不走呢？"他愠怒地系上裤子。

我朝门边走去："对我来说是一样，对你可很不一样——我不是威胁。"

"你就这样走了吗？"

"当然就这样走了！"

我的语音未完，手被他抓住，反剪在背后。"我让你就这么整治我，"他把我推到镜子前，"看着你自己，你把刚才的话再重复一遍！"

我没作声，他在镜子里的形象并不比我雅观，他咬着牙的样子，既狼狈又狰狞，而且很陌生。"这不是你的心里话，你一直不给机会让我表示多么爱你，但你现在这么做，不就是在宣称……"他喘着气说，"你要我说爱你胜过一切吗？……"

"爱爱爱，"我说，"你真是一点没变。"

踏着一地损坏的花朵与被击成碎块的镜子，我拉开门。经过舞池的门厅，穿过长长的走廊，按了电梯的键钮，在进电梯的一刻，我回过头，古恒果然还站在走廊拐弯处，灯光下他的衣服泛出绛红色，脸上疮疤更加不平——屋顶旋转的红灯正对准他。他在吼叫，听不见声音，但可能说的是最有意义也最真实的话。

电梯门"哐当"一声关上了。他怎么在这个时候出现？这问题又跑入了我的脑子。

第九节

每月的中间，我在不同的日子会见一个不同类型的女人，而每月的最末一天，我喜欢选定一个特殊的地方，静静地想自己的事。

这天正好是月末，我坐在大世界悬空的锥体咖啡店里。

落地玻璃窗外，西藏路、九江路上，一些人身上涂着油彩，一些人衣饰是复古式披麻戴孝。他们眼光笔直，漫步穿过街上稀疏和密集的人群。这些做白日梦的似乎与患夜游症的人轮流值班，占据了这个城市不多的绿地和长椅。

我付完账，把小费放在桌子上，正准备起身走掉时，一个一副江南才子模样、三十出头四十不到的男子，一步跨上手扶自动电梯。

我当然马上明白了这个人是谁，我隔着假石山真兰竹朝来人叫了一声。

"她是一个乌鸦！"

"你总能把她变得酸酸的。"

我喜欢和债主进行类似上面的谈话，她的牛仔裤 T 恤衫一类的衣服是我另眼相看她的理由之一。而眼前的她眉毛粗黑，涂了金属色的唇膏，亮闪闪的，烫过的头发一丛黄一丛泛红。

"女人扮男人的确不一样。"我的声音在我自己听起来很高兴，这使我有点意外。

她侧过脸来，眼睛看着我，嘴唇一动，没说话，却诱人地笑了。

"大世界极乐世界"七个字，像一道斑斓的彩虹腾起在傍晚淡蓝的天空。舞会的大型广告满城皆是。

五千元一张门票。对大多数市民来说数字不小。可这舞一眨眼成了时髦货，老年人像少年人一样发狂，通路子弄票。有趣，拿钞票买逆时针的感觉，我们冷笑。

我们在棋盘状的里弄里穿越，在摩天大楼夹缝里，这里的老房子破败、肮脏，门窗蛛网密集，许多地方屋檐遮住了天色。远处十字交叉路口盖住下水道的铁板不时发出一两声怪响。

"你知道吗，我不开寸寸笑包房歌厅酒吧了！"债主踢开一个易拉罐说。她是最早扔掉医院铁饭碗下海的医生。

我笑了，说难怪牛鬼蛇神都从地底钻出来，想咬住城市的喉管。"我变我变我变变变"的词已成为电视新闻开场白，挂在每张嘴上。那贴在地铁火车站码头专做男器整直，女人阴蒂加敏的大页广告居然也有你债主一个。

我还做阴阳人手术，她嬉皮笑脸，说保证器官合适，有我这门祖传绝技，世上就多一台有趣的闹剧。

道路突然宽敞，却人声喧哗。我俩胡乱走到车台路和福佑路的古玩市场。全辐射灯高高低低，亮度深浅不一地照着摊位上的首饰珠宝、鼻烟壶、牙木竹雕、翡翠玉器、红木家具，还有一些字画印石、缂丝顾绣。真伪混杂，琳琅满目。

"几钿?"

"勿要寻开心!"

比起广东路上的百年老店来，古董贩子贼亮的眼睛更懂行情，而买主脸厚嘴更滑溜。

我拿起一把弹簧刀，刀盒雕着一只嬉戏的虎，刀柄刻有我熟悉的康乃馨花纹，我一按，刺目的刀刃坚挺地跳了出来。接住抛在空中的弹簧刀，我将它佩带在我镀银的金属皮带上。

债主在旁说，既然你喜欢男人的玩意儿，下次我就带你去静安寺，那儿是真正的地下黑色娱乐区。

牛群从栅栏里分批提出。依墙站着两排五六十岁的男女，塑料围裙、长条案板血迹斑斑，苍蝇飞在人和牛之间，嗡嗡叫，铁钩整齐地挂着剖开了的比人还高大的一头头牛。

立竿见影俱乐部，剥皮游泳池，各种名堂的私人治疗室，错落有致，构成一个葫芦状的大服务中心，在葫芦底是杀牛场，显而易见那些逐渐年老色衰的人并非专职屠夫，但比专职屠夫更专心致志。

我摸摸腰上的刀说，郎中女士，如果你也想试试，我也可以去一次。

我坐上双层高架单轨环城电车，慢悠悠地，几乎擦着马路边的房屋行驶，如一张旧唱片哼着一支久违的歌，树枝不时遮挡着挡风玻璃窗，混杂着一块一块淡而无味的灯光，细长的苏州河流泻到唱片上呜咽起来，岸两边狂舞的风，夹着刺耳的笑声，把我结结实实框住。

"你比以前更快乐吗？"我抚摸玻璃窗上一个幽灵般的人影。

"当然，那还用说。"我急不可待地替她回答。

第十节

袅袅升起的烟雾之中，父亲与母亲坐在对面，以我少见的严肃面孔盯着我，只有当窗外的天空接近浅红色，他们脸上才挂着枯淡的笑容。我头轻，脚也轻，感到空气也轻。这种云烟的最新产品，抽了两支，香气就不离开，在我身上的一些角落找到居留点。难道我是真的想看见他们？

善开玩笑，是父亲自然的天分。就这一点，使母亲迷上了他。上班他们在一个办公室，回到家，他们又在一起，不在一起时，她的心却跟随着他。因此，他们之间究竟相互憎恨到何种地步，不算我在内，所有认识他们的人都可以想象，玩笑开了几十年，到了这个份上，他总指着窗台上的一盆从不开花的仙人掌，说你对它发火吧，骂、打都由你。

于是她就把气发在这个象征着男性器官的植物身上，有一次，她独自在房中对着仙人掌吼：给你个麻雀屎！

他听见了，说，作为植物，谢谢佳肴美味。

我翻了一个身，母亲的眼泪像一条河涓涓淌着，然后，像一个小水沟，最后母亲的脸成为暴露着被水冲刷得光滑平坦的枯石，我的脸埋进松软的枕头里。

嗯，就这样，我嘴张开，在童年的深处，窒息，兴奋，那是革命取得成功，全国无一处不红彤彤之时。

什么声音让我停止思念旧事，电话，或是门铃？

我微微睁开双眼，回忆，正趴在床头，我想伸出手去抚摸它，可我突然一脚踢开了它。"哇"的一声，它跑开，带着忐忑不安的目光。

我从床上坐了起来，没有任何东西可以满足我，更不用说一个男人，而我还自以为满足，这不显得可笑吗！

"叫他走！"我大声说。

隔了一会儿，有声音答道："他不走，说一定要见你。"

"让他进。"我说。

古恒被带了进来，我从卧室通向外间的百叶窗望过去，他站在一幅高行健的水墨画前抽烟，脸侧着，看不清神情。

两三分钟后，他似乎是抽完了烟，掉转过头，朝卧室走来。他满脸是笑向我的床靠拢，正要接近我时，回忆汪汪叫了两声，露出锋利尖硬的牙齿，特别是死死盯着他的一双眼睛一闪一闪，他打了个寒战。

"我的天，你什么时候有了这么个母夜叉看护?"这是古恒再次见到我说的第一句话。

"关你什么事?"我坐在床沿上，正在套黑色的长丝袜，"谁让你闯进来?"

"是呀，关我什么事，关我什么事……"

我当没听见古恒神经似的嘀咕，用手揉了揉脸，推开落地窗，到宽敞的围廊上，隔着洁净的玻璃看出去，这里似乎刚下过雨，黑黝黝的一片。

下了楼梯，我出了门，来到花园里一块不太整齐的淡青色的石头上坐下。回忆趴上我的膝盖上，我把它抱在怀里。

黑色的窗框内落地白窗纱微微拂动。花园里树木葱绿，花朵长势不错，尤其是那像血一样红的小碎花，一年任何时候都在开，同时也在败落。二层高的小楼房爬满常春藤，草坪整齐，夹着几枝柔弱的勿忘我，晶莹的露珠在闪动，阳光从松柏、樟树、梧桐的枝叶间漏下来，但云山已经蜂拥堆叠，恰似我郁闷和狂躁的心情。

古恒的脸从玻璃窗框里探出来。一个他从前的女人，现在正坐在这样一幢花园房子草地的石头上，穿着齐膝盖的深黑色丝袜，浅黄色的皮肤，赤裸着部分上身和下半身，头发已到了不能再剃短的程度，怀里抱着一条黑色大狼狗，在这么一个时而阴霾时而阳光乍现的天气里，又是一个潮湿的上午，空气里到处都飘荡着透骨的香味。他呼吸越来越急促，在后来最后一次见面里，他言称就是在这个时刻进入了非他所能控制的莫名其妙的情绪的。

"蝃蝀"，我第一次听见古恒叫我的正式名字，他从来都叫我一些由他自己发明的怪称呼，诸如葡萄红、不愿受气小青蛙、六六顺之类。他从楼上下来，站在离我不远的楼门门框中间。我仍背对着他，没有回身，仅打了个哈哈，算作回答。

"你能对我好一点吗？起码让我可以接受。我已经离婚了。"他一手撑住门框，一手放在腰上，"你知道这是为什么？"

我说，我已经对你说过了，别来找我，我派去调查的妖精昨天已向我报告：古恒突然出现似乎没有什么背景。那就更没必要打交道往来了。

"你听见了吗？我已经离婚了。"

我当然听见了。我心想我都不知道你跟谁离的婚。

"就让那种东西——操你,那些新旧红黑帮!"他等了很久后,突然粗鲁地吼了一声,报复我的沉默。

我站起身,回忆摇着尾巴,在草地上与一条不知从哪里跑来的小花母狗亲热地对视。我告诉古恒,他若打算决斗,就少在这儿和我啰唆,"过桥去,他们的地盘在江对岸,老开发区。"

"我不会辜负你的期望的。"他打着伞沿着花园里碎石子铺就的小径走了几步,停下,说,"我告诉你,你得小心,别把我人性里最残酷的一面显露出来。"

"你别把我身体的另一面显露出来。"

"哪一面?"他问。

"这一面。"我边说边将身体转过来对准他,我俩都没有笑。

第十一节

鸟和鱼都在非自己的区域生存了下来,鱼可以飞,鸟也可以潜入水中。

妖精这么打了个比喻来回答我,她穿一身黑底白点的服装，裙子不像裙子、连身裤不像连身裤，却像一只海狸鼠，在饭店喧闹的声音中窜来窜去。

饭店的大西餐厅里坐着淑女模样的女人，她们举止得体，语言文雅。另一些身穿燕尾服，口袋上露出一角白绢的男人一只耳朵上挂了耳环。这些职业杀手等在这里，与其说等待任务，还不如说等着钞票流入他们饥饿的口袋。这是几个有势力的帮会的联席会议，我一直坚持不参加，但现在我们已弄到非参加不可的地步。失望和愤怒都不是紧要的，理想的破灭感迫使我行动。

"我们派出去的姑娘，被杀了不少。"有声音叫道。

"必须报复！"

"冤冤相报还不够吗？"

大厅里许多人同时吼了起来。

房间里金鱼吐着气泡，咕咕响。

弄堂口鲜花店，单支的孔雀毛插在高筒瓷瓶里出售。

假若这个头发耸立披着蛇皮的男人，不是一脸麻子的话，长得真够清爽的。

"我祖师爷教的特技，"他炫耀地补充了一句："旧上海这码头之大哥黄金荣。"他手里的苹果皮如一条波浪垂落在地上：叠出一个没有肉的苹果。

猫对这个勾她到家里来的男人说，你不是要给我看你的发家的宝贝吗？

麻子放下苹果和削苹果刀，打开走廊里的一扇门：地下室爬满了癞蛤蟆。"别看它们不受看，到时个个都是特级炸药。"他回到卧室得意地说，"跟我这家伙一样顶用。"他把手放到猫的腰上。猫问："你脸上有多少颗麻子？""大约一千八百八十颗吧，"他眯着眼睛说，"每一颗都是一个女人！"

猫说，你这人怎么一点不幽默，为了奖励你的不幽默，我给你留下一个真正的纪念。猫拿起削苹果刀："给你一个帅位吧，统率全军。"她手中的刀在麻子的左脸颊划了一个大×。

女人与女人已这样相互介绍经验，好像只是一种雕虫小技。想想也是，那老一套，用一个对付猛虎的陷阱，对付一个要几小时才能硬起来的耗子般的肉棍，真没有什么值得骄傲的。

"这不行，这不符合我们俱乐部的宗旨。"我举起双手，让整个大厅安静下来，"我们主张甘地式的不合作主义，费边式的渐进主义，新马式的改良主义。我们要求女人团结起来，拒绝男人的性霸权，挫折他们的性暴力倾向，从而改造社会。我们不能偏离这既定的宗旨，这是我们运动的立足点。"

有人鼓掌，也有人吹口哨，怪怪地尖叫，跺地，敲桌子。

债主接过我的话，说："只有内奸、叛徒，才故意煽动左倾机会主义，喜欢极端行动。这些人，奉劝她们还是脱离本俱乐部为好！"

"而且本俱乐部再次重申，拒绝与任何暴力团体合作！"我必须坚持这个原则。

大厅里开锅一样地争吵起来。我借故离开，刚走到有着喷水池的前堂，发现妖精跟了上来。于是我俩到了饭店顶层的房间里。

"我依然是一个诗人。"我对妖精说。

"二姐，别话中带刺！"

"前天你和谁在游艇上？别以为我不知。我委派你去调查古恒的背景，你身负任务，却假戏真做。"

妖精戴了一条黑丝绒做的项链，衬得她的脖颈修长、白皙，美得惊人。

古恒以前多次建议我买这种项链，我没有在意。看来这次妖精是真走邪了。"我本来想再听一次鱼和鸟的高论，看来纯属多此一举了。"接着我说，"我想，我应该又叫你阿通了吧！"

妖精有个人人皆知的毛病，一和男人在一起，她就便秘，卫生间一坐就是大半天，只能吃泻药才能解决问题。离开男人，大便畅通无阻，什么事也没有，她最不能忍受的就是这外号。

妖精笑了起来，说："一个看不见的男人就如同一个死去的男人，因为不存在，所以便无所谓。"

她的话很坦然，那意思再明白不过了：由于古恒重新出现在她的生活里了，她自然就忘了他从前如何玩弄她，连同她一把泪一把鼻涕绝望的哭泣。

我沉默了。妖精看出我的愤怒，突然爆发似的吼叫起来，停都停不住，说我的心只在别人身上，我视老家伙债主为第一位，小油皮猫第二位，可她呢，不过是替补的工具。而她费尽心思追求我，我不过敷衍了事，比如，仅仅吻吻她而已。

她放下杯子，看了看我，或许是由于我的一言不发，她才说了下面这段绝话：

"干脆说吧，古恒对我说了，你到处找他，让他觉得再不回到你的身边，你迫切得已不像话了。现在你假装不在乎他，其实是怕再次失去他。同时，你又害怕由此危及你的康乃馨的领导地位。唉，他怎么会喜欢你呢？你瞧瞧你的脸、身段，已经被酒和烟残损，如果不化妆，唉，一种毁坏的美，怎能使人持久地保持热情？"

似乎为了显示她的细腰和高耸的乳房，她便如模特儿一般在房间里走起时兴的宇宙步来。

我淡淡地说自己不太相信古恒会那样做。我的手在沙发的靠背上画着，我表示知道自己是什么样，而且略微懂得一点男人的品性。我劝她既然加入康乃馨了，就得守康乃馨的规矩。

"算了吧！说白了，你不让我爱你，难道还不让我爱别人？真的，谁会要你这样的性叛逆，你不想嫁人，是因为没男人可嫁，还想压制我？你真是古恒分析的那样，是阴痿，徒有其名的荡女，该去看医生。"

古恒昨晚打电话来，一边诉说他如何寂寞，一边张扬他的战绩，自然而然地谈到妖精，我知道古恒的用意。

我对妖精说："你一点不腻吗？你与多年前一样，本性不改，只要你怀疑谁是我的男友，你都要动心。"俱乐部禁止和男人发生有情感的性行为，除非目的是戏弄、报复。而且，听刚才妖精说出的古恒挑拨的话，虽然是他生性如此，现在却使这个团体面临重大的危机。看来，我得亲自弄清古恒的真面目才行。

你不妨经过几户人家共用低矮的厨房，爬上漆黑窄陡的楼梯，手摸索着木质结构的墙，到一扇照着紫色光波的房门。

古恒会拉开门。房间亮着台灯，像笼子一样大，一扇窗敞开，床套着洁净的床罩，舒适而温暖，有一股我最喜欢的干草香味。熄了灯，两个红红的烟头在黑暗中一闪一闪。一个典型的上海弄堂里年老的女人，穿着花睡衣睡裤，突然从过道里端走出，不敲门就推开门，出现在门口。你当作没看见似的。一阵低低的脚步声远去了，但她那双空洞的眼睛似乎还留在门口，长满刺人的麦芒。

那和古恒共度长夜的人并不是你。

九死一生，摸到长城，绍兴处男，各种名酒这些男人都喜欢，常在这间小屋，一边喝酒，一边感叹，只要是女人，都可以浪到天一样高呀，只要你需要她浪，并且只为你浪。古恒喝酒如水，不停地换 VCD 影碟。

所有人都可以是朋友，当古恒这么认为的时候，他是在说，每个人都可以成为他的朋友。他们喝醉的时候你可以验证哪个男人强些。

我说到这儿时，妖精垂下了头。那张散发着干草一般香甜气息的床，在变形，像一条宽大的鱼，跃出墙，沐着铁青色的月光，这鱼和自己的影子，在街道的楼房间慢慢游动。

我什么也未看见，就像十多年前我乘坐在奔驰的列车上。那时我对上海的了解，只是凭借着从书本上得来的片鳞只爪的知识：污秽的河流，弯曲狭窄的马路，霓虹灯的蛛网，谜语一般的里弄，脱得精光掀起一角门帘的妓女，铺天盖地的服装店，旧书摊，面包房，影剧院。人力车、出租车、电车驶过众多的桥。黄浦江岸上，屹立着一百多年来各时代一层比一层高的建筑，不倦的黑暗之中，却永远是夜来香如一阵柔风来回低吟。钟楼的大钟在这块旧殖民地的大世界敲个不停，提醒饭馆里的几杯残酒。

事发前的黄昏飞满落叶。

母亲不放开父亲，一分钟一步路远，这样反而刺激出他的决心。他选择了那个夜晚，他说他谁都嫉妒，你甚至连你自己也嫉妒，你怕照镜子，你怕看见什么呢？

血像花朵一样溅到我的脑子中。

父亲闭上眼睛，母亲似乎也熟睡了。

再也没有敲门声、开门声、关门声。泪从父亲的脸上一滴一滴淌了下来。终于，他们两人能安静地躺在一起。一根系在父亲脖子上的丝绸领带，再三辗转，终于被送到他们唯一的女儿蝃蝀的手里。

我仿佛如当年一样坐在火车的窗边，眺望广阔无际的田野、村庄、小镇，套着缰绳奔跑在铁轨一旁道上的马车，倾听离我越来越远的那个山城最后一声来自亲人的喊叫。那个城市也濒临长江，天空里飞着江鸥，水面上浮游着大小不一的船、稻草、碎木块以及破布鞋，穿过好几个省、市，绕过一座山又一座山，最后，带着半个中国的污染物流到上海。在这个时候，我清楚地意识到我父母的必然结局，我自己尚未到来的结局，都无法逃脱一个可笑的形容词。

　　新娘子，起床吧
　　婆家送来一朵花
　　什么花
　　栀子花

　　飘飞着市嚣和尘埃的天空，突然静了下来，出现一群男孩重复念唱这段儿歌的声音，稚气、无邪，而且嘹亮。
　　雨淅沥地下起来。
　　关于人与人的种种关系，我什么都知道，什么都看见过了，但又有什么用呢？我只能关上窗户。我只能如此。回到我同回忆的偎依里，从它露出獠牙的大口中，窥视黑暗的内部，然后毫不犹豫地往深处走去。

第十二节

看来局势比我的预料更为严重。

各小报纷纷报道本市所有医院的泌尿科急诊爆满，经调查事出有因，接连发生一桩桩男人被伤害事件，受害者虽无生命危险，但少了一样对男人来说不可没有的东西。报纸分析，像蓍草叶，嗜养蛐蛐，收集广告、旧易拉罐、木酒瓶塞一样，有一伙人近来开始收集男子的性器官。奇怪的是被害人并不上告，也不报警。其中有些人因为还留有睾丸，但失去满足性欲的工具，忍受不了性欲的折磨，自杀身亡。现怀疑是黑社会康乃馨俱乐部——其成员都是这些性变态的女人——所为，暂无确实证据。报纸提醒本市男性公民重视自身安全，云云。

我随手扔掉一大沓报纸。抬起头来，默默看着回忆在江边悠闲地溜达。

"古恒没伤着，"有声音在我一旁汇报说，"只是……"

"什么？"

"和他一起去的一个姐把命搭上了，另一个姐受了点轻伤。"

"是妖精吗?"

"不,不是。"那声音结束了,那场决斗也随即在那声音的叙述中结束。

我松了一口气。为古恒,或是为妖精仍活着?当年妖精刚考上比较文学系的研究生,与古恒见过几面后,便相约去游泳。"他像我梦中的一条鱼,从水里冒起,水花在他的四周溅开,他那种微笑……从那刻起,我就想,一定要征服他。"她和古恒极相像,落入占有欲之魔手时,都停不住步。

我的目光越过回忆在远处的身影,投向外白渡桥,人群像蚂蚁,公共汽车、卡车、老爷车、出租车、三轮车、手推车、自行车如乌龟一样蠕动,喇叭乱麻似的缠在半空。而从下水道里跑出来的老鼠,往车轮和人脚间的缝隙游戏般奔逃,发出比人还高昂的尖叫。

光头不要紧,只要身上另有毛发。我突然想起自己剪掉长发时说的话,几位秃头男士不约而同重复的话。这是个笑话吗?我认为不是!如果不是,那为什么又引来一阵喘不过气来的笑声?

自动调色悬灯,罩着一个个灯光的小笼,里面临时拼合的一对男女,或一对男人、一对女人正畅快地伸手抬脚,在散发美味的旋律里,跟着舞池中心的领舞,落入彼此身体的低八度或高八度的地方。

在鬼火流荡、冤魂出没的阴森气氛中，仿佛咯咯响着偷看你的不是坟里的白骨，而是自己的血液和骨头。债主经常津津乐道她当知青时去坟堆谈恋爱的故事，而火葬场，她说，飘荡着死人灰烬的空气里有种兴奋剂。

半夜的南京路上，两个少年身上缠满红纸，手拿高音喇叭，正在诉说满城黄衣使者牌的荧屏电视与膝上电话对他们身心健康、正常读书学习的危害。"坚决消灭，只要这个城市还有一个黄衣使者，我们就不会撒手不管，请红衣牌主顾坚持下去。"

十来个少年把没收来的夺来的一堆荧屏电话、膝上电视砸在地上。露出内脏的机器，一副可怜巴巴的样子。

我在路旁的电话亭里，和债主谈最近几天来的情况。

债主的房间到处是书，但她从来不读。她的床安置在书之中，书犹如坚厚的墙，把她围在里面。在我第一次到她的家时，我就毫不忌讳地谈到自己的看法，这房间实在像一个棺材。没想到，她回答我，这正是她要的。想到此刻她正躺在那个类似棺材的床上握着电话筒的形象，我便忍不住重提旧话，我问她妖精犯俱乐部规怎样处置妥当。

"二妹，"债主说，"你有权对妖精采取纪律处分，但不必对任何主义太认真了。"

　　电话那头传来她咯咯的笑声，谁在债主那儿？我敏锐地感觉到这里又有名堂。可能是猫，我已经好些天找不到，也可能是古恒，如果他知道哪里是我的最弱点！

　　我撂下电话的手直抖。第一，这个俱乐部正在失控之中，我怎能容忍传媒把我们叫作"阳具狂""杀人犯"。可是除我之外另外几个负责人开始自行其是，连一向同意"消极反抗""勿以暴抗暴"原则的债主也改变态度，在这个问题上与猫观点一样暧昧，我几乎成了孤家寡人，康乃馨也快成了货真价实的匪帮。虽然挨割的都是罪有应得，公安局有意袖手旁观，但这种互利协定不会长久。其次，说好了上我这儿和我一起过周末的朋友，以前会感到荣幸，会打扮整齐提前赴会。现在却常让我空等，直等到我无可奈何，只好一个人在街上瞎走。类似这种事已发生过好几次了。我是一个不会再去爱男人的女人，那么女人呢，我承认我从来都爱，并对我所爱的女人怀有同等的感情，决无嫉妒之心，毫无条件，嫉妒是性关系中最可悲的一环，我们为之而奋斗的康乃馨精神就是要摆脱这个万恶之源。但我发现自己受不了已被男人割出的伤口，再被女人打开。

第十三节

古恒特意剪掉留了十多年得意非凡的及肩长发，留了个分头，故意显得很轻松地坐在花园里我平常喜欢待的那块青石上。他的样子，我几乎不认识了。撑开的绿油纸伞，在他手里如风车一样转动。天并没下雨，他是有意，还是不知？我再次发现古恒竟然还能玩出新花招，对付女人永不疲倦。

"你没有做不出来的事！"我说，"你离间分裂我们俱乐部的核心成员，诱使我们团体误入自杀性的绝途。"

"是，又怎么样？不是，又怎么样？"他装作镇静，"我已在这儿等了你整整一天一夜，诚意还不够吗？我必须帮助你，阻止你。你知道吗？你继承了你父母的疾病，精神分裂症，他们的血还流在你的身上，让我给你仔细分析一下。"

"谢谢你来教导我！"我将身体倚靠在花园的雕花黑色铁门上，"某某人一会儿要自杀，一会儿要决斗，一会儿干脆失踪，把这一切无理智行为，统统用爱情来包装，这种人更急需治疗。请你走开！别在这儿玩火，把无辜的命也赔上。"

"你认为我从来没有真心待你？你不已经把我的心给摘去了吗？"

我做了个此话臭不可闻的手势。

"好，好，我服你了，"他轻轻咳了两声，站起身，走近我，说，"你已经怀孕三个月，能告诉我吗，你怀的是谁的孩子？"

"你跟踪我？"这个撒谎者，刚才还说在我的房前等了整整一天一夜，和从前一样，没一句真话，而且以此为荣。确实，我刚从医院检查回来，除我的医生之外，谁也不知，自然我也不会和人提。

他似乎因我一时的慌乱神色而得意。

"反正我绝不会怀你的种！"

他眼睛盯着我。我突然羞红了脸，他讥讽地笑起来。

"你真的想知道，"我走到银杏树下，半打趣半认真地说，"知道了不后悔？"

"只要你说实话。"

我摇了摇头，疲倦地坐在草坪上，昨夜的梦，整天缠绕着我。

"干吗要折磨自己呢？而且还做出一副想象力丰富的样子。"古恒说。

"不错，我会做的，我的想象力也会如此丰富！"我的话未说完，一把雪亮的弹簧刀突然从我的手里蹦出，对准古恒的裤裆。十几年前，我就应当用这么一把刀对准他。

他想笑，但脸抽搐了两下，未笑得出："你怎么也会对我这样，学左倾机会主义恐怖分子的样?"

"看来这是没办法的事，凭着我过去曾自动上当的那一段，我今天可以饶了你，但你让我加深了对非暴力的腻味，要改变这个社会，非暴力太慢了，太便宜了你们这些恶人。所以奉劝你还是赶快离开为好!"我用手试了试刀锋，"我害怕我改变主意。"

天空，一群鸽子飞着，猛然间变成女人的脸。

当花园里一个人也没有的时候，悲哀笼罩了我，刀从我的手里滑落到草地上。康乃馨已经开始腐败，而且现在腐败开始降落到我自己的身上。

债主开着她的黑色菲尔龙，在城外的高速公路上疾驰。她戴了一顶鹭鸶帽，遮住半张脸，嘴里在说着什么，但我听不清楚。不就是你不想卷进古恒的漩涡，你未免把男性的魔力看得太强大了一点吧!

不，我早就想离开了，她握着方向盘，脸侧了过来，古恒其实没有你想的那么糟糕，他想写金老虎畅销通俗小说丛书，把诗写在小说里，一章一章地解释书中诗所指的那些女人，一骂到底的却只有他的前妻。

我的录音电话里有古恒第三十一次的声音。

我最喜欢把一个新鲜的女人像剥笋子一样剥光。

我说债主干吗替古恒说话。

债主笑笑，她的眉梢新穿了一只银环——连我都不知道这是什么符号，环上的棱角反射着扎眼的光，她摇摇头，把脸转过去，雨，打在车玻璃窗上，车轮溅起高高的水花，溅上一辆辆飞一般行进在路上的汽车。

"你去哪儿？"

"一个我也不知道的地方！"她的声音夹着一股冰凉的风。

看着她从视野屏幕上消失，我终于懂得"到了年龄"这话是如何悲哀，我是事隔多日才清楚她为什么想逃，想逃离自己的原因，她可能比我们更灵敏，她已经嗅到了康乃馨隐秘发展的腐败。

第十四节

手表刚指到十一点，淮海路爆炸似的沸腾起来。两个衣衫褴褛、蓬头垢面的中年男子站在街角耍大刀，路人把钢镚扔进地上的小土碗里，钢镚碰钢镚的声音脆生生的。更多的人聚在脚踩喷气滑轮车飞越三个大废铁筒的把戏四周，铁筒均在一米五左右高度，并列排成一线，边上放了香蕉皮。叫声、笑声、掌声，伴随着一个瘦瘦的少女一次次惊险的表演，她似乎忘了自己每次都是擦着地狱的边而过。

各种人从不同的地方，拥向位于这条街上的居士堂。时过境迁，昔日的法师已瞎了一只眼，此刻正身披黑白两色袈裟守候在堂门口。

清除魔心的讲经结束后，在悔罪的跪凳上，信徒们嘴里嘀嘀咕咕，一边忏悔，一边却在不停地祈祷，来一场革命，革掉除自己之外整个世界的命啊！

佛堂的梵呗声反反复复，像一个个幽魂，在城市上空游荡，人们难以入睡，关灯，开灯，在枕头边读比现实更深刻的浪漫小说，《你一直对温柔妥协》《同心爱者不能分手》散布在大街小巷的书摊上，购买者日益增多。在废寝忘食昼夜阅读小说之际，他们不仅没有陷入绝望，而且按照书封底鼓励手淫的广告词做，要轻松，又要想象神秘。这种等待极有耐心，很无聊，但是执着，同时他们总能听到那些濒临死亡的人的声音，那种唠叨。"哎呀，这日子哟，他们喜欢这么过，我们过不了，就让我们快点走吧！"

护士走过来，不耐烦地捏住他们的手指按下安乐死电脑程序的"同意"按钮。

他们嗤之以鼻，然后继续埋头阅读。

康乃馨俱乐部的总部设在这个城市最好的地段，掩映于一幢幢洋式楼房中间，它所有的房间全是大长方形的双屉窗，正厅屋顶装饰着各省的省花，与这城市其他的夜总会、舞厅、酒吧没什么大差别。灯光暗得恰如其分，靠东边的阳台上，夜，展开一幅移动的画卷，翻卷着泥沙的江面上，渡船、货轮、驳船、拖轮总在鸣咽，船上的灯光映在水里，景色像黑白电影旧片子一般摇晃。

这是返回总部全体会合的日子，当我们一行人浩浩荡荡踏进俱乐部大门，侍者迎了上来："都准备好了，二姐。"她们和我们一模一样装束，一身长过小腿的夜礼服，有点像这城市昔日闻名世界的旗袍，但下身左右开衩到胯处，后背裸及脊柱底，领子开得很高，肩稍稍垫高，袖子结束在胳膊肘子那儿。质地柔软，色泽分别是康乃馨的红、黄、橘、白、大红、淡红、粉红等，袖口和下摆是康乃馨牙齿形的，走动时，身体的一些部位若隐若现，好像非要人明白不可：这世上，唯一的花朵是康乃馨。

我径直推开名字叫"婴儿"的房间。这房间为会议厅，有时兼娱乐所用。我之所以挑中"婴儿"，不在于它奇大，而是我喜欢这间房子墙上的一幅巨大油画，子宫中的婴儿用牙

齿、指甲、脚趾、眼睛，用他所能有的全部抵制、抗议降生到
这个世界上的苦难。大块的亮色，像天光一样洒下来，照着一
枝猩红的康乃馨。这房间的怪诞氛围，始终让我感到舒适平
和。

半敞开的门，传来姑娘们在大楼其他房间发出的尖叫和
笑声。离全体会合的时间还有几分钟。我坐了下来，想静一静
心。正欲端起茶几上的一杯水，发现一个方方的匣子摆在那
儿。

我拿在手中，我不想打开。这个匣子对我来说，并不陌
生。许多年前，一认识我，古恒就送给我这种礼物，一打开，
就会跳出一个酷似古恒的头，而且录音机开始叽叽咕咕说话。
凶残而可笑的脸、椭圆形的脑袋，拖着弹簧头颈——一个纸
人，名号竟然叫"上海王"，他张开的口，白痴一般重复：毁
灭吧，毁灭吧，毁灭吧！

"这一切仍是为你积蓄灵感和经验，或者说，提醒你应该
重操旧业，回到文学写作上来。"昨天古恒戴了副墨镜，煞有
介事地看着马路对面空荡荡的公共汽车站。

"怎么可以用毁灭来完成小说？"但我心里感到一阵紧张，
他正在猜我的动机，最后让我承担他想让我负责的一切。

这是那晚留下的最优秀的脱衣舞男，那个男人，他必须

跳舞。那个男人今晚嘴唇紧抿，目光缥缈，一件件越剧里状元的冠服，在他的手中打着旋儿飞出舞台，如片片云被风吹落到观众席中。在吟哦似的二胡声里，那个男人漂亮的脸蛋，与他手臂肘部的动作的灵敏舒展形成协调的统一。

舞者在一把椅子上环绕自己，用自己的舌头舔自己的身体，他必须表现出渴望女人的种种欲望。康乃馨俱乐部的女观众不会嘘叫，不会抢接衣服，不来西方女性那一套。她们冷面看着，满心轻蔑，男脱衣舞表演使全体会员进入对男性的优势状态。

门警通报说有个打着绿油纸伞的男人要进来找我。不必问，我就知道这人是古恒。类似这种表演都是俱乐部高薪请来，从不让外人，更不让男人看的，而古恒专挑这时来，而且敢闯入康乃馨总部，是凑巧还是有意？我生气地想。"好吧，"我说，"让他进来！"

古恒看到一屋穿着设计绝妙、做工精湛的服装的康乃馨会员，一震，但即刻镇定，或故作镇定状，走到我的身边，将伞放在椅旁，坐了下来，餐桌上一盏高悬的玻璃吊灯正照在他头上，使他的脸格外阴森。

我找不到债主。古恒说。

我"哦"了一声。

舞男绕着一个椅子在表演，椅子长出一只肌腱虬盘的手臂。

你不可能不知道她在哪里。顿了顿，古恒带着怀疑的口吻说，你们该不是对她做了什么吧？

我说，这就是你来这儿的借口？你如果还自称有良心，就别上这儿来。

古恒目光扫了一下台上，就避开了，他拿起桌上的枇杷清酒，给自己倒了满满的一杯。

妖精有意拔掉多余的眉毛，精心勾画了眼线，但未戴耳坠项链手环，几天不见，她好像老了许多，特别是她挑了件淡橘色的康乃馨服，衬得她的脸更加憔悴而且疲倦。隔着好几张椅子，也倾身向前，朝古恒举起酒杯。古恒装作没看见似的。她晃了晃酒杯，自己喝了一大口。

寥寥几下掌声。那舞男再三弯腰表示谢谢。音乐又响起。舞男重新穿了一套行头，背过身。古恒似乎再也坐不住了，他拿起一支烟，点燃，然后去了阳台。

板鼓声持续着热烈又伤感的节拍，有人开起玩笑，说一百个被割阳具还差一个数，就一个，就圆满完成了今年的指标。猫眼睛向阳台瞟去，开玩笑的那人做了个怪相。

"把他清理掉，咱们这里不允许有男人进来！"有声音叫道。

妖精忽地站了起来说:"在这儿动手有忌讳,最多把他赶出上海。"

"不行!"猫说,"这个男人给我们带来了许多麻烦,罪恶滔天,不惩罚不足以平民愤。"她的煽动得到了一片应和声。债主走了后,会员中的温和派失去了最主要的发言人。

我知道我不能不说话了,但我头脑里想的却是,不管古恒现在是否对我怀有感情,但以前他有过一段真诚的日子,或许现在也有,我看了一眼妖精。妖精眼里一副可怜的求情,她是要我保他。我觉得不能拿古恒这么干。不知出于什么心理,我认为自己可以对他动手,但别人不能。于是我让大家安静下来。然后,我慢慢地说:"这个人背景复杂,应当成立一个专案组仔细审查。"我又顿了一下,决定押上我的全部分量。"我亲自担任组长。"我的话音刚落,全场嘘叫起来,我知道我的话引起了所有人的反感。

"男人的身体结构就没有感情这个细胞,二姐,你怎么到这个时候突然聪明起来?"

猫止住了大伙的哄笑。然后,拍了拍我的肩,却一点不讲情面地对我说:"二姐,你看着办吧!"

我转过身去。我清楚最困难的时候到了。只一会儿,我回转身来，举起手，说："好吧，让我们表决。少数服从多数。"
这时我发现古恒站在我面前，一脸的笑。

"你笑什么？"

"笑你们，笑你，你和她们都是一样的货色，"他走到我
跟前，"你不过是借民主之名出卖我而已，你不是要制裁我
吗？好，我让你看，我自己动手，自割让你们得到永世难忘的
刺激。"他猛地拔出一把弹簧刀，他什么时候从我的随身小挎
包里将刀取走了？他动作快得出乎意料，但我的女友们动作
更快。

不妙的是酒精和夜晚灯光的种种因素，最后躺在地毯上
的是松开手枪的妖精，在妖精的身边是回忆。几乎没有几滴
血，只有一声枪响之后陡然的寂静与淡淡的硝烟味，以及一
把插在椅子上的刀。

显然回忆看出古恒装作自杀，而目标是我，看来他是想
用刀劫持我以脱离孤境。古恒警告过我，他有引以为自豪的
"未暴露的一面"。回忆立即扑向了古恒，妖精为了救古恒，
立即拔枪打回忆，已经扑翻古恒的回忆反过身来，冲向妖精，
狗和人滚成一团。妖精的手枪首先击中回忆的心脏，而回忆
在死之前咬断了妖精的喉管。

我几乎心碎得昏了过去。这是第一次看到俱乐部内部自

相残杀，虽然另一个成员是一条狗——我最亲密的肯为我付出生命的唯一的朋友。我的悲哀无人可诉说，这代价无可挽回，这场面看不见几滴血，却比任何一次残杀都血腥、冷酷。

第十五节

打开礼物！我将会看到那纸人的眼睛像珠子一样亮。

好吧，现在我听你说毁灭，我说着，将方匣子拿在面前，打开。匣子里没有跳出任何一个怪物的头，只有一摞放得齐整、写满密密麻麻字的纸。

我坐了下来，凑近一瞧，发现是一部名字叫《康乃馨之恋》的小说手稿。屋顶的玻璃吊灯，以及餐桌上的灯光照在小说上，太弱的光线使我难以辨清这部似曾相识的小说上的字迹，这个时候，在这种气氛下要我看这种东西，不是扯淡吗？

我让她们把古恒押进来。门"吱嘎"一声，古恒被带了进来，他已被女人的高跟鞋踢得脸上青一块紫一块，但仍然试图保持一贯的冷漠高傲，他还真能做到宠辱不惊呢！待他坐下之后，押他的三个人退了出去。

将这沓稿子放入礼品匣子里，我往他坐的方向一推，一副不屑于看的神态。当我满怀憎恶的眼光扫向他时，我感到我错了，在刚发生那场巨变之后，仅仅过了十多分钟，重新看见古恒，我非常仔细地打量他，不知为什么，我反而没有出事前那么深恶痛绝。我明白他终于成功地破坏了我们的组织，自杀式地成功了，什么动机，我却至今不知道。

"你不看也行，你也不用看，他完完全全是按照你的小说来生活的。"

"我的小说?"

当然是你的小说。他边说，边从匣子里拿起一大沓纸片，身体和靠椅一起稍稍离开桌子，掏出打火机，"啪嗒"一声响，淡绿色的火苗一下腾起。等我醒过神来，已晚了，火焰像个猛兽，吞噬着他手中的纸片。我跌坐在椅子上，蒙了，只能看着一页页变成灰烬的小说卷曲着在风中飞舞。他嘴里念念有词：只有烧了它，才会使你完全清醒过来。

你瞧，他们不过是幻影，他们根本不存在，一个个全是你杜撰出来的。

哭声、叫声、呼救声从正在舞蹈的火焰中传出，围绕着我。一种钻心彻骨的痛楚，使我离座站起，企图夺回剩下的最后几页尚在匣子里的手稿，但他一把抓在了手里，接上一张快燃尽的纸，火苗立即拥抱住了手稿，而掉在地上灰烬中的残骸，还在继续冒着烟燃烧。

早该结束了。的确应当这样。

我的手稿早丢失了，那个放小说的抽屉里只有两根枯干发黑的肉骨头，半张纸片也没有。我忘了小说叫什么名字，内容呢？我的老天，我更无法追记！整整一年的时间竟然白费。当时，这件事使我精疲力竭，而我本人并未在小说中，无法中断别人的表演，又未在小说之上，不能去拉线落下帷幕。如果我是那个我，我会千谢万谢地说声拜拜！再见！但不是，我真是尴尬极了！

"古恒，闹剧结束了！你不觉得你的行为很可笑吗？而且这无法挽救你，五分钟之后，你就会比死还难受。"我说，"现实比我的小说走得远，你我都是过时之人，然而你比我更过时，你偷去了我的小说，你死死抓住我的小说不放，认为一切根源都在小说上。告诉你，我当初写小说时，根本不懂得这个世界，我忘了所有的情节，甚至忘了是我写的。"

"从写到被写，是个简单的转换。"他从容地坐了下来，眼睛俯视他的杰作，一堆纸片变成气息奄奄的灰烬，轻烟还在冉冉上升。他隔一分钟就啃一下手指甲。我怎么从来也没有注意到他这个习惯呢？

"你的生活——你只能生活在小说的想象之中。你这个懦弱的女人！我就是为了报复你，报复当我抛弃你后，你所有的轻蔑和不痛苦。"

古恒说完哈哈大笑起来，使我全身发毛。一瞬间，我恍惚了，不知自己究竟身在何处。

桌上杯中的残酒，瓶里等待怒放的红白双色康乃馨，我已经收起身边的那把弹簧刀，两支蜡烛已经燃尽，烧灭，烛滴像血掉在烛台上，早已凝结。一切依旧，并非幻觉，然而古恒还在毫无休止地对我进行语言轰炸，我们分开不过十多年，一段用手指数都数得清的时间，如此短暂，你就变得如此变态，谁会忍受你们这种女人。谁看得起你们这种女人，我就是为天下男同胞来解气的。

他甚至还烧掉了我的小说，这难道还不够吗？

我拧亮了所有的灯，亮光犹如白昼。

我和他站在房间的两端，中间隔着那张奇大的长方形檀香木桌子。"数都数得清的时间？短暂？"重复着他的话，我感到必须告诉他。

我将 2011 年日历倒过来对着墙上的镜子，指给他看，1102——一号魔鬼。我往上提起袖子，露出臂上的文身，2 和 0 组成一朵花，两个 1 成为一支箭。

曾装着我小说手稿的礼品匣子发出一阵咯咯咯的笑声。

"康乃馨运动注定要产生，你难道不明白吗？人类需要乌托邦，清除了性压迫性虐待的乌托邦，才能存活下去，才能进入又一个千年而不至于毁灭。现在还只是春天，咱们走着瞧。我现在已差不多能猜着你为了什么目的，或许就是你说的是为了报复，或许就是你为男人们讨个所谓的公道，再次闯进我的生活闹是非，不过，历史毕竟不全是一种写法，还是一种坚硬的实践。尤其是对个人而言。"我不想再说下去，我退向窗边，脸上毫无表情。

这时，十几个身穿红衣、紫衣、绿衣的人影静静地从门外走进来，手里拿着刀子。

我还有什么必要选择吗？没有，绝对没有。我点了点头，我不点头也一样，我只是对自己点头。她们马上对古恒下手了。他像猪一样被剥光，被干脆利落地割掉，像一块沉重的石头倒在地毯上，再也未发出一点声音，他的手紧捂住自己的下体，腿时不时抽搐几下。

我掉头走开。但愿他能活下来！我想。今后，还照样欺骗女人？这婊子养的！也但愿我能平安离开，理想已被暴力之手摧毁，器官的批判已经变成批判的器官，我不再是，也不愿再做一个地下帮派的领袖，我也不想再看到这个城市的结果：早就有一批人以治安为名想整肃这个城市。虽然这只是一种可能，但有多少个可能不是成为现实的呢？

　　我走进阒无一人的车库，打亮了车灯。半夜一点，是我离开的时间了。

第二部

纽约：

逃出纽约

第一章

一

整个旅程我一直睡得很沉。飞机上人少得出奇，搬开椅子间的横杠，躺着舒适，机身微微震动，有如摇篮，飞机起飞前积累的疲劳和紧张，都被身后的一道道云墙隔开。因此，在肯尼迪机场海关，样子像阿拉伯人的查证官抬头看我，我也很有兴致地朝他一笑。他只是例行公事核对我的照片而已。

"小姐，你能否到那个房间稍稍坐一下？"他客气地说。不知从哪里冒出来一男一女两个移民局职员已经站在我身边。

　　我心里"咔嚓"一声。离自由只有最后一步，跨出去就是，难道还会唇前杯失手？我笑笑，提了挎包，走进一个玻璃隔开的房间，这才发现机场人员全是中东脸型的人。

　　一个官员坐在那儿，黑胡子卷曲得几乎像《天方夜谭》里的苏丹王。他摊摊手，让我坐下，一边还在翻看我的护照。然后他抬起头，朝我端详，没说话。我想我不必先开口，于是他与我像两个小孩比瞪眼。

　　这游戏我从小就常胜不败。果然，他笑起来了：

　　"你这签证是假的，伪造的。"

　　我耸耸肩。"这可是美国领事馆开的！"我平静地说。拿出申请书、通知书副本。这个家伙想敲诈还是怎么的？

　　"领事馆开的也不一定是真的。领事馆工作人员受贵国风气影响，受贿是常事。"他脸色突然转为严厉。

　　我吃惊极了。这种事虽有所闻，但还没听老美自己承认过。我正想抗议，却看见苏丹王又低下头在研究证件，一边若无其事地问："你出机场后去哪里？"

　　我说："我已填清了：纽黑文，耶鲁大学。出机场就直接去，不进纽约。"

　　"你的护照也是假的。"他突然说，同时把我的护照扔进抽屉。

二

危机临头，我反而平静下来。

这里有文章，只是不明白底细。我说："你这是代表美国移民局正式指控？我得跟我在这城市的朋友打电话，我要找律师。"

"不必，"苏丹王说，"这是移民局行政处理的范围，不用法庭裁决，你必须先在监押所等一段时间，让我们调查。"

"然后呢？"

"如果情况属实——也就是说你的护照签证是假的——你将被递解出境。"

"你们无权诬陷我。"我从座位上站了起来，吼叫着说，"我要求见移民局上级。"

"我就是上级，"他又笑了起来，好像在安慰一个受欺侮的小孩，"我们已经把你的行李取来，就在隔壁房间。你乘了十小时飞机，正可以休息一下。"

"我要打电话！"我说，"打电话是基本人权吧！"

"你的房间有电话，尽管打。直线。"他客气得像旅馆经理。

　　我只得进了隔壁房间，这房间也真像旅馆，很大，也很整洁。

　　我当然不想睡。我在长江入海口上海那个城市闯的祸，凡是读过我在《花城》刊出的那本纪实之作《康乃馨之恋》的人全知道：环境已对我很不利，某些事引来杀身之祸，尤其是那书还未发行就被禁，我只能像十多年前二十多年前那些年轻人一样，找个美国学校读书，出国。

　　幸亏此时出国热早就降到冷冻水平，手续办起来极顺利。

　　这个中东人怎么还是老皇历，以为中国人还视美国为天堂。我说的投奔自由而来，是特殊意义上的自由，即摆脱国内那些仇人。护照签证一点没错，就是留学动机不太纯。或许上帝是个道德家，对动机穷追不舍。

　　可是这个鱼鱼，我旧日的男友电话怎么老是没人接。我在小本上翻找其他可能的电话号码，这城市应当有几个生熟不一的脸。几个诗人恶如强盗，从无定居，电话绕了几次，都被房东臭骂一通。

　　我当然听说老乡稽琳在这里成了名交际花，正因如此，永远是音像留话器来接待我，视频上说话的女人，比我记忆中的稽琳漂亮，再好看也不能老让我看个没完，我关了留像镜头，扔下几句话。

甩开小本，我上盥洗室，想整理一下。干脆洗个淋浴，反正行李全在。

当我裹着毛巾从浴室出来，吓了一跳，房里坐了三个移民官。

我对自己生了气：早就应该想到这是关押所，房门是反锁的！而且说不定到处都有监视摄像孔。

我说："对不起，能否请你们出去让我穿好衣服？"

三个官员同时起立，那位苏丹王几乎是谦恭地说："当然，当然，小姐，原谅我们唐突。我们只是想来通知你，你可以入境了。"

"那好，"我说，"谢谢。"

"但是，有个条件：你必须去曼哈顿，不能去纽黑文，前哥伦布大学已经同意接受你为研究生。"

"这可太离谱了！"我说。

"常春藤大学早已没落。小姐是学界中人，知道前哥伦布大学的地位，校址是老的哥伦比亚大学。"苏丹王摸摸胡须，"尤其是你的专业——比较文化研究，该校一直是全美排名第一。"

"你还懂点学术！"我嘲弄地说，"移民局还管我读什么学校!"

　　"那里已同意给全额奖学金三年,期满可延续。这是系主任米歇尔·乌克巴图教授刚发来的文件。"

　　我的舌头封在嘴里了。这个天上掉下来的馅饼可是没想到的。本来我读书就是半心半意的:多少八九十年代初的中国学界新秀成了美国职业洗盘工。我们都明白:这是帝国主义欠着中国的又一笔债。

　　自然,我对曼哈顿近年情况有所耳闻,我避开曼哈顿,也是想入境时避嫌,不至于被留难。不料曼哈顿还如此好客。

　　种族歧视早在美国露出全部真相,不仅是白人歧视有色人种,有色人种也是互相敌视势不两立。曼哈顿已被肤色撕裂——黑人以老根据地哈莱姆为中心,占领着曼哈顿北半部;黄肤色东方人以雄厚的财力占据华尔街,以学界的智慧占据纽约市立大学,以雄厚的文化遗产占据了几个大博物馆,以艺术家的浪漫占据格林威治村,当然还用异国情调占据唐人街。双方以八十六街为界,连中央公园也划成了两半,曾经筑了三道防御工事与反坦克壕,扎扎实实地打过几个月本世纪初式的阵地战。

　　阿拉伯人占据布鲁克林一带,拉美和波多黎各人占着昆士,印度南亚人占据纽瓦克的哈得孙河沿岸,他们在黑黄大战中表示中立，但不拒绝个别问题上的有代价合作。而白人早就放弃城区，退往远郊：以长岛的莱文顿，北边的奥西宁，新泽西州的普兰菲尔德一线，远距离包围，坐山观虎斗。由于国会的逼问，总统表示：民族问题困扰美国整整一个世纪，弄得他们焦头烂额。现在让出地盘，任其互斗，是一个分而治之的解决办法。

或许正是总统不得不坦白说出的话，使各民族清醒过来，清点尸体，似乎不相上下，交了个平手，不失面子。停战协定已签字多年，"无冲突中立区"已经扩大到北至前哥伦布大学，南至时报广场，由以白种人为主的多种族联合警察部队控制。但各民族都明白"后内战"时期，斗争没有停止，文化对抗已成主要对抗方式，尤其礼仪信仰，是团结制胜的法宝。于是黑人中伏都教大兴，嘉年华会的大狂欢频繁到每周一次。东方人共信佛教，只是日本神道太狭隘自守，喇嘛佛教过于神秘，朝鲜佛教几被基督教吞没，只有中国式的气功修炼，以禅道哲理为典章，以八卦象数奇门遁甲为圭臬，以风水太极为致用。仪式典雅，经文奥妙，学者可探玄究幽，百姓有礼拜如仪。

"你如果不同意，也可以，"移民官犹疑地说，"下一班飞机递解出境。别问我为什么——"他看到我正要开口，却不想听我的选择。"得罪了，请原谅。"他们退了出去。

　　一辆长达十米的李摩辛轿车已经等在机场门口。

　　移民官再没出现。两个服务人员送我到车边。

　　管他的，我想。

　　车子一会儿就开上了高速公路，穿过布鲁克林桥。看看曼哈顿也不错，总不见得进城就得拜佛，谁还挡得住我一走了之，换个州，换个城市，最多不要奖学金。系在车窗玻璃前的小葫芦垂着项链，恰如其分地比喻了我的头脑，自得地随车身微微摇晃。

　　我拿出钥匙链，挂了一个小巧的金属牌。记得在机场，经过最后一个机器隧道，足有两分钟停在通体透明的弧光直射之下，通体扫描储存了全部资料后，戴船形帽穿窄裙的守卫女士递给我这个黄圆形的牌，背面印有我的头像、进海关的年月日。

　　我看着这牌子，心想，这真是一个不错的纪念品。

三

嵇琳找到我。

　　在原洛克菲勒中心，现在的金身大佛殿前，我像一只老实的猫被狡诈的耗子逮住。"你的脖子心不在焉。"她抓住它不放。在这么庞大的一座城市遇到嵇琳，难道不巧吗？她说要为我举行晚会，"星期天，晚上八点。我不会再给你电话，就这么定下了。"

"星期天晚上？"我的样子和声音不是犹豫，说不出是什么东西让我感到不自在。

"放心，周末，星期天，警察最多，是法定的全市安全日。"她拖着两个穿长袍的同胞准备下车。他们像是刚从彼岸的高原上飞来，眼光好奇地扫东瞄西，神经绷得紧紧的。

嵇琳不用说早已知道我到了这城市，她没问我住哪儿，什么时候来，什么时候走，感觉如何，大陆那边怎样，正如我不问她是否听到我留在她电话里的求助。她把车门打开，凑近我的脸，神态怪里怪气的，或许是多少年未见她，也可能是曼哈顿把每个人都弄得有点神经质。

星期天下午嵇琳来电话提醒，说是要叫朋友晚上开车来接我参加晚会。我谢了她，说一定去。

我按地址找到嵇琳位于曼哈顿中心的那幢大楼时，一看表，已迟到了。我急忙闪进电梯直到顶层，奔出电梯，敲门。门一阵喊冤叫屈地响。

晚会已进行到尾声。拥抱我的嵇琳，说不上高兴，也谈不上在乎，仿佛早来晚来都一样，虽说这个晚会名义上为我"洗尘"的。我当然明白这点，尽管她在电话里一再对我强调：老朋友，这是专为了你。这样的话，她对今晚应邀而来的每位客人都会说。转过旋梯，我终于从她滑溜的一次性使用衣裙中解脱。不过，她今晚打扮得那么出格地漂亮，穿得好像街上的高档时装店橱窗里的模特儿：披挂着拖地黑红双色一次性布料长裙，图案是三三两两或站或半蹲的骷髅，手握尖尖的土耳其弯刀；她的脸虽整过容，还未到认不出的地步，只是两颊涂得很深而已，手里拿的也不是闪着白光的利刃，一支扁圆形新处女烟夹在她两个指头间，几乎有七英寸长，气味悠悠晃晃叫人不得不快乐起来，也不得不绝望下去。

我说："你现在像观世音的第一玉女。"

嵇琳听了大笑起来，向全场高叫："我被封为观世音的玉女了！"

鼓掌声中，上来一大堆男女向女仙朝拜祝酒。我瞅住吧台边一个屁股刚挪开腾出的空位，坐了下去，正对着酒、饮料、一盘盘接近尾声更显出色泽形状凶猛的佳肴，我问有没有二锅头。

"小姐您识货。"酒保说。

"别放冰。"

"当然，真正老牌二锅头。"

我呷了一口，慢慢裹卷在舌头上。

四

这个开始自然而然，迟早要在我的生活中发生，但当它来到面前，我却毫无察觉。我弄不明白，晚会上这些在这块土地上只是半站稳脚的人，脸上的笑容为什么能够维持那么长时间，嘴没有停歇，要么鱼肉虾鸟，要么穷究隐私，炫耀矜夸，强作知音。

我在活动椅上打了个转，背对一屋清一色的黄皮肤黑头发。壁灯一线流着浅淡的光。我的兴致总是这么处于戒备之中，半起不下。我只是被迫无奈到此处，流落至此，何苦花力气求尽快适应。

但我转过身，从倾斜的大玻璃窗望出去：在无数电影中看到过的曼哈顿夜景，排山倒海扑上来，我不得不承认——我只是在欺骗自己，原谅自己。

前额的头发不时耷拉下遮挡住我的脸——我在上海时的平头早就青草般长了起来。我总觉得有个小巧的摄像机跟着我，在房间里瞄准每一个角落，不让我溜掉，但我没法认准是何人在这么做。

这个晚上,我喝得并不多,沉醉的节奏格外慢,我若不愿自醉,再多喝,酒也难醉我。

沙发站起一个戴高顶礼帽的中国胖老头,煞有介事地掏出怀表,用其反面镜照照自己,走着爬山步。

似有蚊子声飞在耳旁:"他才是整个大楼的主人。""这种屋顶玻璃房子现在算不了什么!瞧,白老不让出来,整个曼哈顿会是今天这样吗?"

"哎呀,有这种房子住就不错了,难道你还能想海边别墅?"

"谁?洋鬼子还是……哼!"

胖老头帽子终于掉了下来,秃头,靠近脑门有一块鲜亮的红斑。哄笑声从已饭饱酒足的人堆里蹦出。胖老头毫不在意,接过一个男孩拾起的帽子,潇洒地盖在头顶,朝酒保招了一下手。

酒保将早已准备好的香槟举起。

"干杯!"抓过香槟,他叫道,那笑的确能带动人一起笑。

嵇琳推开过道的卫生间,摇摆着闪过在哄笑声中抽搐的玻璃茶几,对我说:"你的椅子怎么把我的100%的纯毛方毯反卷起来了?"

我吊起的两条腿放到地上，低下身子，抚平打了蜡的紫檀木地板上的方毯。

嵇琳不满意地皱了皱眉头，提起长裙，俯身，用手重新摸了摸方毯。她的黑红长裙拖了一地，两股强硬的色彩冲入我眼里。

"嘿，哥儿们，来一支？"嵇琳站在了荷叶上，递过来一支与她手里一模一样的新处女香烟。她的脸脂粉太厚，但抹得仔细，眼圈铅灰色，和黑眼仁配在一块，看久了，让人感觉四周沉浮不定。她一根接一根抽的自然不是普通的烟叶，而是加入一种缺少方向感的高浓度的快乐剂，人会心跳加快，产生超越一切禁锢、要求全部快乐的欲望。

我有点不改本性地说了一句话："我已100%地不抽任何自我欺骗的美味了！"我怎会如此对这旧相识说话？愚不可及。

"别不赏脸，自视清高。"嵇琳将手里的那支烟像枚别针插入她的头发，她的脸本来就堆满了云，现在炸开一条缝。

"现在尽干那些鸟事，无所谓正事。还能有什么惊天动地的事不成？"她闭着一只眼，另一只眼也斜着。

嵇琳说得有道理。这年代，大部分人都在家靠电脑工作，不再需要办公大楼，所以白人才暂时让出这块无用的宝地，让曼哈顿的大楼作"文化用途"。但嵇琳嘴里继续发出的一些高论在我的耳朵里变得比扩音器还喧嚣，连我所有露在衣服外的皮肤都粘满了，极不舒服。因此，我跳下独椅，把酒杯搁在转动的椅子上。

谁来把它坐成碎片，谁就是今晚最幸运的人。

这个人势必不是我，也不是嵇琳这个临时的女主人。我猜得出，我想房间里大半人都知道，她不过是秃老头的一个情妇，临时情妇罢了。

五

晚会未结束，我就不辞而别。我从嵇琳的房子跟跄出来，走到中区百老汇大道边上。凉风将残留于身上的一点酒劲一扫而净。

摩天大楼栉比鳞次，寂静无声之中，一片片光点，像天上的星河那么密集地流动。窄细的街面，有几扇黑压压的窗户突然飘出几线烟雾，游出丝丝缕缕歌声，低低哈气，慢吟呢喃，复而高叫尖嚎，招魂唤魄似的，没有一种乐曲伴奏。那是遍布南曼哈顿的集体修持班。

走了没几分钟，我意外地看到大群的人在马路上，街巷子里。高加索种人、尼格罗种人、蒙古里亚种人混杂在一起，手里举着蜡烛，拉起长长的横幅"和平、理解、同情、人权"，步行在一辆辆慢慢驶着的汽车旁。汽车顶上坐满了人，一辆敞篷车，状如蝴蝶，从里伸出许多额头，每个额头上都写着一个字，连在一起似乎是：MAKE LOVE NOT WAR！

直升飞机护航般地飞得极低，在大楼与大楼间穿梭，随时都可能刺入大楼肚子里去，也只有警方的自控直升飞机能这样危险地飞行。

两个戴红手套的金发女人向我招手。我顺势跟她们走了一段，她们亲切地挽着我的手。我行走在众多的人之中，却仍是独自一人。

"打倒异教徒！"我听见一旁有一大群黑人在狂叫。在街角那边也有扎成堆的黄种人在喊："不信神者，绝路一条！"

这么说，这个城市里只有同性恋才超越肤色？娇嫩的烛光，像燃烧在游行者的眼睛里，矜持，一闪一闪，他们和她们如此从容，散乱不成行但步伐平缓坚定，我却打了个冷战。

接近四十二街，高擎在空中的灯晃眼，如同白昼。头顶紧紧相随的飞机引擎声停止了，光亮吞噬掉飞机激昂的螺旋桨和翅翼，飞机毫无踪迹了。

成千上万的人停了下来。

时报广场飞满各种颜色带各式花样的避孕套吹胀的气球。

游行的人互相拥抱，嬉戏地用脑袋撞气球，气球垂着白丝带飘飘摇摇。地上啤酒罐踢得山响，路边的升降椅全拉了下来，大墙外的巨型电视屏幕，广告势均力敌，拉开阵局，将对手的产品踢足球一样踢到漆黑的大楼里。回击当然不留情——掀开香水瓶盖，绕广场四周大喷大洒，香气使人昏昏沉沉。幸好广场上的屏幕图案又变了：一个有脚没身子的人跑出来。

一面墙出现山羊高级音响，配备电话电视电脑与一双指挥家的手，这手如钢铁、如水流，拉开，挥起，倾斜，平行：响着一支中国乐曲，电影《气功大师》里的主旋律。

我感到全身一阵潮热——这是我特有的直觉，只要有人盯着我。我仔细观看，果然，身后跟着一个穿西装的男子，看不清他的脸，但他手里握着一架极微型摄像机，像在随意拍摄。

他一直跟在我身后？他摄像机里带子大部分拍的是我？

屯集在广场的人虽不像最初那么多了，但也够挤的。云簇拥于街两侧的空中，那么阴冷。我看了看手表，已过了半夜一点。

游行的高潮时间到了，每人亲吻至少一百个同性者，用法国式的"胶贴吻"。但我那份好奇已被遭跟踪的恼怒捏得粉碎，像玻璃碴子四下散落。

我加快脚步，穿过游行的人群，人们惊奇地为我让开。

那个男人也加快脚步，跨过马路。

黑暗之中，地铁口像一个张嘴吸吮的可爱婴儿。我毫不迟疑，便迈过横栏，往地下走去。

果然，一个浑厚的男中音从我身后传来：

"小姐……小姐。"听起来有那么几分诱人的成分，如果换了平日，其他场合地点，我会为这声音停下来，打发几秒钟光阴。

我没有回头。

"小姐，这么晚，别下地铁！我早就注意到了你，你不了解本地的情况。"

下面的句子肯定是公式第二步：说我如何和别人不一样。我在心里骂了一句：来什么臭板眼！

"我有话和你说。请别多心！我们在嵇琳的 party 上见过。"

原来这家伙在那个无聊的晚会上就瞄上我了。嵇琳介绍了一圈人给我，但我记住了谁呢？他有话和我说？这套游戏编得比一般人圆，看来这人是老手。中区曼哈顿的色狼全世界闻名，早就有各类报纸反复讲解"女性自卫十要诀"。

“我是为你……”这家伙在解释。

我打断他：“滚开，别盯住我！”声音恶狠狠的，要诀第一条就是越恶声恶气越有自卫效果。

“你等我说完，我不是跟着你。”他说，“你别三步并作两步，一个年轻女人……”

“怎么啦？”我回过头。我知道他会说什么，我便说了出来，“危险？我看你最危险！”这个未免太多管闲事的东方人，鼻梁直长，身材高大、匀称，一头黑发，而且一口标准新英格兰口音英语。但我并不认为这就是跟踪的理由。

不知是因我粗野的口气或是我摆了一副有空手道功夫的架势，他不合时宜地笑了一下，那笑意露出叵测之心，令我愤恨。特别是我朝地铁入口扔进一个铜质小币，他一把拉住我的手臂。我挣脱时，像一头受伤的野兽。他衣袋里那个小如手枪的摄像机滑了出来，掉在地上，人一个趔趄。在这一时刻，我跑下石阶，正好一列车停在月台上，我奔了进去。

地铁门“哗”地一下合拢。

我甚至连眼睛也未斜一下月台——那儿站着追下来的他，瞪着双眼看着列车徐徐驶走。他的声音好似在喊“搭错车了”。

第二章

一

整节车厢就我一人。我挑了一个稍稍干净一点的位置，坐稳后便感到，刚才应该做一件事：把那家伙的摄像机甩下地铁，让轮子碾碎它，或是把带子扯出来，带在身上慢慢用剪子铰。

大概累了或者酒精要债，我开始迷糊。约莫过了十分钟，我睁开眼睛，列车颠得厉害，倾斜深入地底。我拉了拉罩在晚礼服上的半长绸外套，将伸直的双腿往回收拢，紧靠在一块儿。我的手触及外套口袋里一串钥匙，便握在手中，好让自己的手里有个东西，不那么空荡荡。

我的耳朵也许从生下来就这样：能从嘈杂的喧嚣声中辨认出自己喜欢或畏怯的声响，而我的嗓音发出的声波也很有冲击力。即使我平平淡淡说话，声音也极为招展。常有人对我提出：你声音能不能降低点。这是请求，带着客气。不客气者则指责我态度恶劣，女性温柔无从谈起。要我压低嗓门做喁语呢喃状，够难受的！但在这一刻，我听到了不该属于地铁里正常的声响，一次又一次，时强时弱，彼此相隔不到一分钟。

对，一点不错，我站起身，循着声音走去，那是经常在电影里恐怖临头时听到的，文字无法描述的声响。

我推开车厢与车厢连接处的门，朝那令我觉得惶恐的方向，不由自主地前行。

二

五六节车厢都没有一个乘客。

但那声音却越来越大，这证明有人的车厢近了。在我拉开又一道连接门时，身后车厢里灯全灭了，我闪到连接处，手抓住另一节车厢厚重的铁门，昏暗的灯，照在与隧道外一样一片漆黑的颜色上，我看清了，那是几个黑人，有男有女。两个屁股肥大的女人从椅子底拖出一个衣服半遮半掩的男人。

另外三个家伙把地上的男人提起来，用铁铐将其铐在车厢平日供乘客抓扶的钢环上。一个裸着的男人推开同伙，他身上长的毛几乎可以编成辫子。他抹了点口水在手上，用两个铁爪钉住被吊住的双脚。惨叫声从那个几乎完全麻木的东方人脸型的男子嘴里发出来。

长辫人弯下身体，握在手里的竟是一把屠宰场常见的杀猪刀。他一把扯掉吊着的人身上残留的衣服。一只老鼠摆着毛茸茸的尾巴蹿到他们脚边。下面血泊里是一具尸体，乌红的血遮不住那黄皮肤上的一堆黑发。

在车门旁挂着一具骨头是骨头、肉是肉的尸体，血凝结着，像第二层皮。

为什么我睁着眼睛不嚷不吼？这绝不是行为艺术！我脑子动了一下，接着我终于叫出声来。

那群男女往我的方向漫不经心看了一眼，但我拉开身后车厢门，跌跌撞撞跑动在车厢椅间的窄道时，他们停下手里正在进行的工作，提着刀追了过来。

三

继续往前一节车厢跑，直跑到列车头——司机室？即便司机不是他们一伙，我能免得一死吗？我的腿不听指挥，软了下来，蜷缩在车门旁第一个位子的钢柱边。

我也算见惯人间惨剧的人，还没有看到过这么令人毛骨悚然的场面。一想到将跟那些人一样如牲口般被吊起来，一刀一刀慢工细活地活剥，我就毫不迟疑地站起来，盼望能下车，宁愿选择做月台上的鬼。虽然下车后，可能也死无好死，但我不可接受的是把我骄傲的皮肤与我毫无可爱之处的内脏分离，我拒绝的是纯粹形式之羞辱。

正在这时，列车慢下来，进站了，车门自动打开的一瞬，我冲上月台。

月台上站满拿着对讲机的白人警察。今天真是安全日，警察到夜深之际还在工作。"车里有凶案！"我惊呼着。他们却都笑起来。

急于逃生，跑得太猛，我跌倒在地上。一个警察朝我掉在地上的钥匙瞅了一眼，一副见怪不怪的样子。

我飞快地爬起，拾回钥匙，朝地铁出口奔了过去。但当我奔上石梯顶，不由自主回望时，两个提着刀子的人下了车。我宁愿不相信这是真的：警官给他们指我逃的方向。灯光照射下，我看清了，那黑人的耳朵根是白的——他们是白人假扮的黑人。

我从没做过这样的梦，因此不可能是梦。这些白人在杀黄种人！明白了这一点，我奔得一步比一步快。

铁皮垃圾桶与各种车辆歪停在马路人行道上。黑森森的街道把天空扯拉在屋檐窗帷之间。看这凌乱样子就不会是南区，但我不知哪儿是南哪儿是北。我只知道往前逃，无暇看身后的人。但耳朵不容我愿意不愿意，清晰地响着尾随的脚步声，他们不时停下，审视着我这网中之鱼，干笑两声。

突然出现车轮打转的刺耳声。丁字形的马路，一个黑男孩，大概在玩偷来的跑车。车飞掉过头，在商品与铁栏杆、邮筒、广告柱子间疯狂地绕来绕去，让我无法穿过马路。

靠着湿墙喘息，我越跑越慢了。

听得出，那两把刀离我只有三四个垃圾桶远的距离。

这时，我听到"嘚嘚嘚"响成一片的马蹄声，贴着地面而来，像一道突起的旋风刮到我身边。

四

马队比闪电还快，轻轻地从地上拾起我，把我搁在马背上。我的眼睛装满这个倒置过来的城市，我企图辨认，但是没用。几种威胁声混成一片，足以令一个正常的人发疯，我闭上眼睛：逃不过三方，还不如听之任之。

当我身下的马高高跃起时，我才明白自己已经在越过横穿中央公园的八十六街南北区分界线。

汗珠沁出我的额头，看来我在慌乱中跨上往北去的地铁。但这些一式白衣袍戴毡帽的人是干什么的呢？他们一手握缰绳，一手握刀，刀上有血迹。不用多说，那两个会干笑的刽子手被干掉了。那无法无天的黑男孩，但愿他已逃走。一个所谓的安全日，竟是这般模样！

亮着银色月光的湖水，旱冰场，桥，大片的空地，树。马队轻而易举斜穿整个中央公园，路上有黑人区的巡逻队，他们恐吓地乱喊。但马队没有停留。直到出了南门，才稍稍减速。

一双粗壮强有力的手把我扶正坐在马背上，让我的双臂抱住他的身子。但他不言语，也不回头看我，继续朝南奔驰。

中央公园被抛在身后的黑暗里了。

马队慢下来，穿过几条大街，竟往我住的格林威治村方向前行。

——每天要好好梳头发，不爱好的丫头！

——我学不会，没办法呀！

我的耳朵里灌满了一个母亲和女儿的对话，那是多少年前的我与我辛劳的母亲吗？雾涌在我们一行人的两边。我用手抚了抚垂挂在脸上散乱的、潮湿的头发。

楼房幽静，漠然，在雾中靠拢，如一个连贯一线的 A 字，隐晦里曲折着诡谲。所有的马，头朝一个方向轻轻一偏，转过一个弯。

我被放下马，发现自己已来到鱼鱼住所的楼下。楼前的树抽着芽，跟茎、枝一样黑色。我的惊异代替了危险降临的心跳。稀薄的晨光中，领头人的脸，一顶毡帽遮去了大半个脸，但我还是看出：这人的确是个陌生者。

　　背和腿的酸痛与记忆一起在恢复，我没有对这个陌生者说谢谢，而是责问：你们这一伙为什么要对我这么做？

　　很明显，他们早就守在地铁站四周。这时，我发现自己的鞋子早已不知去向，赤脚站在冰凉的石阶上。难道北部沿途的每个地铁出口都有一支马队等着我？

　　陌生人像没有听见我的话一样，跨上马，双腿夹了一下马肚子，黑马微扬前蹄。一行七人，在街灯与楼房阴暗的光斑之中消失，连一声嘶鸣也没有。他们的表情一致，既不怠慢，也不殷勤，压低的帽檐下，脸色灰暗阴冷。

　　此事纯属他们的秘密，他们在执行一次特殊使命，不必告诉我。这跟每个梦所隐喻的有些相似：我要么明智地撤出梦境，要么倔强地纠缠梦神弄个明白。但值得吗？

第三章

一

　　那个可怕的夜晚，奇怪的经历，不断在眼前重现。可接连几夜都无梦，这天竟睡到日上高枝，躺在床上，想起一首歌：

　　他们对我做了什么？

妈妈，他们改了我的歌！

也怪，这悲伤的歌曲很久未出现在我心里了。现在，我不得不承认自己流落这座城市真是仿效了这歌曲——为什么这座号称自由的城市对我就变了样子？

电话铃响了，在客厅响着。肯定不是我的，所以，我拉开门，对着鱼鱼的房间叫，鱼鱼，接电话。

鱼鱼没应声，可能又喝醉了。一喝醉他就不接电话，让他自己的声音和别人的声音在留话机上转悠。想必那天我到纽约时，他也是这样不理睬我从机场打的电话。

我罩上睡衣，走到客厅，他正好端着酒杯出来，电话铃却断了。我用目光打量这个对我已无吸引力的身体，他从异性恋转为同性恋，或许是表示不与社会同流合污。

"这是我的权利中的幸福，尽管我已没有幸福的权利了。"他的背影消失在门后。

"那你为什么不早告诉我？"我省去了滑在舌头上的词，"看来不是你荒唐，而是我竟然还指责你，这太荒唐！"

过道挂着一个纸糊的方形灯罩，上面描了几只蟑螂。鱼鱼的工作室，只有门最为干净。工作室也是卧室，紧紧闭着。但我还是闻见了一股久违的气味，比药味更涩口，而且轻易就驱逐了他那么多年前留给我的东西。

"酒比女人好！"他对推门穿着睡衣的我举起杯子说，"和男人一样！"

"我看比男人好，比女人更妙。"我说活到这么半辈子才知道这一点，不过，还不晚，我有的是时间，如果我不再继续骗自己：我的确很倒霉地活着。

"那么我告诉你，"鱼鱼盯着手里的玻璃杯，"不是我对待你怎么样的问题。你很安静，不妨碍我画画加约会。而且分担房租——这房租被东方富商抬得太高，真他妈的！但是如果你也无法使自己挂靠一个信仰的话，你和我一样，是文化的边缘人、异己者。"

"结论呢？"我说，"没曾想到一个文化理论家就在酒中诞生了！"

"结论是，你要不就成为同性恋，要不就离开曼哈顿。"

我仰起脸来，明白自己只有选择后者，同性恋的危险，在大洋彼岸的上海早已领教了。别人行，我不行。

二

我们约好一起出去逛逛。鱼鱼边系领带边闪出公寓楼大门，问站在石阶上的我："走路还是开车？"

"还是走路的好。"我掉转脸，对鱼鱼说。

人如群蚁。车子里走出一个牵两头小白猪的女人，皮鞋跟有五寸高。她的脸被自动伞半遮住，看不出来年龄。电话亭上两只鸽子在聊天，模仿着亭里的人动作：眼睛直眨，头不断地点。

"好主意。"鱼鱼破天荒地称赞我，"你头发上的红绸带很动人！"

"鱼，做朋友，"我由衷地说，"感觉是不一样。"

跨过人行横道，鱼鱼似乎玩笑地说："你怎么就认为我们现在是朋友，以后不会成为敌人？也许我会在某一时刻出卖你。"

我看了看他，心里一愣，可嘴里没说话。

我们继续走，大约二十分钟，也许是走累了，两人停在一家咖啡店前。我们看了对方一眼，便选择了室外，在铺着绿布的桌前坐了下来。这时我才问鱼鱼，刚才他的话是什么意思。

鱼鱼不理睬我，他的手指轻轻弹在桌上，像是指挥远处警车尖吼的节奏，一副很沉醉的模样。

侍者端来我要的橡皮人，一种奶油糕，鱼鱼要的白丁香茶。

我试探着，提起那晚发生在地铁里的事，我说："如果我不逼着你，你是永远不会说的了？"

他喝了一口搅拌了奶的毛尖，叹道："什么东西都变了，就茶变不了，几千年了，还是茶！还是每天需要喝上一两口。"之后，他点了点头。

的确，怎么说？他能做到如此镇定，想必是经历过一段时间特殊的修炼。

终于他开口说了："电话、传真、信件，人更是不消说了，只要出这个城市，都要过电脑隧道机器检查。"

"这不是世界上最自由的国家吗？"我不解地问。

"当然，或许不构成对你的威胁，但任何人任何东西都免不了那一关。你知道，我这人是最不想留下什么，赤条条来去，不留下任何痕迹。妄图改变世界？想做的人多的是，我不！"

"你十五年前不也曾一度英雄气概贯长虹吗？记得饯行时你说，只要踏上这片土地就可以拼杀出一个江山来！"我没有半点讥讽他。

"你不明白，"鱼鱼说，"不同文化会被信仰一直挖到根上。南曼哈顿现在是全世界治理最有效、等级最分明、百姓最安顺、资金最富厚、人均收入最高的地方，也是最少离经叛道的地方。你如果想发财，世界金融中心有的是机会。不是说没麻烦，但所有的麻烦听说都是黑人或其他人弄出来，反黄大同盟，亡我之心不死，他们打进来，拉过去，搞恐怖活动。一切不如意都是外界的捣乱。佛法是至上无边、尽善尽美，一切圆满，无题不解，一个完整的意识形态。"

挽起鱼鱼的手臂，我和他离开了咖啡店。我说："我不需要佛，佛也不需要我。"我的喉咙凉飕飕的。

鱼鱼说："你可能不需要佛，但佛会需要你。"

"什么意思?"

"都说是人就要有信仰。在我看，恰恰相反，信仰更需要人。"

仿佛回应鱼鱼的话，露在教堂尖顶一角的蓝玻璃大楼"轰"的一声响，烟如柏树形状冒现在天空。鱼鱼刚才说的恐怖主义破坏，果然有。那像是一枚枚小型燃烧弹爆炸，因为楼层高不好灭火，会烧很长时间，心理宣传效果特别绝。我们拐进一条小巷。幸灾乐祸的旅游者们却从这瓶口大的巷子拥入。

我拼命往外挤，两道墙间有条狭窄的路，边上是一座新盖的楼，还没有安装玻璃窗。我朝里走去，不得不承认鱼鱼的怪论有道理。如果早知道这儿与那儿都是无差别境界，我早应当撕了护照回国。

好不容易挤到了楼口，我停下，等鱼鱼。

　　鱼鱼跟了上来，没有看着我，却说得很认真："听着，不管信仰之国，佛法之国，还是哪个国家都不需要作家，也不需要我这样的画家。"他说他的名字不过是申报税填表时用，申请救济金用。艺术？卖几个酒钱花花。其实还不如当个无民族的吉卜赛人，可吉卜赛人也要一定的家世资格。"操！"他嘹亮地骂了一句，"上顶楼，肯定有瞧的。"

　　我们钻进电梯，电梯里又脏又臭。五分钟后，我们跳出电梯，我发现自己脚下的屋顶与其他的屋顶，像一个大湖上的高高低低的小岛。救火的直升机在往出事的那幢大楼喷洒药粉，地面上的救火车在喷射一柱柱水。但大楼却愈来愈像个火山口。

三

　　对面的天空，全是浓浓淡淡的烟。但远处街上奏出的音乐让人觉得悠远宁静。那儿有个寺庙，门口有个唱诗班，童声合唱一种奇怪的乐曲。

　　鱼鱼说："这是圣音人骨笛。"

　　海鸥在飞快地聚集，在哈得孙河口，黑压压一片，仿佛是它们带来了翻滚的乌云，而霞光像一层黄布铺在空荡荡的马路上。

我终于看清了：在左边一个大楼顶上，四名穿戴齐整的气功大师静坐在那儿，背对火的方向，霞光流过他们身体。看不见他们的面目，但他们所居的大楼下俯卧着一排一排的男女老少：不断地叩头，嘴里念念有词。

突然，雷电轰响，球形闪电，打在大师们的头顶，慢慢撑起一个巨大的蘑菇状的云。雨，包裹着火焰，镇定地封锁并切断了火和人的视觉。火，奇迹般灭了，同时钻入我耳朵咒语一样的声音也戛然而止。

我再去查看那段铺满霞光的马路以及大楼顶上，哪里还有四位大师，只有几团冒着青烟的焦炭。

"除了他们，谁能办到？"鱼鱼恐惧地退后一步说。

"他们？"我不由得问。

"是的，他们！"他双手合在胸前。跟楼下几条街上仍跪拜在地上的信徒一样。

"你不是不信的吗？"

"我不信教，但我相信这些人——这些气功大师——什么都能做，也什么都能做到。"他靠近露天电梯，"正是这叫我害怕。你看这几个大师，为了弘扬佛法，就这样招雷自打，圆寂而去！"

记得有个夏天，并非在很早以前，我怀着一种猎奇的心理，或受一种冥冥之中的昭示，曾经到过那个神圣的古城。那河谷中心突起的红山之巅，殿、阁、塔、壁挂、飞檐和饰兽，好像迁移了位置，正居高临下，鸟瞰着芸芸众生。

　　也许有什么东西太相像了，我不再理会鱼鱼说什么，我站在这个还带着新鲜的铝合金光泽的屋顶，那一直使我窒息的恐吓与危险，在这一刻竟暂时脱离了我。

第四章

一

　　这晚我一人回家，电梯的指示灯闪着绿光。

　　我站在门口依房号而建的信箱处，看了它一眼，便掉转目光，朝幽长漆黑的梯子走去。电梯的危险不是在于被人谋害、刺杀、枪击，凶手容易逃脱——太多的小说和惊险电影拿可怜的电梯大做文章。电梯的危险在于六面密封，升或降，都只是一个纯然的空间。一个方方正正的盒子，如果盒内有一面是镜子，那么你就更看清了自己的处境，你所不愿承认的：一无所依。一人时，我很不愿进电梯，这不能归之于胆怯。我什么缺点都有，就是少点儿胆怯。

　　而楼梯盘旋迂回，总是通向你不能去又必须去的地方。

一级级迈上去，我手里的钥匙哗哗地响着证明，只要我停下来，折进任何一个过道、走廊，站在任何一个关严的门前，我都能打开锁。每扇锁住、闩紧的门里，在这个临近黎明的时刻，全是尸体或野兽，毫无人的感觉。这也很好！我对自己宽慰地说。

从这一天起，我就下决心离开。

鱼鱼那天与我站在屋顶说的一席话，关于这个城市情况的介绍，不过是坚定了我的决心。

我的脑袋在肚子里滚动，心在肩上左跳右跳前翻后动，确切的原因我尚回答不出。想必是自己逐渐恢复的血液狂嚣的天性，无法忍受任何空间的限制，哪怕曼哈顿再大。

逃亡是人生免不了的，而且恐怕是自我肯定的最佳办法。我拿着牙刷，从卫生间走进鱼鱼敞开的房间。鱼鱼不知上哪儿了，一张字条半句话也没留。

我一边刷牙，注意让牙膏的泡沫不流出嘴，一边瞅着这个没有主人的房间。然后，坐在地毯上。除了一桶桶颜料、一卷卷画布画纸，房间里到处堆挂着雕塑，全标明"鱼鱼系列"第几号。这些他的新创作，都是钢材组合焊接，涂着白色，每个几何立方体都可任意地扔进另一个立方体。钢质刮痕配上石膏的粉质残缺块状，阴森，凶险，寓意这个曼哈顿？白天也看到过，全然不是这样的效果。在黑暗中居然接近了标题的意义？

窗外的夜色，给这个不开灯的房间渲染上一种蓝紫色，石膏不再是白色，不锈钢却更加熠熠闪亮。

三

一辆辆豪华大型客车坐满了西装革履的学者教授，穿过警戒线，进入中央公园西北角的前哥伦布大学校园。校长是黑人，他的头像在原哥伦比亚大学校牌上，他的微笑在镀金的"前哥伦布大学"一行字上闪耀着。这个下午的阳光，特别和煦。

这儿正在举行"后殖民主义的危机：种族与遗传国际研讨会"。

半圆形会场，挤得满满的，听众一半是学生，也有大批以写作讨论这问题为职业的世界各地来的教授。前排坐着各个教派主管意识形态的官员——法师、阿耶托勒、拉比、神学家、祭司、灵媒、佛学大师、宣传部长，等等。

发言人不时被高声的质问打断，使每篇本来一刻钟的论文提要都几乎拖延了大半个小时。

预料到的高潮到来了：论文《谁害怕真相：基因·力·量·智慧》分析精细，论证强劲有力，资料丰富，论据充分，一款款皆有实例和统计数字。提交论文的是个英国剑桥大学来的瑞士籍人类学教授。他指出，人的肤色不只是象征，几万年累积的基因决定了人种的精神和肉体的活力，各有优缺点。与其隐瞒忌讳，一听就骂——其实在运动场上一切忌讳全无，一切明了——不如探明，才能互相尊重。他自称是"超种族主义"。

大型黑板上密密的分子式，电脑屏幕上一个个变化的图案，幻灯机咪咪地转动，结论是：黄种人肌肉爆发力最差，平均智商 110；黑种人肌肉爆发力强，运动协调能力特别出色，智商平均 85；白种人在两者之间，体力中等，智商平均 100，从灵肉两方面平衡来讲，调节能力为最佳。

这一刻响起枪声，连续不断，起码有十几发，首先倒下的不是发言的教授，而是大会主席，一个举止斯文、面容严肃的犹太人。

那位发言的教授，惊呆不到半秒钟，就缩进讲台下的大理石空当内。警察立即冲上台。枪声在呼叫声漂亮的伴奏下消失。

凶手早扔了凶器溜入混乱的人群。警察拦住大门搜查，不仅无法找出，而且只能乱上添乱。

会场闹成一锅粥之际，原就在场的新闻记者全冲到台上，抓住头头脑脑的人采访。东方人指责黑人不能面对现实：他们是天生的犯罪分子，肯定是他们开的枪。

黑人反击，说这是东方人有意栽赃陷害，以把伪科学变成煽动性新闻。

白人认为：新种族主义比旧殖民主义更为偏激。当年的"多元文化主义"使美国分裂，80年代、90年代美国应当坚持"大熔炉"政策，不应听任自由。

"不仅损伤了科学的神圣，而且损伤了我们种族的尊严。"伏都教支派教主，一个看不出实际年龄的男人，双眼射出傲睨的光，衣服的领子高耸在脑后，像扇形张开，相对一圈围绕在台下的新闻记者色彩艳丽的服饰，他脸上不寻常地肃穆："绝不能让圣·马丁·路德·金为之殉难的悲剧重演。"

他还同时痛斥政府没出来追缉严惩以南曼哈顿为基地的恐怖分子。

栗色长发的女记者抢过话头："难道你们现在欢迎政府干预，不是借白种人打黄种人？"

喧闹的街上，一个脸、脖子、手指都涂了层粉的日本女人，看着路边电视新闻，撒娇似的嘟嘟嘴，对站在她身边的丈夫说："这新闻节目怎么比电影还精彩！"

电影院在曼哈顿岛还保留着十来家，放映的片子都一样：要么武打功夫，要么言情催泪。老片子，重复地放。只有几个老人在看。大屏幕新闻节目却很受欢迎，人们即使走在街上，也会停下来，瞅上几眼，以迁就好奇心。前哥伦布大学会场完善的电化设备，把整个枪击过程一而再再而三地用慢动作演示出来。

警察终于从无处不在的录像从千人丛中找出了开枪的人：一个黑发女人，皮肤看起来是黄的，但录像无法揭示她是否化了装。

四

我戴了顶有假发的帽子，从马路上停泊的车子后镜看自己：有点像另一个东方女人，一个陌生的东方女人。可能是改变了装束，也可能是傍晚来临，我一扫沉郁压抑的心情。

一家福建人开的餐馆，冷清却典雅有致。我要了一盘炒饭，一小碗清炖排骨冬瓜汤。品尝完毕，我抄近路朝四十二街方向踱去。

这延展三十条横街的非冲突中立区，最有诱惑力的是食、色和赌。由此证明，人类离完蛋之日还有点距离，起码并不惧怕完蛋。各个教派控制区，伦理完备，意识正统，道德第一。而这个中立区，人们可以完全放任，百无禁忌，为所欲为。这是唯一警察只管侵犯他人罪，不管个人思想或行为的地方。马路两边的大厦，白天是一座座映入云朵、鸟、旗帜和对面大楼的镜子山，傍晚暗淡的天空，像精巧的画笔，勾勒着涨潮般起伏的灯海。而阳光的余彩却一视同仁地照着或健壮或娇媚的广告。

我掏出镜子。身前身后的路人，像幽灵，不断掠过镜子，我涂了淡色的唇膏，唇边略带了点浅蓝，使我的嘴变形，脸像雕刻过一样有棱有角，和我的黑眼珠呼应默契。

我的学业太奇怪：注册后，除了奖学金一分不差到手，我却从未见过导师，导师也不要我去。当然去不去学校，完全成了我私人的事。

见他的鬼！我不由得骂了一句。难道这是一个不再需要个人奋斗的时代？这件事我始终弄不明白，问过人，他们说恐怕是电脑错了，都祝贺我幸运，可以做寄生虫，使我觉得暂时也没必要到学校去问个明白。

但是有什么比潜伏在心里的计划更能点燃我的眼睛的呢？我必须这么认为。满街的俗人、凡人、罪孽深重的人感觉不到，而我有权不加入上述的这些人的行列。

五

　　拐进小街不到三分钟，就是一家装饰新颖的酒吧，我推门进去。里面真大，别有一派天地。竹质口簧、竖箫，还有骨笛，在小号长号的伴奏下，奏出一段接一段令我迷醉的曲子。我很久没有这么沉浸于音乐了。

　　穿着蛙皮小裤衩，接近一丝不挂的男侍者，恭顺地将一份液晶显示的菜单打开。真是一件件工艺品！我要了"横眉竖眼"鸡尾酒。"别加血柠檬，"我叮嘱侍者说，"但要蛋白！"

　　找到一个二楼靠透明玻璃栏栅的座位，不能不说归于我的好运气。既能眺望城市夜空，还能俯视水下芭蕾，以及在树影花香之中一对一对男女流鸳野鸯的享受姿态。

　　"三先生，您光临了！"

　　"三先生，您这儿请坐！"

　　我朝声音传来的方向望去：一个男子，穿着和这个酒吧其他人不一致的随便至极的衣服，上下身都像是棉质的，没打领带，但那神情和步履竟使我的眼睛长达几秒钟没有离开。这些土耳其侍者怎么会学着中国话，叫"三先生"？想想，才明白了，这个人想必是叫"桑先生"。

这地带有几个有名的夜总会。小翰林是艺术名流常光顾之地。红二十一号是老牌的有情有调的餐馆，我到的这家酒吧，看来就是鱼鱼告诉我的，属于怪人聚集之地，但兼有前两者的长处，加之时有新招，生意一日比一日红火。

在我耳畔的曲子里，让人难以置信地加入陶埙、螺号，甚至单弦琵琶。我把一杯"横眉竖眼"在桌子上打了个转。杯中的酒泛起一层透明的沫。名字怪，酒味则一般，但杯中之酒却有股劲在原地旋转，如悬在玻璃窗边隐隐约约的中国灯笼。

我微笑了一下。

"你笑起来变了一个人！"这声音响于对面的位置。

我停住杯子。被侍者和老板称三先生的男子坐在那儿，静静地看着我。怪事，即使我改变了装束，这人也认出了我？如此之近，我只得重新打量：他不陌生，我见过此人。但我没搭理他的话，只是将目光转向栏栅外。

宽阔的池子，水深蓝。穿着贴身长裙的一黑一白的两个年轻女人，被升降机移到水中央平台。上衣飞离，宛若树枝般张开的闪电，压过礼节性的喝彩。由水声香料合成的曲子飘逸着。她们翻离水面，沉入水底，分开大腿。酒客们大嗓门在叫。水中的女人仰起贴着荧光片的脸，彼此身体若即若离，摩擦，进入做爱之前的调味状态。

　　我突然想走，但脚步却迈不开。有什么事情使我紧张害怕？我的手紧紧握住玻璃杯子，眼睛盯着白人舞女柔中有刚的玲珑脚趾，匀称而强健的大腿。

　　对面的男子并没有看我，饶有兴趣、自言自语地说着一席话，他似乎在赞美表演的女人，又仿佛在说他自己。我装着不听，可一串不短的音节钻入我耳朵时，我的眼睛转向他，问："再说一遍，行吗？"

　　他重复了一遍。

　　他说的是他的名字，但我还是记不住。

　　"嗯，就叫桑二好了！"他突然改用汉语，那意思这下你无法推托记不住了。他说："我看过一些你的小说，很喜欢。"他面前是一杯和我一模一样的鸡尾酒。

　　一听他说我的小说，我慌神了，急忙打岔道："我早就不写任何东西了，作为一个作家，我早就完蛋了！"这种自怜似乎太坦白了一点。干吗对一个陌生男人说这些？我气恼地喝了一大口酒。

　　"好酒力！"他赞道。

　　"对不起，我该走了。"我站了起来。

　　"请留下我们聊一会儿。"

　　我摇摇头。

"为什么？"他不解地说。

"因为我根本不认识你，一个叫桑二的人。"

"这又有什么关系？人总是从不认识到认识，更何况我们这不是第一次见面了，而且我对你相当了解。"

他的坦白反使我不便离开，他像有话要告诉我的样子。于是，我在他的要求下坐回位置。

挎着花篮的墨西哥少年，一边走，一边叫："缤纷世界，要不要买？"声音悦耳，清脆，如新鲜果酱，厚厚的一层，甜滋滋的。

桑二叫住少年，挑了一枝叶银色的红花，小心插在我衣襟上。

"谢谢，"我说，"为什么要这样呢？"

"哦，我的天，今晚你要给我多少个为什么？让我来告诉你：康乃馨是你最喜欢的，但抵不过这种花……蓝靛花。"

"你怎么知道？"打断他的话，我脸色有点发白。

"我是那个晚会的幸运人呀！我知道有人把杯子放在空椅上发了个誓：'谁坐碎杯子，谁就是幸运的人。'"他的声音居然没有半点夸耀。他接着说："其实那晚，包括今晚，我的运气都糟透了！"

"为什么？"我为自己这个习惯的说法抱歉似的耸了耸肩。

水上无上装舞已经进入高潮，十个从水中冒出的女人，环绕着先前的两个女人，统统双腿并在一起，套在腰下与皮肤一色的裙裾，瞬刻变为鱼尾。也许是灯光的效果，他们游在水里，曲子停住了，只有溅起的水声，手、头、乳房组合出魔术一般的画面。

几尺远一桌的几个客人在发出感慨，进行非理论性质的探讨。

一个印度无上装吧女右手托盘，左手举酒瓶，身体倾斜为客人倒酒。屁股被一个黄种人摸捏了几下。她收下黄种人按规矩付的小费后，却故意将酒倒在他的白西服上，嘴里直说对不起，对不起。

我说："要我就给她一巴掌。"

"你干吗那么恨印度人？"

"我只是恨种族之间的轻侮。这种争斗有什么必要？这种互相作践极端低级趣味。如果是个白人，她就不会捉弄。我从不让那些白人靠近我，他们有臭味！"

桑二笑起来。我发现他牙齿整齐，与脸上有点带黑红的肤色极不协调，牙齿整齐、白净，像个文明人，但长相像野蛮人。

他说："说到底，你还是有种族偏见。你们——"

"你肯定不是汉人!"

"我的姑娘，你怎么这么聪明，到这时才发现?"他用我听不懂的语言，说了一句话。

"什么意思?"我追问。

他说，我是满蒙朝日各占四分之一血统。

六

桑二开车送我回家，他开车轻巧，没打几个转就到了。华尔街方向传来庙堂肃穆的钟声，我跨出桑二的黑色丹顶鹤车时，他猛地抓住我的手腕，吻到我的唇上。

我闪不及，但不等我推开他，他便停住了，柔情地看着我，轻声说"再见"!

我脸有点红，生气地推上车门。

街湿淋淋的，分不出是刚下过一阵雨，或是清洁车清洗过?树黑绿，街灯昏暗，但带有红晕。灰尘都沉入水中。这一刻的曼哈顿真是洁净，从未有过的洁净，让人有点不习惯，我过街走向自己住的公寓大楼。

桑二叫住我，摇下车窗，指着我手里的一串钥匙说："那个小牌，可以帮你避免些麻烦。或许你早就知道，或许不知道。"他指了指进海关时发给我的印有头像和进入日期的黄色金属牌，被我作为饰品套在钥匙链上。"到了出城的时间，即使你不离开，头像也会自动消失，你就不会作为这个城市的客人受到保护。这是当局与各教派集团达成的协定，但特殊情况时也可能失效。"

"那么那晚，那些骑马人是桑先生派来救我的？如果我猜得没错的话。"我的直觉来得太慢，声音冷冰冰的。

"你的话为何说得这么凶狠狠？"他眉头一挑，嗓音低沉。

"我凶狠狠的吗？"我淡淡地说，"你以为我会谢你救命之恩，那你就错了！"

"你这是什么话呢？"

"因为我早就死了。"我把戴在衣襟上的那朵蓝靛花摘下来，扔进他的车里。

"你的命还没尽。不仅如此，还有……"他弯腰拾起花，手臂搁在方向盘上。他沉吟了一秒钟，和蔼地看着我："你会相信我的。"

"相信你什么？"我的口气硬邦邦的。

"我会看命，比通灵人还准。"他像开玩笑，又像认真地说，"以后你就知道了！耐心听我说。"

"没以后了！别把我当傻子了。"我不听他说，急跑上公寓大门前的石阶，一群鸽子惊飞着散开。用钥匙开大门，从门上的玻璃看到，桑二的黑车仍在马路边上泊着。

但我还能做什么还能听什么呢？我已经好久不这样对待别人了。我曾对自己规定了几条原则：不粗暴，不生气，不愤怒，不吼叫，不无礼，包括要轻言细语，温文尔雅，绝对淑女样。而对这个桑二，一个神秘的桑先生，弄不明白，我的原则都跑到哪里去了。

敲鱼鱼房门，没人应，他又不在家。不在家也好，一人清静。为了清静个彻底，我把客厅的电话拨到无声挡。

划燃火柴，点上蜡烛后，我熄灭了灯，脱掉衣服。进入放满热水泡沫的浴缸。我的身体逐渐在烛光的照耀下变得柔和起来。

一个人真好。我在浴缸里一直浸到下巴，并把花朵状的蜡烛移到水面上。我手指微微张开，上面染有那朵扔还桑二的蓝靛花的汁液。我心一跳，手指轻轻抬了起来。水、烛焰和我的手指一样幽蓝。

第五章

一

这个燠热的下午，浓郁的咖啡香味占领了我的呼吸道。不用看路名对照地图，就知道黄蜘蛛出租车正行驶在已无意大利人的小意大利街区。街边喝咖啡的游客，有一种哪怕上当也合算的神情。色泽诱人的香肠，造型优美地挂在橱窗里。

我完全可以在这儿停下来。但我不。胖脸的出租车司机眼睛老盯着车座前的电视地图指南，他无疑是个新手。

正是交通高峰时间，交通很挤，汽车却耐心地往前挨。行人有忍耐地等着信号，才从车缝中穿过。一些老人坐在露天椅上，眼帘半垂，但脑子却睡着了。他们学会了自我发功，少了生存的苦恼。

可我却在这堵塞的车流中，想起那个名叫桑二的男人手上没戴结婚戒指。这些日子，我拒绝了他在公寓楼下等我的喇叭声，拒绝他送我的礼物，拒绝他邀请我去林肯中心音乐厅看韩国孤儿合唱团的演出，可我却记住了他没戴戒指强有力的手。

这不太滑稽了吗?

二

我坐在渡轮顶层，等着船开，去自由女神岛。

早已到点了，水手还未吹笛挪开码头。我的心悬起来，有种不祥的预感，我抑止了，不让自己的信心滑跌下去。

"你们这些罪人，欢迎到这城市来，虽然这城市的罪人够多的了。"这条涂鸦标语点缀在轮渡口、去自由女神像的路上。涂的人不知用的是什么颜色，油漆覆盖几次，仍旧显露出来，比原来堂皇的题词悦目多了。

三个身着蓝、白、红色的男孩，像法国的国旗时而分开，时而连在一块。男孩们脚踩四个火轮滑车，绕圆形展览馆墙边一圈又一圈。他们驯养的鸟，头朝下，双翅向后翻，眼睛几乎贴着自己的爪，飞在他们头上，也在绕圈。

渡轮缓缓离开码头。眼睛往岛上和四周转几圈，船就靠岛了。

跟着游客走。这个岛立着法国赠送的礼物——自由女神像。拐骗、抢劫、杀人等情形都不会在这儿发生。这是各方面互通条件，达成的一致协定，以维持美国象征的纯洁。买了票，我爬到高达一百五十一米之上、手举火炬的女神的皇冠里，整个城市在我的脚下。海湾口停泊着插有不同图案旗帜的船舶。

我对自己说：记住只有晚上六点一刻准，游船离岸，岗哨撤离，而夜警尚在换班时，你可以采取行动。在这段时间里，你必须头脑清晰、敏锐，按照计划实行。

下女神像后，我在岛上随便走走。走累了，就坐在快餐店的门外铁桌椅喝超级天霸饮料，等着天色暗下来。

三

整齐的石头，砌成牢固的女神像基座，外围为高大的圆形墙。墙和平坦宽阔的路之间，是一长段略微倾斜的草坪。

我走上草坪，在夜晚有灯光反射女神像的位置停了下来，长方形的空心铁盖一下罩住了我。

刚到石墙前，我突然发现整个小岛到处都可见一些衣着随便的人物，这些狗娘养的白种人——这个世界理所当然的主宰者，步伐里都有种逼人的凶戾之气。那个身姿柔美假意弄错人的女人，从背后拥抱一个一看就是犹太人的中年男子。

正在凭海眺望对岸曼哈顿的中年男子惊讶地回过头，她歉意并豪爽地笑起来。

中年男子一定是个非常灵敏之人，即刻发现她的特别装束，但已晚也，两个和一般旅客衣着无别的男人跟了上来，亲热地挽住中年男子的手，一行三人，消隐在自由女神像基座的门里。

那个女人无事一般，又神态安然、漫不经心地走在人群中。不止她一人在以各种方式查找。看来他们是在搜寻非法偷渡者。自从放弃纽约，"白美"政策在政府和国会中越来越占上风。白人决心尽可能把少数民族中的危险分子：拉美毒贩、伊斯兰原教旨主义者、三合会、竹联帮、越青帮、新黑豹党等，封杀在纽约区。采取的方式则是电脑网络甄别，跟踪，由极右翼分子的三K新党进行"有选择阻拦"。至于谁会落入这个名单，原因是什么，就难说了。

我掉转头，码头方向游客越来越少。渡轮靠在那儿，连个水手也看不见。

从时间上算，应还有最后一个加班船到新布朗士克。我绕回快餐店，把座位上一顶在风中微微移动孔雀毛的帽子拾起来，很干净，我戴在了头上。

突然一队人从女神像下的大门走出，男男女女，清一色秃头，手里提着武器，开始动手搜捕逃亡分子。传言这个岛是离开曼哈顿的一个出口，真是一派胡言。但我相信我不在类似的名单上。我五辈以上的祖先，五服之内的亲戚，没有沾过任何帮会的边。至于康乃馨俱乐部，名声还没达到国际水平。

我相信自己的清白，所以我好奇地袖手旁观。

那一队人径直朝我而来。

飞机的引擎声是这个时候在我身后的石子路响起的。就在右边的空地上，冲下一个人或是两个？看不清，螺旋桨带起的气焰和夕阳的色彩融为一体。

我还未弄清是怎么回事，发现自己已被劫持进飞机，直升上天空，我头顶的帽子跌落在半空，跌落在并不稠密的枪声之中。我抬眼看见桑二边操纵飞机边按按钮，飞机立即被包裹在白烟中，如腾云驾雾。

从飞机上看下去，海水因为天特亮而发紫。一片紫色之中，仿佛有人在叫我的名字：

"蝃蝀。"

我一惊，这城市几乎不可能有人知道我这个名字。桑二仍专注于驾驶，只是眼睛变得和以前一样柔和。我注意到自己的裙子被树枝划成几片，流苏一般在大腿上挂着，而我的手紧张得握成拳头。

这么说刚才过去的一幕是真的，我的确在拼命奔跑。如同眼底下整个曼哈顿岛雄伟的建筑一样真实。

是身旁这个男人救了我？我万分沮丧。这沮丧，还有一个自己从未发现的秘密：我并不需要男人，我喜欢独身，厌恶与任何一个男人共享一张床。我无法否认自己的身体隐藏着这种非理性的火焰。

假若要让我一改这种坚定不移的浸透着绝望的面目，那么只有让我恢复到自我意识之前的混沌状态——我开始写小说之前。

直升机像只鹰倾斜着插向海面，在水面上掠过，水花扑闪，我浑身上下都湿了个遍。我不想关玻璃舱。风卷裹着银色的鱼，呼呼响着，下雨似的从窗外飞过。

我手伸出窗接住一条，鱼和我的手一样大小，尾摆摇着，鳞层层叠叠，像缎子光滑发亮。

你有什么要告诉我的？看着它一闭一合的嘴，我在心里问。

四

桑二从客厅的玻璃茶几上取出两个杯子。从衣袋里掏出一只扁酒瓶来。他拧开酒瓶盖，往杯子里倒酒。"如果你不高兴我待下来，我们喝了这杯酒——不仅仅是为你压惊——我就走。"

我仍未说话。墙上一个镶嵌着石边的镜子呈现出他的侧面，我移了移身体，我的脸太冷漠，嘴角有两个细缝。屋中央倒挂着一把绣着龙、金翅鸟、虎、狮的褶皱竹布伞，灯光被罩住。对着镜子，我抚了抚乱发。

"你是来岛上找我的?"我盯着镜子里他的脖颈问。

"是的!"

沉默。然后空气变得松软起来。

他递过来一杯酒。

我没有接。"你真是想救我，想要我?"

"是的!"口气不偏不歪，像他站在那儿的姿势。

我朝后退一步，干脆说："那你把外套脱了，不，把衣服脱了!"

桑二放下手里的酒杯。他的动作很慢，但眼睛未眨一下地注视着我。在他的注视之中，我拿起茶几上的酒杯，一饮而尽。倚靠沙发，我褪掉身上的黑毛衣，然后，仰起头，看着他弃去内衣内裤。

我赤裸的身体，映着伞投下的龙与金翅鸟、虎与狮的图案，浓淡不一，片段块状。桑二的眼睛比墙上多边形镜子更清楚地照着我的模样。

我垂下眼帘，拿起茶几上另一个盛得满满的酒杯，朝他走去。

我喝了一口，把嘴唇压在他的嘴唇上，含在我嘴里的酒如火焰窜入他的舌头、牙齿、整个口腔，奔入喉咙、全身。一阵轻微的震荡。

这时，我像一朵新开的花，插在他的身上，我的手指张开，抓他的脸脖子和肩。

当他一进入我，我马上就飞了起来。白的雪在漆黑的摩天大楼间，堆成整齐的圆锥体。海的蓝、天的蓝转换为红色，一杯冒着热气的咖啡的色泽，一点一点浸染着雪覆盖的大楼。

我突然看到一排双手合十的女人，跪了下去。

你手里的种子没有水也在发芽，它是樱桃、莲子？

我俯冲到三千米之下。在结冰透明的水面上，查寻我要的一张脸。靠近那脸，想扳过来，我重复几次都抓不到它。冰好像有层薄玻璃隔开我和这张不愿回转的脸。

我已飞在三千米以上，头发带着斑斓的光苗，擦着风，咔嚓咔嚓响。这速度越来越快，张开了每一片羽毛，抛弃了所有的形状。

我睁开眼睛，发现在我身下的这个男人，一个词、一个词地说着，像念咒语。他的发音平静安详，一种非叫我听下去不可的力量。他抚摸着我的背脊，忽地轻轻一翻，就到了我的身上，而那头猛兽却固执地冲击我的阴道。他的手从我的面颊移到眼睛，覆盖它们，我整个人被摔了下去，往下坠落，直线坠落。

我昏眩了过去，又醒了过来。但马上又昏眩了过去。待重新醒过来时，我从来不曾吼叫的喉咙发出悠长尖锐的声音，那绝不是欢乐，那是我还来不及认清的一种令我惊愕的东西。

继续下去，朝这片白光来呀！我紧闭的眼睛盈满了晶亮的水。

五

空气里有股沉香或伽南香？我嗅了嗅，确实有股熏过的香味。在我的床四周，香味更浓郁。

我手抓枕头，坐了起来。房间里射进窗帘的阳光，什么人也没有。床干干净净，我赤脚下地，客厅的沙发茶几也干干净净，酒杯也擦洗过了，屋子里收拾得一点痕迹不露，就像什么都不曾发生过似的。

推开套房的每扇门，一切一如往昔，只是显得倍加整洁。

然后，我拉开窗帘，升起玻璃窗却吃了一惊：人、车混成一团。形似玻璃弹子球的冰雹，每个冰雹都一样大、一样白亮，铺满了街道、屋顶、马路两侧。警笛呜呜地在远处响着。

这不是一个该下冰雹的日子呀！更不要说下这么标准的球形玻璃弹子了。

我的手触到自己赤裸的身体，那么柔腻，那么灼烫。我的脖子上挂着一串项链，扇贝状的坠子，镶银边的黛绿深青的玉，坠子上的穗光亮流丽。我以前见过，在桑二胸前。

"这是我的护身符。"他说。

他还说了什么？

我无法把思路弄清晰。

我嗅着缕缕丝丝的香气往回搜索：他古铜色的背沟，凹凸分明的刚硬的腰臀。他中心地带水淋淋的森林，竖立着这城市任何一座建筑都为之逊色的形体，一双柔软的手却轻而易举全部将其握住。

我的回忆像图案逐渐透出棱角：他似乎说我真像他死去的妻子，说我可能真是他妻子的妹妹，他和他的妻子一直都在寻找从小弃家出走的那个女孩。

他说：你就这样缄默吧。我喜欢你嘴唇紧闭，眼睫毛忽静忽动的样子。他低沉的男中音消失了。

我慢慢走到床边，一条鲜艳的红绸巾，方方正正，在枕头的起伏之处褶皱着。一个男人，把这么一块红绸巾盖在一个熟睡中的女人脸上，然后，连脚步声、关门声也没有，如影子一样退出这个女人的房间。

那吟咏的铮亮的词，谁会在性交时念经文？只是为了感动我，代替如今作为笑话时才用的那句"我爱你"？

我吓得手里的绸巾滑出手指，慢速地坠落在地毯上。

第六章

一

整个华盛顿广场在排箫吹奏的曲子里，变得怪模怪样的。这曲子太欢快、轻松，需要脚步踏起来，手动起来，身体扭摆起来，舞蹈，整齐地舞蹈。这曲子当然与这个下午极不吻合。不过，这没关系，它甚至使我变得有耐心，有了一个理由，坐下去。

我穿着一件齐膝盖无袖的薄毛衣裙，紧身，黑色，十一年前买的。我的头发半长不短，零乱而自然地披在脑后。

我并不是从 2011 年的这一天开始不在乎青春貌美还是年老色衰，我早已不再关心这些自己身体表皮的东西。只知道自己需要这样闭着眼睛，坐在阳光和时间的网络之中，眼睛里什么也没有，心里也什么也没有。

或许已经过去了整整一个上午、中午、下午？我不想计算时间。这段时间与那段时间没有什么区别。只有傻瓜才那么想。于是真的就出现一些傻瓜，对着广场附近的房屋指指点点："瞧，那三楼靠东的第二间房子，我在十多年前曾住过一个夏天。"

"唉，那阵子，天天窝在地窖里，冻得手指像红萝卜！"

"牛奶、鸡蛋、炸面包片还是这家店的好。"

"城市大学图书馆，我把书趁天黑扔到街上，走出图书馆去捡，这才写完一本论文！"

他们好像在给我上昔日的"大陆新留学生文学"课。

二

坐够了，我决定回家。正在过斑马线，迎面走来鱼鱼。

"我正从家里出来。"他手里抱了个纸包，肩上挎着滚筒包。

我帮他拿过纸包："很忙？"

他点了点头。

"有时间陪我坐几分钟吗？很长时间没见了！"我与他总是阴差阳错，碰不见面。不等他回答，我说："去喝一杯，或随便吃点什么的。今天天气不坏！"

"好吧！看在今天天气好的分上！"

这家餐馆，跟火车车厢的位置有点类似，高的背椅圆弧形遮住别的人，给你一个小空间：只有与你共用一个桌子的人坐在对面。墙上全是玻璃，映出橱窗上美味装饰成艺术品的广告。鱼鱼坐在我对面，除了脸上添了一圈胡须，还有一点变化就是更不愿多说话。

我把豆浆浇在炸鸡上，举起杯子，碰了碰对面一直握着酒杯的人的手："鱼鱼，来，干杯!"

"干杯!"

我说我运气欠佳，但也不算太糟——没死掉，还活着，就得感谢上天：我的命硬!

"你也迷信起来？这不像你嘛!"

"那么什么才像我？"我问。

鱼鱼笑了，说："难道你不知道，你一直走运，从你踏上这城市起。"

"是因为你?"

他摇了摇头，说，不谈这话题了，言多必失，少说为妙。他喝了一口酒，很神秘的样子。这是他一向的风格，我以前欣赏过，现在，我觉得这故作神秘太做作，可能对男人我的感觉都自动消失了。但我却伸过一只手，去握住他的手。我没有说话，如果在这一刻，他还是我的朋友，哪怕下一刻他是我的敌人，我也应该这么对他，我不信，他不需要安慰，他正处于崩溃之际，这一点，白痴才看不出来。

三

天色已晚。通宵开着的这家餐馆，人却并未减少，不太安静，客人大声说话，什么语言都有。

"到底是怎么回事？"我焦急地问。

"三本秀夫没有了。别问了！"他一拳击在墙上，"那个英国佬，屁眼诗人，早就知道自己染上了病，却他妈的不告诉三本秀夫。这叫坑人，害人，而不是骗人了！"

鱼鱼的脸在玻璃里折成一个长方形，他的手盖住杯口，手关节伤了皮："别去要创可贴，没事！"

我被他按在座位上，他继续说："我知道三本秀夫另有所爱，却不知道被这么一个不是人的东西诓上了。你难以想象，英国佬的墓前鲜花之多，把整个春天都搬来了，狗模人样的人也来了好几打，而且葬在三一教堂的公墓里。三本秀夫呢，火葬时，一个亲人也没有，除了我和我的男友，连只麻雀的影都寻不见。"

"报上都说艾滋病已经快绝迹了，可以治愈。"我不解地问，"怎么还会死人？"

"治愈？上帝、佛，都不会让人类享受自由，爱包拉病开始流行了，而且，"他垂着头，"这次又是在我们同性恋身上敲响序曲。没有人不怕的——眼睛流血，全身皮肤生红点，脸上皮肤一拉就碎，露出骨头。"鱼鱼中断讲话，站起身，说他必须赶快走，男友在等他。

"如果他得了病，你怎么着？"我是不是有点过分，我问自己。

"爱能胜过一切，病痛，死亡。"

我愕然。看来现在只有同性之间才能爱得生生死死，称得上不加盐和芥末的罗曼史。桑二和我呢？这位现代骑士几次救了我，我只是感激他？而他为什么要舍命救我？

"那你对我，"我顿了一下，"就从不曾有过……"

鱼鱼拿起椅上大小包。"很抱歉，亲爱的，你怎么到了这时才让我回答这问题？"他半开玩笑半认真地说。

看得出鱼鱼的话是真实的。他对我不带有内疚，我的确从不曾爱过他，也从不曾爱过任何一个男人，我只是喜欢他。

鱼鱼急着去看男友。

对面的位置空了。但我还想一个人坐一会儿。向侍者要了一份加醋泡冰激凌。

餐馆轻轻流淌起音乐——为了提神，可能也为了增加点情致。先是黑白电影《英雄儿女》的主旋律，后来又是《智

取威虎山》样板戏里著名的一段《打虎上山》。陈旧的音符既
不提神，更不能调整心情。可是音乐传递给我一种排列的次
序，仿佛记录下逝去的时光。

我一步一步走上不宽但铺了地毯的楼梯。按每层楼口的
灯，不知为什么都不亮。可我的手闲得慌，每上一层楼，仍去
按一下钮。我对自己说，你不必害怕黑夜。如果有什么事降
临，黑夜就是逃离恐惧的最好时辰。

我垂下手，身体靠住梯子边的扶栏，喘气。突然我看见在
楼梯口那儿，有一团浓重的黑影。

四

我从皮包里摸出打火机，"啪"的一声，长条的火苗跳
起："是你!"

"吓着你了?"被我手里的打火机逼近眉毛的桑二没有闪
躲。

"没有!"我否认道。

他坐着的那级楼梯，一个报纸折的盒里，堆满亮晃晃的
星条旗包装糖纸。这个男人要剥掉如此多玻璃口香糖纸，十
分钟嚼碎融化一块吧，最慢的速度，也得用两至三个钟头，耐

心够足的。我握住钥匙转开门，桑二端着糖纸盒不请自进。

我扔掉包，脱掉鞋，径自去了卫生间。

"哟，难怪没人接电话，连电话机都关掉了！你为什么不理我的喇叭声，甚至把我送你的礼物扔进了水槽，绞成碎片？"卫生间门关得紧紧的，但桑二的声音却点滴不漏地传进来。

"我到这儿不是来指责你的。"隔了半分钟，他的声音降低了，温和起来。

我走出卫生间，桑二走了进去。水声使房间显得尤其静。

有人敲门。

桑二跨出卫生间，到门边，从门孔里瞅了一眼："是找我的。"便走了出去。

一阵细微的谈话声消失后，他推开门，在我耳根亲吻了一下，郑重地说："在这儿等着我！"未等我说话，就急闪进楼道里的、等着他的电梯。紧接着，楼下马路，一辆车很响地发动，带离了所有的喧嚣。

这到底是个什么人物？我有一阵疑惑。但又想，与我有什么关系呢？一个男人而已。

五

我面壁而坐。多少相似的时光，戴着不同的假面逝去了。

电话铃响，我没接。如果我没有等桑二，那么我是在等什么事发生吗？

别说能一天一夜在房间里坐下去，几个星期几个月也丝毫不成问题。这是做作家坐出来的，耐得住寂寥，顶得住孤独，是作家最起码的功夫。虽然我的作家梦没做成，独处一个空间的本领，却早已练得炉火纯青了。

但这个清晨，如果一成不变地待在房间里，而忘了自己逃离这城市的计划，这个人就不是我了。

别傻了，我怎么会等桑二呢？我还是得逃开。

我打开柜子，换了一件裙子，黑丝绒线，腿开衩比毛质品的一件稍高。在橱柜里找到件浅棕色薄短风衣，将一副网格的黑丝绸短手套戴好后，又从柜中取了顶男式平底礼帽。还没扣在头上，就扔了回去。现金得带够，我的信用卡没人信。

一切准备完毕，我锁上门，下了楼。

我走到被清洁车弄干净的马路对面。一个面包店的橱窗映出一张望不尽底的脸，眼影和唇膏有意选了淡红，掺混银色的珍珠粉。我给这个并不讨我喜欢的形象，披上风衣，然后，穿过红绿灯，顺着铁栏杆往西走。

第七章

一

在一家车行，我付了一定押金，租了辆白色老牌福特车。它看上去不旧，大概由于名字"伴游女郎"的缘故，旅游者忌讳。天知道，这个一度狂放的国家，轮回变迁，世纪末世纪初的曼哈顿道德忌讳最多！可我认为不错，租金又低，伴游女郎就伴游女郎。

驶到布鲁克桥时，我刹住了车。随即打开车门，走了出来。路边一个电话亭空着。

我拿起话筒的手放了下来。这个城市我认识谁？真正意义上的，没有，没电话可打。

我钻进了车里，沿东河朝北驶着。

车子里的小电视正在重播半年多前当世大法师于四面八方寺请出梵文《十概金刚》的法会。

四面八方寺建在原来的联合国广场上，巍峨如山。下半部分藏式建筑，塑像皆为历代法师；中间部分为汉式建筑，塑像皆为高僧列祖；上半部分是朝鲜、日本风格，塑像全为东洋圣贤模样。三式层叠，和东半球的各种寺庙都有某些相近，但日日夜夜金碧辉煌，光芒粲然炫目。身披五彩大袈裟年迈的大法师，眼睛跟婴儿一样清澈、亮堂。一条雪白的光束照在他面前的《十橛金刚》上。

我听不懂的梵语刚结束，电视屏幕上：数亿人拜倒在地，叩首，念经祈祷。戴牛头、鹿头面具的法师扮演阎王为首的七位凶神、白头滑稽神和白骷髅鬼。不戴任何面具的僧人，装扮成二十一位菩萨和多子女神，手持宝剑、法具，跳起"捉驱"舞蹈。金、铜的唢呐、长号，铁皮鼓、钹齐奏，礼炮枪声助威鸣响。众法师分别披着黄色、白色长袍，头戴僧帽，大拇指和小拇指扣住，双手相合，掌握着时间和历史。

我换到倒退挡，脚轻踩油门，将车斜摆后，换成向前挡，打了个小转，往西开去。

远远就看到了，全城最高建筑——昔日的世界贸易中心，顶上是"大宝法王慈善委员会总部"的标志。我进了一个加油站，加足汽油，在加油站的小卖部买了两块绿豆糕、一瓶豆浆水充饥。当我的车靠近，并擦着两幢大楼行驶时，我为自己眼前突然出现的景致咬紧了嘴唇，脸冲撞着景致，极为专注地瞻望表盘上的电脑指示图，跟随车流不松懈地穿过天桥，驶出曼哈顿。

　　但我不久就发觉自己又回到布鲁克林那个专门批发皮带纽扣口罩和卫生巾的小街，即是说，开了半天车只是绕了一个圈。所不同的是，这时街上的人脸上都有个新月印，像粘上去的，又像雕刻上去的。那么多花花哨哨的新月，在增强那每天吼十遍的意念。中东集团又在搞什么新主义？这信仰大比赛叫我着实气闷头疼。

　　我茫然。减缓车速，拐入街左边的一条小道。

　　看来，要按自己的心愿开出这座城市有意安排的盘陀路，绝无可能。

二

　　只得驶回南曼哈顿，心里窝着火，想问个明白。减缓车速，找电话亭。停好车，电话线的长度刚好够延伸到车尾。我往自然消杂音电话器里扔了十美元。

　　"请问贵姓？"

　　我对电话里的接待员报了名字。

　　"请问找谁说话？"

　　"桑二。"

　　对方客气地说没这个人。

但我不等对方挂断电话，便说，我要桑托巴本图克听电话。这个未曾记住的名字一下跑到我的嘴边。

"对不起他不在，请留下话。"

"我请桑珠说话。"他说过这个只让我一人记住的名字。

"请女士报一下大名！"对方口气一下柔和极了，是真柔和，不再是客气。

我说了一遍自己的名字。

"请女士等等！"

电话亭里查号码的小型电脑并不很合作。可大宝法王慈善委员会总部的电话总机号码，要找到并不是难事。正如我分析的那样，电话那端传来一个低沉的声音，略略有点惊诧——我竟能找到他，或是终于来找他来了？

我完全没有给他留余地，想也未想，对着话筒说了好久。仿佛所有在这城市遭遇到的失败和挫折都和他有关似的，我把窝在心中的火全部倒了出来："我跟千千万万个女人没有什么不一样，我会生病，我会哭泣，我只管鸡毛蒜皮，会打喷嚏、咳嗽，我身上每个毛孔都会出汗，我身上有许多洞。谁来填满都一样！所以请你不要再和我有一点关系！从我的生活里走开。"

"你现在非常需要我，是不是？"他耐心地说。

"绝不会。"我说。

"你就在你对面那家西贡少年剧院等我，别动。最多四十分钟我就赶到。"

他不仅要交代这样那样的事一堆，在走出那幢巨型建筑前还得把身上的袈裟，换成衬衣、西式上装、裤子，打上和衣服和谐的领带。如果我猜测得不错的话，他不是统领住持，就是大师等级的举足轻重的人物。

"等我！"那声音的确有令人折服的力量。显然，他的电话插入了高级描测器，可以看到打电话人所在的位置。

"等你？你还要在这个城市演多少戏？"我无暇与他说下去，我挂断了电话。我的时间表并没有演戏的安排。我不想面对桑二，我急需的仍是一样东西：再次逃出这个城市。

穿过荷兰隧道后，我以九十英里的车速飞驶在高速公路上，朝著名的大西洋赌城行进。它属于白人开明的创举之一：对各种肤色的人一视同仁，只要愿意抛出钱币就可以去那儿游玩。曼哈顿和它之间专修了一条架空的高速公路。沿途每隔一段路程设有控制监视器。白佬，令人敬畏的开明！

我笑了，或许归之于白人担忧曼哈顿经济力量的正常心理吧！有道理。应该说，对这座大城市的面貌，我自己就从未搞清楚过。尽管我一直在为此不懈地努力。地图是虚假的，人的传言倒有点可信之处。我很像陷在棋中的卒，仅能靠俗套走着，选择逃离，重来一次冒险。

三

赌城海滩上到处是人、狗，还有牵在人手中的熊、猴子。

我坐在长凳上。海实际是偶然裂开的窄缝，随时合并，随时打开，海水跟海滩、天空界线分明，如三块砖墙，砖墙是不动的。

夜幕尚未盖住海滩，我冲过薄薄的三块砖墙，随人拥向宫殿似的赌场。有个头发蛇一般盘在头顶的女人，披着大红斗篷，手腕上密密麻麻的镯子，颜色深浅不一，像一个折叠不均的手套，一闪而过。她很像我的朋友嵇琳。

在这一秒里我的脸色苍白。幸好天暗，没人看见，我步子慢下来，避开那个女人。

绝不能让熟人破坏了计划。

每天至少有两趟开往里奇蒙的短途客船。依然是以堵塞帮会分子的名义检查证件和身份，仔细严格，一道机器接一道人工，叫人直呼白人的娘万岁！

售票处贴着取消去里奇蒙航线的告示——这条逃路不存

在了。海岸加强了防卫措施，天线、雷达、泊在码头的船上看起来就像浑身生满眼睛的便衣警察。但是，凭什么他们会不让我离开呢？在这半个地球上，虽然我没半个朋友，但也不应当有任何敌人。

在半夜和凌晨间第一二轮玩劲高潮过去，那时出城人最多，趁车一辆辆涌出之机，进入白人行驶的任何一条车道即可，如果地图看准的话，没有理由沿大西洋海岸南下。

路过存物处，我存了搭在手里的风衣，刚递上包，想想，又取了回来，将皮夹子放回包里，不能什么也不带。

我掠过一面映着人工瀑布的镜子，富有弹性的黑丝绒丝裙衬得我太苗条，不，太肃穆了。穿衣与半穿衣的先生女士，和晚宴的正规化不同，都打扮得各有一种风情，似乎来赌钱是过节。少数人更别出心裁，人成了艺术，隐于艺术之后，进出自由。一些人却与想达到的目的相差太远：脸是刻意处理过的，连大腿上的皮肤也加了工，为了抹去疤痕或不起眼的皱纹，填了过多的粉，像雕像似的在椅子沙发间晃来晃去。什么肤色的人都有。色彩过于密集，令人晕眩，或许第一次看见这么多颜色的缘故。我背靠墙，停住脚步。

吃海蛎的桌椅中，一阵女人的笑声，气特别足，悠长地扔了过来。

　　我跟着声音转过头，发现那女人的确是我的朋友嵇琳，我刚才的直觉没错。在她旁边的不是秃头老情人，也不是穿长袍的顾客，而是一个目光总盯着同一个方向的男人，毫无疑问，他是一个瞎子，大约三十岁，一件西瓜衫。正伸手摸身旁的一株红珊瑚，姿态舒展，怡然自得。

　　我走了几步，侧身绕过一丛珠兰，我那位好久不遇的朋友嵇琳，更加清楚地进入我的视线，她脱掉大红斗篷后，扮相更古怪：指甲蓄得尖尖细长，像嫩笋，身上是一袭清朝女人半长裙袍，但没穿绸裤和绣花鞋，两艘造型古典的船鞋，踩在她的脚下。在这个异国他乡，我的旧相识的打扮比在国内时讲究，更自然一些。

　　在这之前，我从未见过她像高潮来临的兴奋，非常陶醉，脸颊映着淡淡的红晕，不太像抹了胭脂。

　　我决不能与她打招呼，这种时候，什么朋友都不见为好。于是我退回走廊。走廊开满龙舌兰的墙和地由光组成，人穿行在里面，不知脚该下在何处才恰当。而总感到身后有些怪诞的影子，像鬼祟紧紧尾随着。这也是我不喜欢在公众场合回视身后的缘故：可以少知道不应该知道的事，免了许多烦恼。

　　到柜台前，除了零花钱，我把皮夹子里的钞票全部换成筹码。然后，我找到一处看起来适合我的桌前，坐到升降椅上，在一个全身穿红的半老徐娘的右旁。我摸出五个筹码。

我得玩二十一点，属虎者，占三则顺，三七二十一，是我的游戏。要知道，我马上就不能做前哥伦布大学文化学的职业学生了，没了奖学金，就没了生活费来源，虽然我一向不算钱，钱却要算着我了。出逃一次花费大一些，这次，我需要更多的钱，我这么想的时候，开始叫牌。

四

刚才无意之中，听到几个观者咬耳朵说"人蛇"——那些西西里黑手党——不再做这生意了。即使你付比原价多一倍的钱，也不会将你送到对岸。西西里人也被收买了？来这儿名为睹，实也为一赌！

和我在这儿了解到的情况差不离：所有通向城外的通道，都由与大型电脑联络的雷达控制，不是每个人都能向任何方向行驶，是什么肤色就行驶什么方向。

进这赌城也不易，得交一定数目的高速公路费。之所以允许有色人种来此，不过是在开明自由的幌子下掏尽有色人种的钱袋而已。那么，我倒要瞧瞧这电脑网如何能把人控制起来。

我吞下涌上喉咙的口水，在第一轮赌劲儿还未煽起之前，我得专心投入。"我将要做什么？就要做这个，心肝。"我和着身旁的一串歌声哼着，把一沓筹码推到桌子的对面发牌员前。

三个对手：一个棕色头发的红衣女人、一个碧眼金发的中年男人和一个清瘦的混血小伙子。我镇静地看着中年男人将筹码加上去。他总是赢，一看就是靠此营生的行家，能心算十套牌的家伙。我戴着黑手套的手触及翻在桌上的牌——它们已经十八点了。

但我听见自己温柔的声音清晰地响起："先生，我要一张牌。"

一桌所有的眼珠子都盯着我的右手。那个中年男人笑笑，加押了一倍筹码。牌到了我面前：不偏不差，是红桃3。

赢的感觉比输好不到哪里去。

离各种表情和呼叫远了一截，见好就收，我捧着一大堆筹码到兑换钞票的窗口。

"八九成是她！"

"那就行动吧！"

拐角处那个笑嘻嘻的黄肤色男人，手握电话，对着电话点头作揖。他的背后站着两个衣冠楚楚的家伙，正乜斜着我。

他们每隔两三秒钟就要朝我睒一眼，我再缺乏幽默感也能肯定：这几个东方人是冲我来的。那副阵势即便把我手中的筹码全拿去，还嫌不够。这算什么赌城乐园？我加快步伐，钱拿到手就别赌了。

那笑嘻嘻的家伙一边对电话哈腰，一边目光扫在我脖子上的那串项链上，我居然忘了自己戴着桑二送我的护身符。坠子上的玉石可能很值钱。但是瞧瞧那些悠哉逸致的贵妇阔佬，谁都比我这坠子有更大的买卖可做，用得上瞄准我吗？

"肯定是她！"

那话清清楚楚。

我将几扎钞票装入挎在肩上的皮包里，若无其事地打了个哈欠，脱下手套，拿在手中，快步择路。

黑人吹着小号，钢琴手忘情倾身于键盘。我踩着乐点走。舞池里已有几对男女在跟着曲子摇着。一排几乎一样高细一样美貌的女人，满身金光闪闪却只盖住三个小点，出现于舞台。

你们都是观众，让我走给你们看。我跨上舞台，朝身后方向抛扔手中的黑手套。像是我私人保镖般紧跟着我的三个家伙一时愣住了。趁这一瞬，我穿过舞台。

五

谁首先主张男女分开用厕所？肯定是一个脱离低级趣味的人，一个纯粹的人。感谢世界上每个地方都有这么一个让男女精神处于轻松状态之下解决下水道的小间。

我怀着这种感激的心情坐在马桶上，这感激还在递增：上厕所要收费，有专人看管，在其他时候我认为不自由的严格制度现在正为我所用。

我一点也不慌张，想起那三个家伙守候在厕所之外，反而有些兴奋。我甚至想起从前每开始写一篇小说那如热锅上的蚂蚁、如一条饿狗对着一根粗壮的肉骨头无处下手的焦灼情形。写本书从来都是件残忍的事：我必须把自己当犯人关押在家里，每天必须完成应完成的字数。这和我眼前所处的紧急危险的情况，肯定有某种内在的联系。

抽掉马桶里的水，我打开门，走到镜子前，洗净手。

我取出唇膏，先把脸依次画成毛利人、印第安人、野蛮人，左瞧瞧，右瞧瞧，添上几笔在眼圈周围，用手将蓝色抹开。然后把坠子放入裙子领口内。不行，一看就太假。重新回到马桶的方格里，插上门闩。

我取出包里的钥匙链，用链条上剪指甲的小剪刀，将额前自然挂在脸两边的直发，剪成一排整齐的刘海。这次对着镜子，不一样了！这张脸一下年轻了十岁。然后，我修剪了头发，弄得略为短些，参差不齐，跟电视剧上那个超级女人宛如同胞姐妹。

电风机呜呜响，戴荧光镜的女人正在吹手，已第二次朝我微笑。

我走了过去。

她摘掉眼镜，目光有神有意，信号再明确不过。

我求之不得。绾着这鬈发，穿着 20 世纪 50 年代式敞胸紧身上衣大撒摆裙子的女人，亲亲热热地搂着，推开厕所的门。

谁还认得我这个坠入爱河的同性恋者？三个没花钱的"保镖"，看到从面前走过的这两个装束怪模怪样的女人，他们一定见怪不怪，今晚到处有比这两个女人怪诞的人。忠于职责，必被职责所误。他们肯定又紧盯着卫生间的大门。

陪我情意绵绵的新交女友走出一小段之后，我察觉根本无人盯我的梢，我折腾了那么长时间完全无的放矢。松开那女人的手臂，我连声再见也来不及说，便跨上楼梯，一阵小跑，从走廊另一端的出口，奔进电梯，赶到停车楼。难道我是自作多情，认为有人迫害？你这么个与世无争尤其与纽约的宗教界无争的人，我对自己说，你也太多虑了些，你只管走你的路就是了。

六

我的白色伴游女郎停在底层围栏里端。

侍者将车开出来，那是一辆光彩照人的豪华型绿达亚。我摇了摇头："你弄错了，先生！"

"你肯定？"

我走到离出口十几步的围栏，指着里层隐隐可见的那辆白福特车："这是我的车！"侍者看看我的眼睛，里面一点渣一粒灰尘也没有。他看着我的脸，一清二白不容争辩地说："女士，对不起。这就是你的车！"他迅速打开车门，走了出来。

我还在犹豫，却被另外一个侍者连推带拉地请进车座。我想打开车门，一看时间已经太晚，就索性坐好，系上安全带。我拉开钱包，抽出两张一百元的钞票，赏给谦恭站立的两位侍者。

"哦，女士，谢谢！祝走运！再来，再来！"

单行线的大环盘，车摩肩擦背，三四辆并列。每移动一段，便有一道红灯。这辆车有微型电视指路，不需地图，也不需路牌。电视图像显出，离白人区多道高速公路还要转半个圈才到。

这该诅咒的红灯怎么不变!

伴随车子的一震,一声巨响从背后停车大楼方向传来:半个天、半个海腾起一团烈焰,车辆在火光中飞翔,碎块在空中溅开。这个属虎须占三才吉利的女人,在车里禁不住打了个冷战,头埋在车盘上。这是为我布置的吗?从方位看,火焰腾起的地方正是我那辆白福特车停的地方。这种手段用得着花在一个手无寸铁的女人身上吗?

他们防范严密,甚至做好我逃脱的准备:在我的车里安装好了炸弹,让我逃到天上去。

这些人是谁呢?那么有意让我开走另一辆车的人又是谁呢?

我被搞糊涂了。

我从胸前掏出项链的坠子。黑暗之中有一圈光。这个本来既不喜欢也不厌恶的装饰品,由于出门匆忙,忘了,未来得及取下。看来是因为它差一点要了我的命?但或许起了相反的作用呢?冥冥中预兆和揭示了我什么?到了这个份上,我的倔劲上来,我不仅不用取掉它,而且,应该让它和我在一起。我倒要看看,什么样的新鲜事将随它发生。

后面不止一辆车在按喇叭。

红灯早已换成绿灯。我慢慢放下车闸，踩油门，拐向一根斑马柱分开的一个道。一根柱子横了下来。我朝后面的车打手势，后退，然后向第二个道驶去，仍是一根柱子挡住。

还试什么？我恨得按响喇叭，绕道大环盘。转了无数圈仍然只能开上标有"曼哈顿"方向的道。想必是进入赌城时这辆车被注了磁。

驶进"曼哈顿"道，很快就上了高速公路。不用说了，救我的人——如果我进入这辆车也是有意安排的话——并不希望我离开曼哈顿。

为什么呢？最后一线希望之光熄灭。

事实上，当曼哈顿的楼群在地平线上出现时，我发现自己已经心境安然。无意躲过一死，我庆幸，但尚在其次，我跟至今未露面的敌人交上了锋，而且让他们惨败，这使我有点儿兴奋。

第八章

一

时报广场专辟一个新闻屏幕。CBS、NSCNEWS、ABC 以及 Time＋Life 几家机构皆出动了，穿梭在整座城市，密切注视事态发展，有各种迹象表明统治曼哈顿南区的后佛教领导层，自今年大法师圆寂后，派系斗争日益加剧。专家分析，在原有华严派、唯识派、圆觉派、七剑派、八纯派等教派中出现新的组合，太极派将由其雄厚的经济实力等因素跃为实权派。为了平衡南北双方力量，国会表决对纽约实施禁运，不准运入新型杀伤武器及可用于军事的高科技。但阿拉伯集团表示南曼哈顿东方人的电子技术本来就领先全美国，公平禁运实不公平，他们决定公平对待，照常进行武器供应。

派对已开始了！新闻播讲人没有感情的声音，在鼓舞看不见的火焰熊熊燃烧。

二

回想那个清晨，佛历正月初四。是什么冲动使我不顾一切前往圣地？大大小小的寺庙前朝拜释迦牟尼的长队延至长江下游。哦，那个佛历正月初四的清晨，在手持弯刀的一百名男子、身披云肩飘带的一百名女子、手执禅杖的一百名僧人、手握金刚橛的一百名咒师带领下，僧侣和信徒持香迎请护法神到来。

令我呼吸急促的高原气候，却有我喜欢的蓝得发紫的天空，夜晚月亮如圆盘晶莹。已经圆寂的大法师，在法台上端坐了三天，嘴鼻流出的宝物像水银，下垂一尺多长。酥油灯在人头骨里闪烁，犹同星星遍地。众僧吟诵《牛均松德布》经，祈祷大法师早日转生。香料水一遍又一遍地清洗大法师的尸体，涂抹防腐药料，裹了卡其白布，只留头部和两臂在外边。之后，全身浸透食盐，放到特制的木龛中，面向南，供于殿中央，给遗体戴上帽子，穿上神服。

盛葬大法师尸体的金塔，仿前世大法师的灵塔，塑造大法师肖像五十具，分别置于四面八方寺、觉林寺、慈云寺、凌云寺等寺庙，供善男信女献礼供奉。

当初我津津有味地看这些仪式，这些古怪而平和的礼节，怎么也未料及我会在一个自称一心礼佛的城市里却没法做旁观者，我所能做的只是避着点。人家赌命为信仰，死得幸福快乐。我无信仰支持，把命搭上就太不值得了。

我交了一笔钱，跟旅游团到长岛。长岛的海滩空旷、漫长，偶尔有几人遛狗，也遛小孩。我躺卧的地方，海水涌上来贝壳、海草之类的东西，将人、狗的足迹吞灭。

豪华客车按时把旅游团带离，随车的两位保安人员正在例行公事地寻找遗留的人员。我在换游泳衣间里，等到那车开走了，才出来。

我大大地松了口气，朝木头修筑沿海岸平行延伸的长堤走去。公路旁山坡上有些漂亮的小楼，白白红红，半掩半露在树丛里。那儿靠近海湾，沙丘或海边搁着泊着木船游艇。

空气很厚实，天上云却淡得看不见一丝。

跨过公路，我爬上山坡的小径，离海边系着一艘艘游艇的码头大约十米距离，头上惊飞起一只只鸟。游艇的帆五颜六色，一艘比一艘更漂亮。

我向前一步，一根藤蔓"嗖"地一下把我的脚套住，另一根藤蔓紧跟着便往我的脖子袭来。我一闪身，折断套在脚上打了一个结的藤蔓，心里一边惊呼"邪门"，一边撒腿便跑，哪敢去奢望偷人家的游艇。这鬼地方，连树藤都认人的肤色，我怎么走得掉呢？科学如此发达，给植物注以药汁，比狗更有防护能力。

我已经在这儿尝试逃离这城市多少次了？

没用！

这儿看来也不是能远离那座城市的出口。那我只能再躺回沙滩上，像一个旁观者？死心塌地做一个旁观者，安静地享受海水的喧哗，听每隔三分钟一架飞机从大西洋飞过来的声音，看飞机由一个小黑点变成一个蚱蜢，变成一个海鸥，再变成一座飞楼。海浪和着这节奏，发出夸张的声音。

我不得不紧抓一把沙，似乎这样做，才能牢牢地将身体平躺在原地。

天空无穷的深处，涌现出海螺状的云，逐渐形成锥体形的山峦、楼台亭阁。

飞机一架接一架，穿越天空与海水的夹缝，穿越那些锥体的山峦、楼台亭阁，冲向我的头顶。我甚至来不及掉转自己的脸，翻倒身体，就感到自己已被它们沉重的阴影彻底地覆盖了。

三

信仰第一，不过是那个以笔为旗的作家为他的教派立碑的理由。此作家一再强调他是难得的有信仰的中国人，而全体中国人无信仰。

鱼鱼对此说什么来着？想起来了，他说："此人一点不夸张，中国的信仰太多而不是太少。你看见了，中国人不仅有信仰，而且个个具有'知耻''信义''忠字上见红心''为主义牺牲'这些品质。这座城市就是证明，无论是哪个民族，只要是东亚人，信仰总是第一位的。信仰就能保卫集体权利，只要信，信什么并不重要。而后佛教引导了整个东方文化超前，所有的东方人一样可信之若狂，从历史上追溯大乘密宗佛教，在唐朝开元年间鼎盛，本为民族传统。"

我听得厌了，打断他："鱼鱼，能否停止谈'新圣经''新教父'？艺术家说理，刀枪也难入。当我是小女孩时，母亲就把我当供品献在寺庙里的文殊菩萨面前了。母亲平淡地说：'会有福的！'"

"你身上带有仙气。"鱼鱼目光在空中逛荡。

"算了吧，"我对鱼鱼说，"你想让我下决心适应曼哈顿，让我建立信仰已经太晚。"

"你具有，而且仙气浓郁。怎么回事？"他很诡秘，侧身对我说，"你是我交往过的唯一有慧根的女友，和你说话使我安静！"

会说话的鱼鱼，此刻在哪里？

再见了，鱼鱼，我在心里对自己说。

我随着波浪漂出大海，任凭无边无际的灰蓝的海水把我带往何方。我不属于此处，如果不能游走，离开曼哈顿，那么我情愿选择死亡。

为什么我的脑子重如一座山？

我试着睁开眼睛，可是不行。

浪子回不到故乡，母亲早已离开人世，也没有一心一意等他、且和他一样年老失明的恋人。就是这段音乐，在我的血液里起伏。

我终于睁开了眼睛。发现自己躺在一张床上，一张陌生的床，当然是在一个陌生的房子里。躺着的床正好对着一扇长方形的窗，窗帘是立体的画：绿茸茸的树林、海岸、小鸟——生生鸟仍在不停地叫着，可惜，再也听不到婉转的啼叫。我从床上坐了起来，发现自己穿着和床单枕头被套一色的白色睡衣。

四

几次逃离都是计划得好，实行得糟。

我不承认这命运将不可更改。何况，我不能与人商量这事——不该称为出走，某种意义上叫逃命。除了鱼鱼，他知道我的心思，他不阻挡，可也不热心，更谈不上给予任何帮助。每次与他提起，有一两次直直问他，他都用话岔开了。

这座城市，我毕竟还太陌生，它的角角爪爪向东南西北延伸蜷曲。到这时，我才痛感性别无法改变，我脑子常回到一个女人的头绪：倔强，但理不清。此岸生生灭灭，彼岸无影无踪。起码在这一刻里，我连和命运握手言和的想法也没有。

我从床上爬起，下地穿鞋，刚走了两步，就打了个跟跄，护士小姐搀扶住，让我重新躺回床上。

"我的衣服呢？"我冒出第一句话。

"正在洗烫，夫人！"护士走路轻巧，脚不着地，跟飞似的快。她端来一碗莲汁奶茶，让我喝完。随后，将温度计从我腋下取出，看了看："哦，夫人，你好多了！"她耳朵上戴着松耳石，发辫缀以珠玉饰品，美丽端淑。我感到她可能非一般护士，而是这幢住宅管事之类的人。

她关上门，离开了。

这么说，我在海水里游了几小时，没有到达任何地方，但也没有淹死。据刚才这位小姐说，当我被救起来时已人事不省。说我是中了邪术，有人成心害我。那么说，又有人救我。这是为什么呢？

"桑先生吩咐，让你好好休息。"我刚打开门，就被护士小姐友好地堵了回来。走到窗前，拉开窗帘：草坪修剪齐整，绿茵茵的，草坪外是一片没有回忆和将来的天空。而空气清澈、沉静。

桑二没有出现。

我迷迷糊糊又睡了许多时辰。当我被汽车的引擎声惊醒，发现已是太阳西沉之时，天还是那么发白地亮。令人无法相信的是，走廊里没有一个人，也听不到一丁点人制造的响声。

都走了，就我一人。

越出最后一道大门，也是最亮的一道大门，我看见一个打开的阳台。好像这幢楼极其高，依海湾倾斜而建，墙、栏杆，可能瓦都是红色。先前我所看见的草坪都为每层楼阳台的一部分。

折过石柱，我来到阳台的边，小心翼翼俯身：一条蛇形的公路，从茫茫天际呈现出来，在公路末端，耸立着一些高低不一、像积木的建筑。缩回阳台，走在人工精心培植的草坪上，我失去了方向感，搞不清自己几分钟前是在楼下哪一层哪一间房里。这不是我的错：三面一样的风景，只有一面不一样，而这一面不一样的风景，竟让我的眼睛和身体为之一抖：在草坪与树桩间有一个游泳池，紫色的水，比镜子还平，映着蓝天白云：我已到了这幢大楼的楼顶。

环靠池沿长着零零散散的蒲公英，一瞬间全开了，微风卷过，像雪花在飞舞。而树桩生出嫩叶，跟树桩根扎进的石子颜色一样。石子在我的脚下就有。随手拾了一个小块的，拿在手里，薄又洁净，边似花瓣，只是在牙白色的中央，有两团间开的浓重的黑圈，如人的眼珠。

石子从我的手里滚落，像一滴重重的水坠入草丛。草在猛长，还是本来就有我的膝盖那么高？我一边脱掉睡衣，一边走出草丛，走入微微偏斜宽敞的露天游泳池中。仰起头来：湛蓝的天转换成胭脂色！一匹红鬃马站在我身边的水中，仿佛它已在那儿好久了，它太高大，一人深的水只齐到它的脚跟。看着它，我的身体动了动，右手朝身后张开，在臀部与大腿间划着水，左手呢，"天啊！"我叫了一声，那是我不想让任何人猜到的地方，我羞红了脸。我这样的女人还会害羞？是的，我不仅害羞极了，而且乳房、嘴唇都坚挺起来，朝上翘，那姿势是致命的。如果有人认为这是自己在放任自己，就大错特错了。这种人不懂得什么样的东西会致命，当然，决不会懂得我。我的左手，我看不到它。我只感到自己屏住气朝一个方向移过去。

池水炸裂出大大小小的水滴，循环地滚动在我身上。我似动不动。水的圆圈，一个套一个，遮住了膝盖、小腿、脚。我眼帘低垂。水流淌，像弯曲的线，像有着漆黑眼珠宽阔花瓣的石头，一张呼吸急促的脸轻轻掉转开去。在侧过身体之外看得见一只饱满的乳房，而紫得透明的池水在一遍又一遍勾勒一个女人的身影。那匹红鬃马朝向这个女人背对的世界。

五

整幢楼都在熟睡之中。

　　具体时间是几点，我不得而知。我从床上醒来站在地上的那一刻，是机械性地套上黑丝绒线裙，穿上皮鞋。

　　我走到窗前，拉开窗帘，凉风袭来，滑过皮肤，我知道自己不是在做一个梦。窗外草坪，天变得模糊。那熟悉的亲吻，还有低沉的语音，似乎说着很爱我的一席话。不可能是梦。桑二的房间?!

　　游荡在走廊和楼梯间，门如此多，我不想回自己房间。

　　走出那儿，我就感到自己在搜索一种东西，这东西好像一种气味，带甜香，神秘又诱人，这东西吸引着我继续走在这座处于梦境中的房子。我在一扇垂挂珠帘的门前停住，手伸过去，将开帘子，将门缓缓地推开。

　　四壁堆满砖头厚的书，一直垒至天花板。这间房子，一扇窗也没有，屋顶呈滚圆形，好像可无限地扩大。我赶紧退出，靠住墙，充满惊恐的脸微微向后仰。

　　长吐一口气，我不敢往下想。

　　乘电梯一直到第一层，猫着腰，绕着垂挂连珠灯的大厅边走。

　　跨出大门的那一刻，警铃响了。好似是为了提醒我必须赶快离开此地。一辆轿车停在门右侧圆柱旁。

　　我奔了过去。我拉了车门，没上锁。想也未想便钻了进去。车钥匙是一排电子控制的数字，难怪不锁，怎么办？只有瞎乱按。

"你不是车主人，请你立即离开，请你立即离开！否则会采取第一号措施……"车门自动打开了。机器严厉呆板的声音，加上大楼几扇窗帘同时亮起灯光，迫使我弃车择路飞跑起来。

跑完石子铺的小径，看见公路，我才掉头望一眼身后：紧追的声音，恍若在喊"停下！""停住！"车子启动的声音响起来。

横穿过长满花草的园地，我跑得更快了，比一个短跑运动员的最后冲刺还舍命。我跑入高速公路，一边跑，一边拦车，终于一辆运核燃料的大卡车停了下来。

我坐在大卡车驾驶室里，入神地凝视汽车灯扫向前方，漆黑的景物与永远到达不了目的地的高速公路。

黑夜漫长，旅程漫长。我佯装困了，打起瞌睡，以避免和左边卡车司机进行无聊至极的对话。

"去哪儿，小姐？"司机的模样像亚洲人，蓄着小胡子。

"去我的家。"我报了城市的名字，"纽黑文。"

"小姐，我不朝那个方向走！"声音懒洋洋的。

我说得更具体："肯尼迪机场。"并拿出半打一百美元一张的钞票。

"那可是罪恶啊！"那意思：还去吗？

我不言语，也不点头。

司机看了看我，看了看我手中的钞票，大约磨蹭了两秒钟工夫，他伸手过来将钱抽走。

我是绝望中生智，并非穷途末路，我可以直奔目标闯关。我没有机票，这并不是问题，试一下，或许这一切全是诸葛亮的空城计——最直接的途径，反而可能是戒备最松的出口。

六

这辆我狂奔后截住的大卡车，继续向前驶着。

司机毛茸茸的手伸在我的大腿边。我睁开眯着假装瞌睡的眼睛，往椅子后缩。"小姐，别怕，你快乐，我快乐。"卡车司机的声音昂扬，不再懒洋洋的。

盯着离我有几厘米远的手，我叫他停车。我怀疑自己是否能在一片漆黑中守候到一辆出租车，如果有那么一辆出租车，又愿意去机场的话。

但这个卡车司机不仅当没听见我的要求，反而手往我的胸部伸来，他的另一只手仍怡然自得握着方向盘。但不等我回击，他突然说道："你……你是什么人？"他映在反光镜里的脸在颤抖，"嘎"地一下，刹住了车。他的声音惊异，带着敬畏、恐惧。

当他再次盯住我垂挂在胸前的镶有宝石的项链坠子时，我迷惑了。

他喃喃自语："只有大法师才有这个东西，这是前大法师的随身佩戴物。"

"你怎么知道？"我装作镇定地问。

小胡子卡车司机不回答我，只是双手从驾驶盘上抽开，迅速合在一起，短短念了一句："阿弥陀佛！"然后手放回驾驶盘上。

卡车司机不再惊扰我，像我不存在一般，老老实实重新驶入快行道。公路上一辆车也没有，白天的嘈杂一点儿也听不到。我的脑子则是车轮转动，越转越快，快到崩裂的程度。我拧开了车内电视：一片杂乱。调频道，还是线条纷乱，隔了一会儿却是：闪电，雷鸣，夹着一个分不清是男是女的人的说话声：

"要是人们买雨水，买雨水，我就会……就会飘起来……"

车穿过整个布鲁克林，隧道亮着鬼火似的灯，车子多了起来。

　　我信谁？我只信我自己，这是在这一刻之前。在这一刻，从这一刻始，我连自己也不再信了。太荒唐！这出戏是谁在导演？技艺拙劣，越导越差劲。我笑了起来，看来自己是必砸烂这戏不可的了。

　　就在我从车上跳下来，朝机场入口处走去的时候，一声爆炸，拖着长长的轰隆声。跑道上刚抬头起飞的一架客机，翻成一团滚动的大火球，一路抛出火花，像节日的天空，缤纷的礼花升腾、坠落。它们照亮我，照亮我身后庞大而黑暗的城市。震波冲击机场热狗面包快餐店，纸杯里溢出加冰的橙汁、柠檬汁和可口可乐。

　　旅客、接送客的人与机场保卫人员乱成一团。

　　各个入口都拉上黄塑料横条。

　　即便进入大门，有票，我也走不了。别说走得了与走不了，我意识到，每次我想走，可还未触及目标，就会殃及许多无辜的生命。原因呢，我至今还不知道。

　　我回头看，那司机尚未离去，正露出牙齿朝我笑。

　　我是不是应该遏止自己无休止的逃跑冲动，老老实实地留在曼哈顿，看看佛有几张面孔？

第九章

一

电话留言器亮着一闪一闪的信号。我按了一下，是鱼鱼，告诉我他在找我，留了电话号码。

鱼鱼从来都避着我，不让我知道他的行踪。他找我是什么事？

更破天荒的是，电话留言机响起稽琳的声音，拿腔拿调的，说了一堆如何想念我的话。

最后一个录音叽叽喳喳，一片麻雀声。没人留话。

我拿着电话，往鱼鱼告诉的号码打过去，却没人接。隔了两分钟，按了重拨键，还是没人。

我在沙发上翻了个身，眼睛溜到墙上一幅画：一个纯日耳曼种人正在打高尔夫球，雷电击中了他手里的棒。棒杆成了天线，人和棒定住在闪电之中。画好像刚完成，颜料极新，一行小字在画的左下边：《闪电追赶富人》，戏仿的反讽味很强。难道超先锋的鱼鱼也在试图回返现实？将城市各个分区地图，与我手画的地图查对后，我把这一堆纸片放回抽屉。在拿起挎包的一刹那，我改变了主意。看来我得用本世纪最伟大的发明——电子技术，做一番自我探究。

　　我把不必留存下来的东西，包括本子、纸片、笔、星条旗的口香糖纸、胭脂盒、红绸巾，统统扔进壁炉。它们随着蓝色火焰的亲抚，逐渐化为灰烬。我抬起脸来，用手理了理头发，闭上眼睛两秒钟。

　　然后，我走到门旁，穿上了鞋。

　　很远就看见三个打扮成天使的男孩，翅膀一张一合，坐在纽约市图书馆世界全息资料中心的院墙上。

　　路旁的喷泉溅湿我，我才发现自己恍惚了，那是三只鸽子，但我脚步坚定，迈过马路，拾台阶而上，走进世界全息资料中心气派宏伟的钢玻璃大门。

　　"女士，请留步！"警卫叫住我，"请出示证件！"

　　我一愣，说忘了带护照，一边把包里夹层外的东西抓了出来，以证实自己的说法：唇膏、钱夹、钥匙链、纸巾、硬币……堆散在他面前的桌子上。

　　他拿起桌上的钥匙链上的金属黄圆牌，"就是这个！"说着，把铜牌插进机器，"呲"地一下，机器旁的小型电脑屏幕密密麻麻，全是我看不懂的符号，他的目光仔细地扫描着。

　　"呲"地一下，金属黄圆牌退出机器。他递给我，说：

"你等等。"转身进里屋，响起按电话钮的声音。

另一位女士过来，没话找话似的搭讪——为了绊住我。

那男人从里屋出来："女士，你可以进去查阅了！"

"你给谁打电话？"我问，"这个中心不是公开的吗？"

"原则上是只供学术研究用。"那位女士说。

男人打断她，向我摊开一只手："请，请，女士请进！"

二

从宫墙驶出一辆军用吉普，平缓地开过钓鱼台后，直穿过纵横交错的大小马路，像刺开黑夜的利刃，朝郊外奔去。

车里除了司机，还有一个瘦弱的人，大睁着发亮的眼睛。道路两边越来越荒凉，桦树、银杏、灌木、杂草混淆在黑夜里。司机熟悉车轮下的路线，就像熟悉手中的方向盘。到了十三陵水库一带，他加快油门，吉普车像个兽性勃发的怪物，在田垄、斜坡、淤地、平野、庄稼地里颠簸起来，溅开的土泥、污水整齐地铺开在车轮的两旁，成片成片的玉米、高粱倒下去。

吉普车越开越快，越开越猛，飞跨过山坳、溪涧，引擎像魔鬼在吼叫，响彻夜空。陡然，司机一个急刹车，车子几乎在半空停住，重重落在田野上。那个坐在身后的人，眼睛合上，发出均匀的呼吸声，终于睡着了。

司机熄了火，灭掉车灯。静静地等了两三个小时之后，那熟睡的人醒来。然后司机把车驶回重院深宫。当他打开车门，一定正是太阳刚露出地平线，几抹潮红的色彩倦怠地舒展在天边的时分。

这个纪实短片是谁拍的？林彪——一个中国历史上最神秘人物的特殊嗜好，他必须这样折腾才能入睡。或许他这样做并非仅仅为了入睡。

这个查阅厅，四五层楼高，光线暗得看不见全厅，也可能我刚从明亮的外厅走进来。一间间查阅室全是密封的，屏幕嵌在墙里，占了大半堵墙面。

厅过道光线比厅内亮些，两个人影不时映在半黑半白的光里。我第三次注意到那两个一高一矮均戴着帽子的影子时，我嘴里竟冒出一句伟大副统帅的语录："完蛋就完蛋。"他或许不明白：完蛋也要完蛋得漂亮、尽兴。

屏幕上的字是《全球禁书大全》。

我按了汉语键，打上自己的名字，竟然出现《康乃馨之恋》，吓了我一跳。

书中插图有脸，但没有五官。浮光掠影地快速阅读，迅即到了书末。我真怕昔日女友们——猫、债主会从屏幕上下来。

她们的面容那么真切，犹如面对面。如果她们下来还能离开这座城市，也罢了，怕的是和我落入一样遭遇。

莫非这是一个时间机器？

如果确是这样，就可通过一种我所不知道的秘诀冲进去。但完全可能猫和债主的处境比我好不了多少。或许她们已不在这个世上，已成鬼魂，不然她们怎么会成为书中人？这是我在长江入海口上海那个城市所经历的"历史"，跟那片逐渐丢弃的土地一样，在头脑中越来越模糊。我在这儿选择这个词，是跳过了一大段理论，我至今没弄清的理论：事件是事件，历史是历史，当事件变成历史时，事件起了质的变化，而事件中实在的人，也变成身份待考的历史人。我是否也在这个痛苦的变化之中呢？也许，我也正在将死未生的星座间翱翔。

三

坐直身体，我的手无论怎么按键，屏幕上总是说："指令错误。"然后是海浪潮汐卷来的安慰图像。我骂了一句，伏在键盘上。我突然明白了过来，迅速掏出钥匙链上的金属黄圆牌，插入一条缝中。不等我按任何键，屏幕变化了：

你要哭泣之乡，还是歌声之邦？

我想挨着次序来吧，于是，我说：哭泣之乡。

你自己或是别人？从琴弦再次传过来的声音平缓，但分不清是男是女。

在我闪神之际，机器重复地问了一遍：你自己或是别人？

我自己。我回答。

一个个城市、一个个人像光一般飞闪过，忽然闪出标题《我与活佛》。"我要这一段！"我说。

屏幕上出现一个郁郁寡欢喝着酒的女人，那女人不是我还会是别人？

我把声音按到没有的程度——第一，不愿声音惊动人；第二，这声音既不是汉语也不是英语、法语，而是我在长江中下游平原听过的语言。

原来，从我进海关起，我的身影便在摄像机里了！

那个聚会，在嵇琳家，我的一举一动，侧影、正面、背影、脸、眼睛都有特写镜头。

我急于知道结果，便将光盘调到最后：曼哈顿最高的建筑——原世界贸易中心。感谢大宝法王恩赐，其中的一层，是另一个凌云寺啊！可能由几层打通经改造后而成，有正门、千佛廊嘛呢转经廊、佛堂、诵经场、供品作坊，还有灶房、仓库。穿着僧袍的人匆匆忙忙，在屏幕里闪进闪出。

这么说，打我的脚踏上这座城市的土地开始，我就陷入了一场预先策划布置好的谋算之中!

慌忙之中我按"退出"键,屏幕恢复海浪潮汐卷袭的图像。

四

好吧,不管接下来将发生什么,我在心里说,我都必须沉住气,在这儿做一件梦想过多次的事。是的,许多年了,我都幻想面前有这么一台机器,现在,有这么一台机器摆在面前,我怎会放过这千载难逢的时机。

我将金属黄圆牌重新插入键盘,屏幕上出现一行字:对不起!你已经查询过了。

"请再给我一次机会。"

"你这样做,会损失掉你自己的程序记录,也就是损失掉你自己的生命体验。"

其实这个条件,对我而言并不完全是坏事。无肝无肺无心——符合我死后决不留下生命历程记录的愿望。活得太长既误己又误别人,活得精巧才是一门艺术。于是我极其爽快地说:"请进行!"

屏幕上恢复到起始状态,用得着选择吗,我说:"我只需要看自己的以后。"

屏幕上的字为：种瓜得瓜，种豆得豆。

我按了"帮助"键。

屏幕上出现一个孕妇，脸却是我的。这不太好笑了吗？我继续按"时间"键。回答为：三个月后。这么说，孩子现在就在我的子宫里了。

有点黑色幽默。这样的以后，我实在看不下去了。我按"退出"键。

不男不女的声音好像在琴弦上平和地跳动："你还想继续查询吗？"

"不！"我下意识地想说。转念一想，应该查下去，我不能对自己的命运听之任之。但晚了，机器拒绝服务。

我怀了孩子，谁的孩子？只可能是桑二。他是我在这座城市唯一的有过性关系的男人。准确地说，彼此只见过几面，仅"睡"过一次。那个小胡子卡车司机怎么说的，说我胸前的项链坠子是圆寂的大法师之物。

我给一个教派大头目怀了孩子？或许一切都是桑二的安排？从我下飞机起。他每次救了我，也每次不让我逃走。我是他的情人还是囚徒？

我是什么人，把我弄成什么人了？一架生育机器？

我从铁椅上站起来走出过道。查阅厅依然巨大而暗淡，可我却能从漆黑中辨认出厅的整个布局，大致轮廓。

五

世界全息资料中心出口由一组钢玻璃自动门连成。门内大理石的地面柱子、空间的宏伟，使几个警卫和参观者像小黑点，微不足道。

走出门口，脚触及台阶，我就感觉阵势不对：二十来步的台阶下，马路边有好几辆汽车，车里人一看见我，就陆续走出车门，一边朝我走，一边戒备着对方，都是一色的东方人。

我迅速退回大厅。

迎面走来三个神色严肃的女人："请女士跟我们来，你有危险。"

我尚未从另一个惊恐的世界脱身，又钻出这三个女人，本能地不知道该信任哪一拨人。就在我犹疑不定之时，两个戴帽的男人冲上来，把我从女人堆里拉出来。

真正的中国功夫，快、狠、准，眼花缭乱。人不断从石阶下奔上来，加入打斗。不知为何都没有用枪，可能有命令不能枪战，以免伤及——我？趁双方打成一团，我一脚踢在抓住我的男人膝盖上，他没料到我踢得那么狠准，在刹那间手握得松了点。我抽身紧跟寥寥无几的参观者，慌张奔出大门，急冲下马路，往人群里疾走。

跨过街，进入一家热闹的商店。

店中央的平台沙发上，一个正在试鞋的日本女人，穿白樱花绸裤，笑吟吟站起，走近我。她抓起我的手。

一辆车"嘎"的一声停在店门外，从车里跳出桑二。

日本女人掏出手枪，"咔嗒"一下打开保险。

桑二冲进店的速度奇快，他臂膀一拐，手一抬，日本女人握着的那把手枪便飞了出去。桑二撕下日本女人脸上一层皮。

"稽琳？"我惊异地叫道。

她点点头。确实是她，嘴上挂着一丝冷笑，侧过脸咬了一下自己的衣领，顺着店门滑倒在地，还未来得及纠正可笑的姿势，头一歪就闭上了眼睛。

许多年前，在长江之滨她和我看露天电影时，我们曾共同目睹过女特务的畏罪自杀或女革命者的坚强勇敢慷慨就义，没料到她却和那些奇女子一样。

桑二叫我赶快上车。他一踩油门，车打了个急转，迈开围上来的两人，驶过世界全息资料中心院墙。从车后玻璃远远望去，桑二派来保护我的换装的僧侣，还未完全结束与谋杀我的人的战斗，尤其那三个女人武艺精湛超群，边打边往后撤。

车过洛克菲勒中心，穿过四十二街，车流拥挤起来。这个处于内外武斗中的曼哈顿，依然是秩序的模范，人们耐心等着车流疏散。马路一旁的露天茶座，树木花团锦簇，茶座装饰着天然云石和飞腾的人像。

感觉安全了，我才说："这下你可以说实话了吧！为什么这样对付我？"

桑二不理睬我，他转动方向盘，抄小巷进出，像在这座城市的肠子里穿越。

靠近华盛顿广场，桑二说："你把后座那顶帽子扣在头上。"

我照他的话做了。然后他就朝我住的鱼鱼那幢公寓驶去。

我目瞪口呆，寓所的大楼已飞掉了屋顶，破烂的人和家具都堆到街边。救护车正在往楼外输送伤员，警察楼里楼外忙着，拦了不准通行的栏栅。我和桑二坐在车里往外看。

"鱼鱼。"我大叫，要下车去，被桑二拉住。

"你的朋友肯定完了。走吧。"

难道就这么在世界上消失了？我眼盯着马路边一个伏在地上泣不成声的人，仿佛那就是我。鱼鱼未能将自己系于颜料桶上，随飞机一起炸成碎片，钢铁、血肉、缤纷的色彩组成的碎片集合，抛撒在原野早已铺好的巨大画布之上。我知道他做梦都想这么来一次"行为艺术"，但却未实现。

"我必须让你看到，否则你还会回到这儿。"桑二不等我问就说，"这是阿巴年札干的。你或许见过他，一个盲人，我的表弟——大法师的弟子。"

"我见过他？绝不会的。"我重复他的话。我每次逃跑，都有几队人"护送"，已经记不清谁是谁了，至今不觉得哪一派与我有何相干。

我们顺着哈得孙河驶着车，暮色映出浅淡的紫红紫红的云，比河水流得还快。

六

我屏神敛息坐在沙发里。关上灯，窗外的树叶在月光中播了一地的光斑。门外楼板上带节奏的脚步声叩击着我的耳朵，我在回想自己刚才与桑二的谈话。

"我一直在找机会告诉你。"

"但你没这么做，你在犹豫！"

"不，是你不给我机会。你的全部心思都在逃离上。我无法使你明白我的心。"

"我看了录像带。"我顿了顿，"我在世界全息资料中心查询到，说我怀了孩子——你的孩子？"

"我有意让你看的。今天也是我同意你进入中心的。"那声音几乎可以吞没我的意志,"我不得不摊牌。你是个很倔强的女人,不明说,看来你是不会合作的。"

他从椅子里站了起来,向我公开了一切秘密:"前大法师圆寂后,教内同意四大高僧共同管理大宝法王委员会;由大法师两个弟子,也是大法师的侄子——我和阿巴年札负责寻找大法师的转体。

"四大高僧当众打开大法师遗下的黄盒:项链一串,遗嘱一页。大法师遗嘱上说转体的母亲原是感应虹而存在的。虹——古书叫蝃蝀,日与雨交,倏然成质。在东亚腹地的临江之滨生长,被母亲供于文殊菩萨前,身上有 1 和 2400 数字的印记,2011 即年代。转体必为一个已有多种东西方血统的男人感应着虹,将在众夏之城降生。

"你我交合之时辰,天空果然降下玻璃弹子大的冰雹,而且那串项链戴在你身上你仍熟睡,好像本来就是你的。如果不是你,我们交合后,你当即会毙命。因为我早已修炼成密宗大教师,有转世之功能,一旦合气,女阴慧灌顶,我身受惠,而女人绝对受不了。与你交合后,我病了三天。这一切无一不和遗嘱相符。"

"你把我当什么了——牺牲品都轮不上了。"我恼怒起来,

"一口一个'交合'，我只是你的一个……一个工具。"

桑二坐到我的身边："你不知道你有多傻！从第一天你进入我的视野，我就认准了你。你的确就应当是我的妻子。"

他握着我的手在颤抖："我是在做梦，我所必须寻找的一个女人，和我梦里的女人一样。我多么感谢我的叔叔！我不是在那天爱上你，而是在那天明确无误地感到，这一生得有你，我才能活下去，我们三人才能活下去。"

做大法师的母亲？我感到胸口气闷，呼吸困难。这意味着什么？我惊异得说不出话来。

桑二摸着我的头，抚慰道："你是我遇到的最倔强的女人。"

我打断他，问："嵇琳是怎么回事？"

"她是未削发的女尼。最初是她向我和阿巴年札提供了你的情况，她从你男友那儿侦察到一切。"

"鱼鱼？"

"是的。但我没想到她会充当表弟的敢死队。看来女人不会喜欢你。她找过我，向我暗示，可我没在意。她有这么一个私心，如果当一个摄政的心腹，将在万人之上。况且，我不相信表弟到世界各地做弘法、募捐、兴建寺庙，是为了他自己。后来有一天他把另一份影印件摊开在我面前，指着影印件——把显然不是叔叔笔迹的东西说成是遗嘱，看到唯一真的遗嘱时——我才明白，他不仅仅是为了想担任摄政，而是借伪造遗嘱，宣布后佛教将放弃转体，据说这是集体领导。"

他说他与阿巴年札的斗争，不是争权，而是对整个南曼哈顿东方人社会教团的前途之争。争论已经有很多年，焦点在于他这一派认为黄种人在智力财力和纪律上占优势，对于拥有蛮力邪劲却漫无纪律的黑种人以及其他人种，不必采取阴谋和冷战阻抑手段。和平竞争只能对东方人有利。

而阿巴年札却牢牢记住大法师生前的教导："消一切罪，生无量佛，驱逐恶魔，乃如来真言。"他一再强调，待永恒之药炼制成，世界毁灭之际，东方人信仰最坚定，最完美，最有纪律，最能幸存下来。很明显，他不仅想一统各个教派，而且妄图建立一个神权国家，一个新的王朝。为佛的神圣而死的烈士越多，信仰的力量就越坚强。

我的脑子终于出现了一个气宇不凡的瞎子，嵇琳入神地仰视着的人，我想起来了。

此刻，门外来回走动的脚步声停止了。

"给我时间，让我好好想想！"这是我对桑二说的话。

但我反复思考的结果是没结果。这种决定人类前途的高层政治，我早就明白比儿戏更儿戏，卷入此类权力之争，比顽童更不讲理，只因其牺牲规模宏大，反受人敬仰。我怎能参与？我从来都像一艘无舵的船，不知何处为我的彼岸！我渐渐地愤恨起来，对自己。奇怪的命运使我必须对这座城市的东方人，甚至对美国各个民族的前途负责，谁赋予权利让我这么做？

我站了起来。我还是要逃亡，逃亡才是我唯一可行的选择。

焰火像精子升入天空，聚集，散开。天真像白昼。一眨眼，又恢复原状。但立即又有众多的精子拖着尾巴射向天空，潜入大地。我的落地玻璃窗——星星与灯光重叠，让我回忆起那个同性恋者手举蜡烛游行的夜晚，调子夸张的歌声断断续续：

> 请把蜡烛举高点，
>
> 别让我们在黑夜的背景上消失。
>
> 再举高点、再举高点，
>
> 那样在暴雨里我们也不会淋湿。

第十章

一

两张竖长条巨幅佛像，分别徐徐展挂在曼哈顿两座最高的建筑——大宝法王委员会中心的墙上。佛像厚重，从上铺到下，几乎占去大楼三分之二长宽，云蒸霞蔚，斑斓四射。被佛光笼罩的城市顿时有了几分古貌古心、傲世出尘的遗风。

虔诚面佛顶礼膜拜的信徒成千上万，气氛比农历二月三十日的"请佛节"还庄重热烈。但我预感到一场更大的灾祸即将发生。

图书馆下层陈列着林林总总未出版的怪书：花草、动物、星座、天外传奇、个人梦录、家具、乐器、服装等，世界上有多少语言，这儿就有多少版本，但统一按送来年代及作者名字头一个字母编程。一个个钢书架，整齐的方阵，一尘不染。

风，还有流水声之近，好像仅有一墙之隔。我扶着书架的钢柱站立起身体。一道光投射到我脸上，我嗅到了一股臭味，便转过书架，推开一扇和墙的褐色一样的铁门。

窄陡的石梯淌着水。墙却是干的，不知水从哪儿来。

光线从屋顶漏下，一束强一束弱。

踏着石阶，往下走。如果幸运的话，我此刻就已走在通向曼哈顿的一段地下道的路上。

小报曾这么描述曼哈顿层层叠叠四通八达的地下道，鼓励爱好探险的人前行。我想十多年来名震世界的中国画家何多苓也无法绘制出这白骨零散、器皿碎裂的景象，画家只可能加上浓重的黑色——使我更看不清四周。我摸出打火机，按上自动输送能源键钮。火焰缥缈，升起在我的手中。我已好久不做梦。不去记住梦，就可以认为没梦——这是不愿有梦的特效药方。

这个地方或许只可以在《传说与假想大辞典》里查到，这城市的地下城？

一座塌陷的教堂，残柱、瓦片、断壁间正立着一个闪亮的十字架，使废墟跳跃在眼前，有了观念，有了时光给予的施舍，也有了清晰度。我猜想这儿或许有通道贯穿全岛，直抵哈得孙河底。这座城市有两百至三百多年历史，垃圾高耸，像个蛋糕，一点点往上发。

是那些最早登陆的英国人或荷兰人修建的？我猜测，他们——一些拥有不义之财的阴谋家和海盗，既关人、杀人，也储藏黄金、走私物品。在他们的地基上，现在竖立着信仰的大厦。

　　我的脚将一个玻璃瓶子踢到锈迹斑斑的铁网柱上。"噗"地一下，泡沫喷射出来，浓烈的酒香弥漫，减退了腐臭味。我拾起半截玻璃瓶，上面已经模糊的字迹尚可辨识，酒已是百年陈酒，随便置于第五大道或第六大道任何一个酒店，都可引来流着清口水的歪嘴。老鼠和大蜘蛛组成一道不高不矮的墙，把我当作怪物，一动不动惊恐地面对我。老鼠眼珠亮晶晶的，在我身前转悠着，明显地不欢迎我靠近。

　　水流声夹有哭泣声，这次是顺着管道传到耳边。我踩着一段坎坎坷坷的路，最后到达一条石阶，小心地走上去。还好，石阶挺牢靠，毫不抖颤。

　　一个弧形拱门立在石阶末端，月光一般的淡紫色。于是，我熄灭发烫的打火机。

　　空间陡然缩小，石棺、墓碑、朽烂的木头，除了灰尘，几乎没有腐臭味，或许这儿年代更为久远。倾斜的坡度，像人或牲畜的支气管，节节相套，向前无限延伸，不需猫着腰，只稍稍注意绕过横竖乱放的障碍物即可。管道四壁挂着厚厚的灰尘网，一些雕刻的符号和字母偶尔露出来。

　　沿着管道，我感到自己这次能走得出去，只要不屈不挠，就能走到某个地方，走到另一个城市。突然，我蹲下身体，抱着肚子，里面一个东西乱蹦乱动，一阵气闷，难受得直想吐。

天哪！我忘了自己已怀孕这件事。

一会儿，我好受些了，想：走，还是不走？肚子里的孩子是无辜的，他是不是活佛，我不管，但他是生命，如此柔弱的生命，我没有权力将他带向凶恶不测的冒险之途——地雷、陷阱。我唯有放弃。我无可奈何地折回了原路。

在管道的另一头，好像传来母亲的声音，那么忧伤，那么深切的惋惜，代替了管道里水流声、所有可能的风吼和哭泣，全部转换为波涛之上、海鸥翻飞身体时清脆的叫声。

二

桑二始终拥着我，扶着我的腰。

有个中国女诗人说过这样的话：像男人一样的女人，才能与男人并排站在一起，并帮助男人逃避世界毁灭。

我抬起头，看着桑二。那个曾让中国女同胞崇拜得五体投地的女性主义诗人，依然是以男人为中心度量女人的生活。男人毁灭世界，责任则推向女人，永远是如此。若不是如此，这世界就会变得好得多。

鱼鱼应是知道一点内幕的，但我怎能怪罪他——瞒着我，甚至尽可能地躲开我，还不如说躲开嵇琳背后那个庞大的世界。这不是他的错！

"你没经过我同意，就把我一把拉入这种政治斗争，从当初到现在，都是你的错。"我对桑二说，"有一点你是不了解我的，我讨厌任何信仰装潢的嗜血。"

"那你同意了。"

逃离这个世界——这条路已经堵死，被我自己的身孕堵死。我只能暂让桑二留下我，即使我一再对自己说，我不愿做一个活佛的母亲，更不要说憎恨的爪子在我的身体里越陷越深。这憎恨日积月累，并非对某人、某件事、某个地方，这憎恨靠吞食我心中的爱而活着。那一段漆黑一段弱光的地道，传出低低的抽泣，地下流水声叮叮咚咚，仿佛是这座城市历年来死于枪弹和爆炸的无数幽魂，在吟诵受难经。

三

"别恨这个世界！"桑二说。

接过桑二递来的一封薄信，我心不在焉就要打开。

"现在不用打开，等到你真想看的时候，再打开。"

我瞧着桑二有些顽皮的脸，笑了，顺手将信放入挎包。

四

经幡如雨。静，静，悲伤，也行，悲伤也得像胜利。远远的空中，浑浊的杂音，渗入一片玫瑰色：一轮太阳或落日。

酥油灯，在熏过香的空间闪耀。殿上是双身男女裸体合抱的一尊金大乐佛。屋顶和地都是水晶石。墙和柱子挂满黄色的布帛。极乐图的挂毯在金大乐佛对面的墙上。

怎样能够使我彻底地安定下来呢？

一个花冠已经凋零，化为一片烟雾，现在，又一顶花冠戴在头顶，她很害怕，她的五脏被啄食；她该唱歌了，她该奉献她的尊严和美色了，为什么根茎浸透了露珠？

桑二？是他吗——这个男人的手一触及我的脸，我的衣服便自行滑落，飘坠于水晶石的地上。大殿里所有的黄色动荡起来，靠近我和他的身体，循环、缭绕。唢呐和诵经声此起彼伏。身、口、意相应，僧徒、女尼在香烟中，围在我和他四周，相互黏合如一个人。相对金大乐佛，排成新月队列，使密灌顶和慧灌顶达至高峰。他在气场中心，用透亮的手掌抚摸我和胎儿，使之进入世前悟。水晶石透出的旋流，器官的美，特别是交媾中的生殖器，纯然，以心观意。经过设坛、供养、诵咒等严格规定、秘密传授后，这种交媾，不再是"交媾"，称"双修"也俗了，佛典中称为"神合"。我感到自己与之相连在一起的身体离地有一尺了，两尺了，悬到半空——全是云，五彩的云，酥软的刀丛剑林，坚硬的海浪的回旋曲。这多像一个久违的梦，一个不需要醒来的梦！

五

艇驶回港湾。与一艘游船几乎同时靠岸。一群人脸上涂着花花绿绿的油彩，头插牛角、羽毛之类的玩意儿，仿电影里的黑人装束，不，就是黑人，又从舱里冲出一大群，奔上岸来。

只有教内人才会知道今天是我们修炼回城之日。桑二一边说，一边对手下的僧侣女尼发出防卫反击的警令，他不愿提表弟的名字。

这些畜生，竟通知伏都教来下手袭击！我的肚子，大概真值得如此轰轰烈烈：两艘船同时腾起一串串呼啸的火焰。

桑二抓起我的手臂，在紧密的子弹炸裂声、烟雾喷射器的掩护下撤到堤岸边。战斗很快结束，不到十分钟，两艘船尸体遍布：甲板、栏杆、跳板、海水里。

在我刚跨过一道石坎时，一把准备已久的枪，瞄准器测准了我的脑袋。

正在扫视船和堤岸的桑二并未看到，而是感觉到了，他猛地扑倒我，子弹错过了我，却遭遇了他。他手里的枪也在同一刻响了，杀手从圆形墙顶栽下来，风衣里露出白色的僧袍。

在弹雨中我和桑二跃到一人高的石坎下，全是碎石子沙粒的海滩上。

斜靠在堤上的杀手，慢慢地落到海中。桑二看了杀手一眼，挣扎着爬近我的身边。他的手抓住我的手，像是安慰，又像是告别："快走！他们全班人马……都出动了。你快走，大法师不大法师是另一回事，要让孩子活下去！他是一个生命……"他的话未完，又响起枪声，子弹击在我们头上的石块上，击在我们拼命闪避的四周。突然，血从桑二胸口溅到我脸上。他紧抓我的手松开，垂到了地上。

我迅速拾起桑二的手提机枪。但留在记忆深处的印象是：我极为缓慢地拾起桑二的枪，握在了手里。现在，我能够回答那个总是纠缠我的问题了吗？——女人一旦危急时，是否总是等着男性的情人父亲丈夫兄弟来救援。而我，无法再希望一个男人为我这么做。

是的，女人还得自己救自己，至少我必须如此。

我的下身一阵抽搐，湿淋淋的，滴淌在碎石上的但愿是扑到我身上来的海水，但不，映入眼睛的确是鲜红的血。我流产了。我当即明白过来。

仰倒在地上的桑二：头发浓黑茂密，脸的色泽，像初升之日；鼻翼宽大厚重，低沉的嗓音，既矜持又热情，这嗓音最早就让我为之着迷，我承认这点，这递送出让我着迷的嗓音的嘴唇，我甚至还未好好亲吻过呢！钢硬的肩膀，灵敏的修长的四肢，通晓经典、密法、占星学、电子学、数学、诗歌、音乐、绘画，会十多种语言的头脑。他的心，像他向往一生的境界：净染无别，方有一味。我第一次如此仔细地看着我面前的这个男人，我必须在佛将他带离之前，把他的形象吸入我的身体。这个港湾静得连片浪花也没有，但乱云翻卷，沉默的海鸥翅膀张开，在低飞、低飞，几乎擦着海面。我必须把这个港湾与所有的连接部分，从地图上割裂开来，惜如一枚珍宝，雕刻进我的眼睛。从此，谁都可以从我的眼睛里看到海、云、天空、自然界的万物，或许可以看到想看到的一切，但就是看不到我的心。

堤岸上传来不该有的汽车声，我立即闪进石坎下的楼道口，以墙壁作掩护作依靠蜷缩着身体。

对着我跑过来一手拿步话机一手提短式箭枪的家伙，我射出子弹，他连哼也未哼一声就倒下了。又一批杀手奉命赶到，他们比那个被我击毙的家伙多些沉着，很把我当作一回事地摆开阵势，不消灭我绝不罢休。

人在这个空渺的世界上，必须抓住点什么东西才行。比如此时，我紧握住枪。我忍着一个婴儿在子宫里消失的过程，还忍着比这种消失更能击倒我的心痛，摇晃着，倚石墙站了起来。

我专挑着那种会笑的眼睛射击。生命的本能产生的力量，让我钻出楼道口，撤到马路上。子弹交错在左右蹦跳。白色的硝烟和尘土中，枪声不断，突然传来摩托车嚣张的引擎声响。近了，真是摩托车，贴满各式广告商标，一辆紧跟一辆，拼命朝前飞奔。这个时候，这条海边的马路在赛车，岂不是老天在作怪？不等我采取任何措施，一辆摩托"唰"地一下将主人狠狠摔在路旁，可能是骑者看见我满身是血，吓得走了神。

我使出全身力气，扳正车轮子仍在飞转倒在马路上的摩托车，坐上去就猛踩油门。来吧！企图毁灭我的杀手们，你们正心急火燎地钻回车子，像我一样踩着油门，阴冷的天气，能见度太差，你们像我一样不时挥动手里的枪射击。很好，很带劲！我随着赛车流飞驶过一段距离，围观的人仍少得可怜。

在一个街头雕塑群旁，我冲出拦住专供赛车用的专用道——用塑料桩子隔出来的，穿进两幢楼房间的小马路。后面的车子与墙相撞，但另一辆却窜了进来。可笑的是，在这座城市只要拐进鸡肠一般的小道，别说是车子不如摩托游刃自如，即便是使用同样的工具，你们这些猪猡，哪里是我的对手！我驾驭摩托车的竞技，得归功于我在长江之尾城市的一段经历，我在小说《康乃馨之恋》里描写自己是驾驭摩托的一等好手，还逃不了讥讽，被评者说成无稽想象。没想到，这使我逃掉了追杀，救回自己必死无疑的性命。

第十一章

一

圆形人工喷泉，五百七十个喷口齐放，八十八盏灯打在喷泉上，富丽堂皇的音乐厅正在演奏宏博壮远的《八仙梦》序曲，这个大型歌剧被誉为东方人的《尼伯龙根指环》，是种族神话的再现。

盛服奇装的男女观众聚精会神，跟随指挥棒进入蓬莱仙境，主人公将被魔妃收走，变化成一个小石蛙。经过地狱降魔等磨难，他的胜利，他的成佛是注定的，带有多少世纪修愿积德的良好的宿命。

红丝绒的地毯在我的脚下移动。

柔软的皮椅座位，金色的前厅走廊，这个夜晚的流逝恍如幻觉，不同于以往逝去的日子。我在大提琴有力的挥舞和小提琴作为配合的低泣声里，从台上庞大的交响乐队统一协调的动作之中复苏过来：这是一个虹身人面。

在我躲藏期间，曼哈顿时局的转换让人眼花缭乱，令全体美国人精神紧张，只有某一类人不惊讶，那就是我这样的每天都在注视的旁观者。

高僧打卦问卜，说桑托巴本图克感应虹之子已早夭。即使那孩子还在，桑托巴本图克死了，差不多一样，除非教内高僧们出来主持公道。但阿巴年札不愧为一代了不起的政治家——按照制造的遗嘱，圆满地解决了大法师继承问题。

教内不得不承认他为摄政，另一派人马清除的清除，不清除的早已宣誓效忠新主人。

通向四面八方寺的所有街道，悬挂着新鲜的花朵和彩带，路旁撒了两条白色石灰线，屋顶插挂伞、盖、幛、旗帜。在前大法师圆寂时值一年有余的这天清晨，新大法师坐床大典响起了唢呐、大号、皮鼓、铜钹。每扇门每扇窗飘出焚烧加有香料的松柏枝子气味。而我成了数十余华里长欢迎的僧俗民众中的一员，暗自庆幸自己已是个不相干的外人，阿巴年札有的是他尽心尽力忙的事，哪里还会再注意我这么一个人的存在？

我退出狂热的人群，独自走了一段路。然后坐上双层巴士，我想避开不看的坐床大典却在巴士里的电视里播放。

二

我回到蜗居的非对抗区，只偶尔才去南曼哈顿。谈不上
讨厌，也说不上喜爱。由于南曼哈顿政局重新稳定，格外繁
荣，这块中曼哈顿也跟着兴旺得无以复加，富丽多彩。各民族
至少在表面共同维持了安宁的共存景象，全世界都庆幸南曼
哈顿有了英明的领袖。阿巴年札的神权帝国计划，也许只是
政治上的叫牌，根本不想付诸实施，至少在目前，在没有真正
权力威胁情况下，倾向于维持一个和平局面。南曼哈顿现在
变成比新加坡还整齐漂亮平安的花园城市，各处的秩序和洁
净叫人透不过气来。

压抑？这算得了什么？我不知自己滞留在这儿是出于何
种目的。一两夜的失眠，转为夜夜的失眠：伫立窗前，眺望一
片灯火，忽明忽暗，神思云游。去相信桑二没死？中了那么多
子弹，他当然死了。或许我只是在等待冥冥之中的一声轻轻
的召唤，等待一个等候许久的契机而已。

万鬼节还未到，中区街上全是戴着幽灵鬼怪面具的人。
有的人唱跳，走火绳，跳踢踏舞、咔嚓步，三三两两黑影，在
涂满下流、野蛮、粗鲁的字句和图画的墙之间游逛。和北曼哈

顿的景致有许多相似，但稍有安全保证就成了一种供游览的奇观，多少使一些人不敢去北区的奇异心理得到满足。北区在他们眼里是废弃的房屋、玻璃窗罩一层铁丝网、店铺统统装警铃，越朝北去越看不见街上有公共电话亭。浓烈的宣传所组成的危险使游人不敢涉足。

街灯砸了，第二天路警就装上去。也许中曼哈顿的存在就是让人们在此好好透一口气，本着这一点自由的味道，使那些已习惯自己社区秩序井然的循规蹈矩之人竟然也闻讯前来。秩序很好，对社会很重要。但人唯独最想摆脱的不就是这玩意儿吗？

第五大道在我灌满风的斗篷似的外衣上呼呼闪过。

不一会儿，四十二街就近在眼前。今夜星光比以往任何一天都斑斓，但天特别高、厚重，发绿地朝后缩退。

三

"好吧！你可以加入这一段舞。"老板是个胖女人，样子像意大利人，挑剔地看着我裸露的身体。"但要一星期试用期，我们才正式签合同。目前两天领一次薪水，小费自得。"

桑二给我的钱已经快用完。为减少可能出现的危险，我早已不去前哥伦布大学领那份奖学金，没准奖学金早就自动或被动地取消。我得找工作——中区工资低，但我不想到南区富裕的东方集团当什么子公司孙公司秘书这类的角色。我得自己挣一口饭吃，毕竟舞女的工资比教授还高。

我穿上衣服，跟着老板走到化妆室。

设计师、化妆师、服装师围了上来，重新剥去我的衣服，打整我的头发、皮肤，套上美人鱼的贴身长裙，和皮肤色泽、薄厚衔接得天生一般。

镜子里没有半点是我的模样，只有黑眼珠，湿湿的，像泪盈满眼眶，虽不那么年轻俏丽，却比往日动人，沉静中融入沧桑。这还未达到我要的效果。于是，我在颧骨、手臂上的文身加了两刷子银色，既遮掩了原文身的色泽，又出其不意地鲜亮。

日本国公主千千明美出场！司仪兴奋地向全场报告。

我拒绝用升降机。理由是我的游泳技艺你们即刻就可看到。话刚一说完，我便像一条真正的鱼，射入碧蓝透明的池水里。在水里扭转身子，一件件外衣自己游离开去，一分钟、两分钟、三分钟……时间在我的身体上抚摸梳理、消隐。猛地，我从水里飞了上来，稳稳地站在水面舞台上。

全场鸦雀无声，几乎在同时，掌声如风暴和台风袭来，仿佛整个房子结构倒转了一百八十度。陶埙、螺号、单弦琵琶、琴加入进来。

垂下眼睫毛，我轻轻一摆动下身，不知怎么地，那紧粘在皮肤上的鱼鳞裙子便滑落到水里。这并非我的本意。我当然知道这是个无上装酒吧，并非脱衣舞表演厅，但这时我也无法可想了，我不能头场就演砸。但这不是我来此的目的。伸展四肢，微睁开眼睛，我把身体折成一枚花蕾、一个花蕊、一朵怒放的花瓣。

男人们从座位站了起来，连女人也停止了谈话、品酒、抽烟。

大张的钞票放在池子边沿的玉盘里。呻吟声从乐器里逐渐扩散，配合着水纹的波动荡漾。我从水底一撑手，倒升出水面，笔直地，然后双腿一劈，又在水面上倒旋转起来。第二场暴风雨刮了过来，掌声齐鸣，即使停止变幻的灯光，那每张脸也一样泛着奇奇怪怪的色彩。

四

千千公主，有位先生想请你喝杯清酒！

侍从和守卫都退了下去。“我仰慕公主超人的胆识、技艺。想结识公主。”坐在地毯上低平的桌子前的人正是瞎子阿巴年札，这个应该说是我一直等待见的人，却在我料想不到的情形下见面了，我没有想到如此快。此刻，他向前俯身双手递给我一炷香。行过如此厚礼后，他正襟危坐。桌子上搁着一个装满清酒的大瓷瓶，两个小小的青瓷杯已盛了酒。

我卸妆后，换了装束，戴了第一次来这酒吧时的长发和帽子，文雅地接过那炷香。我与瞎子寒暄着。是的，这个时候，我可以取下别在头发上的犀利的钗子，我还可以用那把柄上刻有康乃馨花纹的弹簧刀，我更可以用随身皮包里的手枪。

"干杯，公主！"

"谢谢，"我一手举起酒杯，"谢谢，先生！"

有个声音响在我的身体内：别，别，千万别做。

碰杯声后，我心里说，信仰与我没关系，但孩子与我有关！我不是个喜欢原谅宽恕的人，尤其对手是有权者。

好吧！我一口喝完酒，心里说，我就听你这一次。

"好酒量，小姐。"瞎子高兴地说，并改了称呼。

"你怎么知道我喝了酒？"

或许是我的惊奇，使瞎子表演般地取过瓷瓶，在空中略为停留了一两秒，然后一滴不漏地将酒倒入我的空杯里。

"这没有什么值得炫耀的，后天练就的日常生活自理能力而已！"瞎子仍是坦然安静的口气，准确地说是用话家常的亲切方式，"事事小心，处处谨慎，佛就能保佑我不出大错。"

瞎子从衣袋里掏出一张名片，放在我面前的桌子上，说希望小姐某一天肯来我们公司，为我们工作！

辞别赫赫有名的摄政，站在卷滚式的电梯上，我突然后怕起来，他或许早知是我，才故意约见我，当然也可能不是这原因。管他什么原因吧，在我即将动手的一刻，我听从了桑二的话——假定自己从他的角度考虑，而他的考虑总是从大局利益出发。

这哪是我的脾气性格！我后悔万分，错过了一个最佳时机。就算瞎子保镖安于四周，他也必死无疑。我害怕自己身首异处？我不太明白我还有什么别的出路。

穿过走廊，回到后台自己的休息室。想不到两名白人警察等在那儿。

警察仔细检查了我所有的证件，并察看了那个金属黄圆牌，磨蹭一会儿，一个高个儿，胡须金黄长得挺顺眼的警察，郑重地告诉我：你必须在今夜离开。移民局通知递解出境。

我还未到离境的时间，我有合法的两年美利坚合众国的签证。我气不打一处来。我在这城市还不到半年，还不到走的时候，谁也休想让我离开曼哈顿。

　　两个警察你看我一眼，我看你一眼，都被我强硬的态度唬住了。"这是非常时期，请小姐见谅！"口气委婉，客气多了，"不仅针对你一人。难道小姐没注意，南、北、中区都没有打黑工的人？我们已经查过，你是以入学身份来的，却从来没去上课。你违反了移民法。"

　　"上课？教授让我深入社会调查研究，理论与实践相结合。电脑遥控指导有记录。你们可去好好查。"

　　"我们已没时间了。"长得顺眼的警察说，"而且，你今晚的表演违反了这家酒吧所取得的允许证范围。"

　　"是不是马上要爆发战争？"我搭在身上的哈达擦过转椅滑落在地上。

　　这个狗娘养的阿巴年札，他终于还是按捺不住，经过一番周密的计划，要采取行动了。大概是我一语点中了问题的要害，两个警察神情诡秘地对着房间里的玻璃窗，他们盯着满城华灯，不予回答。

　　以前，我千方百计想一走了之，走不掉，逃也逃不掉。现在，我不想走，反而赶我走。两者皆凭一根万能的手指，点向哪儿就是哪儿，由不得我自己做主。

　　狂宴结束了！

　　"好吧，让我收拾一下。"我对两个警察说。

五

步话机里传来唯一可用的机场被关闭的消息。

"那你们要我怎么着?"

"请你从别的州出境。绝对不准再滞留在本城。我们是中立区执行警察。"偏胖、矮个的警察说，"谁叫小姐今夜舞跳得跟天人一样呢! 不然，我们还找不到你呢。"

警车从原路折回来，穿过索桥、交错的网状的街，警铃怪叫着冲开人扮的鬼神排列的方阵，在中央火车站门口停了下来。

"我能喝杯咖啡吗，警官先生?"

"当然，我们就在这钟亭问讯处等你。一刻钟总够了吧?"

我独自一人坐在车站咖啡桌旁。即使夜深了，中央火车站也人声鼎沸，潮涌般的人流提着公文包、挎着大小行李，串来串去。一些流浪汉酒鬼和吸毒者，夹在闲人刺客和带有特殊使命的人中间，那些心怀叵测，随时将奔跑、提防和出击的人，各式各类的人，但更多的是一些警察混在人群之中。

似乎今夜整个州的警察都出动了，到处可见。

盘子里的方糖被我统统扔进冒着热气的咖啡里，糖块的白正一秒一分地转换成红，溶化，整杯咖啡色泽非常红艳，我必然想尝尝甜咖啡是什么味，苦咖啡喝够了，不能再继续喝了。

两个警察不时朝咖啡厅仰视几眼，他们抽着烟。位于火车站大厅仅有一层楼高、侧面的咖啡厅，绿色植物不少，可客人并不多，每个人脸上都是深深的倦意和疲惫。

咖啡红，真像蜜。我敢说，恐怕就我一人是在全心全意品尝这咖啡的滋味，在规定的一刻钟时间里，在这特别的时间里，我什么都没想。侍者在咖啡桌椅间走来走去，端咖啡、糕点，收拾杯盘。

递过一张大钞票——只不过是今晚数百份的小费之一。我说，不用找了。便离开座位，手将肩上的皮包带子拉在适当的位置，走下台阶。

六

月台上人走散了，两个警察也渐渐放松，他们看出我是真心离去，不会留下来。

慢速的车轮，逐渐加快、加快，然后保持稳定的疾驰的速度。

一个个写着英文站名的小站不断出现，不断有人下，也不断有人上，但下的人比上的人多，车厢似乎在我眨眼间变得出奇地空。窗外黑暗夹着凶恶、狠劲，如此惶遽，到了尖利的程度。

两个警察开始打盹，我知道我的机会来了。

火车铿锵激越地喧响，隔一会儿就透出一两声长长的嘶叫，这嘶叫在被坚硬的器具捣成零散、细碎的余音。也许相隔自己这儿四五节车厢不到，那里也有警察，心地好心地坏，警察就是警察，尤其是曼哈顿的警察，有几个不收贿赂，公正廉洁的？我随时都可以改变路线。当然，首先得解决这些警察。

我的手从皮包里抓住那把微型自动手枪，拿在手里端详。我来到这城市，其实是为了邂逅一个叫桑二的男人，差一步我就做了大法师的母亲，我能相信吗？如果说我是为了邂逅这个男人，还不如直截了当地说，我这只纤弱柔软的手，只配握笔舞文弄墨的手，命定得拿起一支货真价实、装满子弹的枪。

我逆行朝车厢连接门走去，推开一个门，又推开一个门——没有一个旅客。我再推开一道门，发现自己已来到最后一节车厢里。我的目光巡视着这个使自己止步的车厢的每一处角落，椅、抓柄、扶手、窄长的过廊，车厢的顶、墙——漂亮精致的广告，人和物品都洋溢着一种假扮的欢悦。我想起有一件东西，我始终未打开，先是忘了，后是为了某种心

理，现在，或许是该打开它的时候了。摸摸短风衣口袋，没
有。手再伸入挎包，搜索着，感觉到是它，便抽了出来：一封
皱巴巴的信——桑二给我的。小心启开信，用毛笔写的字透
过纸背：

　　天色已晚。我来此寻找那株花，开花时像个圣徒倒
　悬着死去。此刻，黑色在草丛中聚集，我手脚伏在地上。
　那花叫什么名字？

　　桑二把后佛教仪式中合唱的经典名曲歌词写了下来。他
曾在做爱时吟唱过，我当然记得这位姓李的诗人，雅加达出
生的华人，现在是南曼哈顿的桂冠艺术家。

　　小妹妹，我的蓝靛花，
　　我的阴道性的、甜蜜的秘密，
　　你不含羞地伸展
　　对着地面。你燃烧。你有一阵子
　　同时生活在
　　两个世界里。

如果时光倒转回来，那个紧紧拥着我的男人，整个身体覆盖着我的男人，低沉浑厚的声音，这么对我倾诉，我会和所有读了这首诗的人一样全身发抖、灵魂震颤。我会的，会和这时一样：憎恶自己心中曾有过的残忍和轻蔑。

这难道不是一个奇迹？这首诗，我不用看都能背诵的诗啊，以我毫无觉察的形式，轻而易举就否定了我刚才的思想，我来到这城市，并不仅仅是，绝对不是为了使用一支装满子弹的手枪。

响着汽笛的火车向我不愿知晓的目的地飞快地驶去，抛下一段枕木和两条冰凉的钢轨。偶尔出现的信号灯映射着模糊不清的树丛、房屋、荒野。为保持身体的平衡，我的双脚间隔着一尺永恒的距离。

在铁轨的碰撞声中，另有一种声音从车厢一端传来，我感到起码有一连的人在朝我追过来。警察，全他妈的是警察。

慢慢地，我的双手举起枪。猛然掉头对准车厢那头，我却看到一队打着伞障，举着法器、佛像的长袍人，在鼓、号、钹合奏的音乐声中从远远的车厢中朝我走来。身披黄麻色袈裟的桑托巴本图克走在最前头，一轮光环绕在他们四周，把黑暗隔得远远的。我的桑二，他就站在我面前。

我朝玻璃车门靠近，玻璃门窗在飞散，如洁白的羽毛飘扬，铺成一条无限循环的道。几乎是同时，我意识到自己任何时候都可进入生死皆同的时间轨道，只要我愿意，高墙也会就此崩溃，镣铐也会就此脱落；只要我愿意，死也会就此复活。无论以前我有过多少恋人，以后将有多少我可能会爱上的人，但唯有面前这不死的精神，以柔克刚的力量才会真正进入我的血肉、骨髓；只要我愿意，我，即使已经无家可归、无路可去、无可记忆的过去、无可期待的将来，任何时刻，只要听从心的呼唤，我就能进入理想和信仰的宁静。

　　我垂下了手里的手枪，在离得最近的一个座位，安静地坐下来。火车的轰隆、汽笛的呜咽，以及向我靠近的一切声音，逐渐消退，逐渐圆融，成为弥天漫地的祥光。

第三部 布拉格：布拉格的陷落

一

那声音在说，孩子不应该到世界上来，这个世界从来都不怀善意；孩子来到这个世界上，父母在，丝毫帮不上；父母亡，孩子孤零零，得不到些微的安慰，哪怕廉价的安慰；孩子的一生要忍受多少失败、挫折，再强悍，也强不过这个世界，仅是一股风，就可把孩子架向彼岸的一座座桥截断。

那声音又说，那些真正见到了魔王面孔的孩子，没有回来；即使回来，也无语。

多难呀！多难呀！那声音说。让我越过四十九岁的生命所经历的一切，停留在未出世、尚在母亲子宫中的那刻，对即将面对的这个世界还充满惊愕和希冀。或许这些感觉都不如采取不屑一顾的态度。这是唯一的武器、无可奈何的武器。

我终于被一块磁铁——要流落就流落到布拉格这座城市的想法所吸住，我注视自己，像一粒尘土，在空气之中飘浮。没有拥有，只有存在。多少年前，在这个城市，卡夫卡对所有的孩子说：只有一种追求最后的呼吸，追求窒息的存在。

就让我贴紧离我最近的城堡钟楼，看冰凉尖锐的铁针划出时间。岁月沧桑真实的一面，转向历史轮回虚妄的一面。好吧，只要一身在，就能把终极变为开端，只要一心在，就可以把开端视为顶点。

二

荣格曼诺娃大街上都是圆圆胖胖的汽车，本是 20 世纪 90 年代中期西欧的流行样式，圆尾圆头，像光闪闪的萝卜。不错，我已到了贵妃醉餐馆古朴的黑褐色门前。高大美貌的捷克女郎穿着贴身裙，长长的薄纱手套，礼貌地夹道迎送客人。

"去贵妃醉看看。"花穗子在电话里这么交代。她公司下属全世界跨国的中式系列餐馆，一流的风情，一流的舒适，一流的色香味。我坐了下来，在一个半敞开的单间。我走进这餐馆，绅士盛气凌人，淑女端庄典雅，有一大半是扁鼻子平胸脯的黄种人，在彼此交锋的一语一笑一点头一抬手中，有某种似曾相识的不同寻常。

我本能地感到应当机立断，拔腿就走，花穗子不会来，她又会让我空等，她玩这一套已经好几次，让我在感激和不安之间不知以什么样的心情对待她才好，我一到布拉格，就有人接，旅馆已经包好，桌上已经放着华信公司的无限额信用卡。

我刚站起身，恰好遇到金发侍者的目光，他对我嫣然一笑，像个害羞的女孩。我一阵飘飘然，真不明白身在何处。这一恍惚过后，我才知多少世纪便悄然擦肩逝过。

我坐下，接过侍者递过来的菜单，慢悠悠地浏览着久违的中餐名称。我不知道花穗子会不会又派她手下一个小秘书来致歉。不管真假，我得领情：她有权拿捏拿捏我这个流落者，人在难中充不了好汉。我正在这么想来思去时，突然，"哗"的一声响，十来个戴着各式面具的人，端着九毫米冲锋枪冲进餐馆，关上门。响起了女人小孩的尖叫、哭声。在烛火映照下，正在品尝桌上一盘盘美味的男女中，也有好些人立即戴上相同的面具，手里握着像儿童玩具的手枪。

大部分劫持者没有说话，只有两三个指挥的人凶凶地叫嚷，操着法语腔或德语腔的英语。他们迅速控制了混乱的局面，惊慌失措的食客和侍者，全部成为人质被赶到餐馆地下室。

可能柜台上按了报警铃，警车不一会儿就从四面八方尖叫着围攻过来。我早就躲到桌子底下，桌布低垂，劫持者没有发现我。一年不到的多次危难，使我永远处于警惧状态。我在桌底下，镇定下来。我听见戴着面具手握话机的劫持者头儿，在和政府谈判，要求释放在东欧被关押于华沙、布拉格、布达佩斯和布加勒斯特的被判无期徒刑的同伙。

"华信公司副总裁张俊在我们手中。"领头人手一挥，一个着银灰色西服的男子，被带出卫生间。卫生间的长廊一半是立体镜，自然的绿光，映出一些人影，我从桌下只能看见一些人的下身奔来奔去，分不出是男是女。话机看来塞到那个男子面前，他未从惊慌中恢复过来，按照命令，声音抖着说他是张俊。

他正要往下讲，话筒被一把抢走。

外面的警方在不停地叽叽呱呱重复着什么，我感觉到是在拖时间。

"听着，若不同意，我们就开始枪毙人质。"说话人手里的枪对着张俊，"华信公司副总裁是第一个。我数十个数！"然后他倒数十、九、八，声音越嚷越高。他数完，对方没有反应。枪声响了，张俊倒在地上。地下室的人群吓得乱叫。趁着乱，我从冰桶里抽了个酒瓶，握在手里。

"立即同意，听到了吗？不然接着枪毙人。"那家伙对着话筒吼叫，屋内的人，又开始奔来奔去，似乎又要抓个人质来毙。我手中的酒瓶猛地砸在地上，红葡萄酒飞溅，香气直喷到脸上。所有的劫持者都一惊，停止了奔忙，端枪朝我这边冲来。

我怕他们开枪，举起手站起来，装着极害怕的样子。

"你，这边来！"一个蒙面人举着枪，头一歪。

走到楼道与卫生间的拐角处，透过两个站立的劫持者身体间的缝隙，我看见张俊，血染红了左小腿的裤管，鼻子在微微地一抽一缩，他没死，人一动不动，只是昏厥过去而已，也不知是失血、疼痛还是惊吓。劫持分子假枪毙人，做得真像那么回事。我掉转头，目不转睛盯着蒙面人，突然感觉到蒙面人极像刚才殷勤接待我的帅气的侍者。我稍稍偏过头：不会有错，特别是那金发，潇洒的动作。于是，我轻轻一笑。

"把尸体弄到楼上！"头儿皱着眉头下令。两个劫持者抬着张俊。"走，跟上！"蒙面人推了我一把。

餐厅有一半桌椅歪七倒八，花瓶、高脚杯、花枝错落无致地散落在淡绿桌布与地毯间。烛光和酒柜的灯熄了，看来这一层楼的电闸被拉下了。房内不太暗，但也不亮。双层加厚水晶玻璃隔音很好，听不到人声喧嚣和汽车喇叭。警车的灯照得窗子一闪一闪，街上早就被封锁，警察的扩音器叫嚷着什么。担任警戒的四个人密切注视一切可能被攻入处，握紧打开保险的枪。

蒙面人将张俊放在玉兰花前的沙发上。有两个人匆匆下楼。

"如果我请求你，你能把面具取下吗，先生?"我说。

他看看我，真把面具取了下来。的确是那位侍者。警戒的人朝他回过头，他做了个手势，那人掉转过头。他比我第一眼见时成熟好几倍。半小时前我见的那个他和此时的他相比，一个是儿子，另一个是老子，虽然还是那张脸。此人不是二头目，便是大头目。有人急急上楼，用德语和他交谈。看来形势跟他们设想的不太一样，他们怕我听见，走到一边急切地争论。瞅着这空当，我过去摇张俊，还不等我说自己是谁，他就睁开眼睛。

"请去找花穗子……拜托了!"

他记忆不错，还记得我，他三天前刚来这城市时与我通过一次电话，在屏幕上见到过我，当时，花穗子不在。这个男子身材魁梧，脸却瘦削，样子不太像生意人。

"你打了号码后再拨暗号343，就接上了。"

今天的经历未免太奇怪了，花穗子的第一号副手在求我做事。突然，我感到头晕，胸口一阵难受，便捂住鼻子、嘴，扶住大理石柱子。劫持者一个个在往地上倒，有的人倒下时胡乱扣响手提机枪，室内各种各样的玻璃比赛着碎裂的辉煌。不到几秒钟，我自己便旋转着进入这些像万花筒一般的晶莹图案。接着，什么都消失了。

三

这个季节，在地球那一边，应是兜售粽叶、艾蒿的小贩挨家走户地吆喝的时候，苋菜猩红、蒜洁白、米粒发亮组合出惬意形态。而我却躺在地球这边医院特殊保护的病房里。打过针后，头还是剧痛。

得耐心，等警方核实我的身份，确认与劫持案无关后才可能被放。哪儿都去不了，我只能在这八平方米不到的房间里，屋顶窗子倾斜，茶色，看不见树，听不到鸟声，甚至天空的颜色也是棕蓝，像暴风雨的云层。这不就是十足的囚室吗？

报纸送了进来，护士端着的托盘里有一杯牛奶、两个半生半熟的鸡蛋、两片面包。护士不说话，我即便问她也等于白搭。

有报纸就不错。我坐了起来。肚子不饿，但还是取过牛奶喝了一口。

《欧洲快讯》加框的头版消息：原来昨天劫持行动是东欧左翼社会党 LESP 所为，想让政府释放在东欧各首都关着的领袖们，几乎全部的中央委员。这些 LESP 也太天真。捷克政府怎么有权力放人，他们根本不敢答应。恐怖活动浪潮已来过几次，都被镇压下去了。最近只是点小余波。东方财团再次向捷克政府提出抗议、施加压力，要求保持社会稳定。东方财团并且提供了最先进的防暴武器神经振荡器，这种新式武器可致人昏迷不醒，最高频率时，可把人变成植物人。昨天是第一次投入使用，效力跟电脑模拟的完全一致。

我胃里的牛奶返回了嘴里，好酸！我吐在了垃圾桶里。眼睛紧追着新闻：恐怖分子被击毙多人，头目阿历克斯受伤在押。旁边登的照片果然是那位侍者。奇怪，没提到华信公司副总裁张俊。

正在纳闷之际，两名警察一前一后走进来，说："小姐，你中午就可出院了。"他们拿出一页纸，让我在文件上签上名字。

我知道我没事了。

大红鼻子的警察似乎是为了让我的脸色好看一点，说："没想到，小姐是花老板的客人。"

我说："我的字已签完了。还有什么事吗？"

"没有，没有。有得罪之处，请小姐多多谅解。"这家伙说了一句中文"再见"。一律平声，听来怪难受的。

四

我拨了花穗子的电话号码。接电话的女士，一个类似秘书的人，让我等着。大厅人来人往，步履匆匆。白墙上各类雏菊装饰画，幻想给人安宁似的含羞半开着。长长的过廊下是草坪，花树间有喷水池。隔了约莫两分钟，电话那头传来花穗子的声音，她关切地问了我的情况。

"很好。"我握紧话筒，说，"承蒙关照。"然后，我简短地把怎样遇到张俊以及他托我找她的话讲了。

"他没事，就在你住的那个医院。"花穗子出乎我意料地冷淡。作为一个熟知花穗子以往的人，我不难明白她与任何副手搞不好关系；虽然名义上张俊挂的是华信公司处理东欧事务副总裁，花穗子是华信公司驻东欧总经理，然而华信公司的实力主要却在东欧，其他地方是虚张声势，花穗子实际上是华信公司最有权的人。

"我太忙，未能去贵妃醉餐馆。"花穗子说得很恳切，"亲爱的，你受苦了。"

"你运气好，没落到绑架者手里，你运气总是好。"我由衷地说。如果花穗子不说见面的事，我也不想提。我想电话结束后就直接回山上的旅馆了。

但是花穗子提出来了，她说："已有称得上漫长的时间未见到你了。"口气极亲热。"二十多年了！"她重复一句。

"时间真快。"我说。

"城堡或游艇，两者你希望哪一个？城堡即是总统府所在地，老城区。游艇可观赏伏尔塔瓦河两岸风光。"

我想了想说："由你决定吧！"

"那就上城堡来。"花穗子说。

我看看手表，还有些时间，决定先去出事地点看看。

从医院到荣格曼诺娃街，出租车由西向东几乎横穿了半个城。出租车驶走后，我站在贵妃醉餐馆门前，这位遭劫难的"美人"依旧漂亮、高贵、气派非凡。碎裂的窗玻璃已经换了新的，街面清洁，看不出任何出事的蛛丝马迹。门口挂着"休息"牌子，也没有什么不正常。

　　街上传来节奏强烈的鼓声。我回视街尾想找到敲鼓人，却未能找到。

　　穿着开衩旗袍的是个中国女人蜡像，作为一景，供人照相留念。我的目光被闪光一刺：在人行道的石缝中，几粒玻璃碴，圆状，嵌镶在那儿，辉映阳光，射出一束束光来。只要这一点，就足以证明：那硝烟并非菜香，那枪声并非开香槟的声音。

　　鲜花堆满伐切拉夫斯大街。一转入这条著名的其实是广场的大街，人便缩小一半。到处是广告和人流，林荫下，停泊着汽车。等我迈进一家玻璃器皿商场，才发现，这条街不过只保持了一层古建筑贴面，里面全是金属玻璃结构，十足的后现代式的建筑：银行、商场和休闲中心。这个国家为进入欧共体奋斗了十二年，现在却拒绝进入欧共体，因为怕社会民主党占优势的欧洲议会及其福利政策，使超速发展的资本主义制度受到限制。

　　记得那天我刚下飞机，随车子顺着河畔，穿过桥进入老城区。我很疲倦，需要休息，或许是由于当时大雨持续不断，从我着陆到上床睡觉五六个钟头皆未停息一刻工夫，什么也没看清楚。车溅起雨水如喷泉。市民大都躲在家里，游客要么待在旅店，要么去休闲中心和剧院。大雨，把这最富有生活实质的一面呈现给我。同时，像无情的帷幕，遮挡了通往这个庞大迷宫的任何一条路径。一辆辆车，擎着一束束光，如船在雨里游动。这个城市在那天名不虚传地诗意。

　　我努力想保持和那天同样的心态，步行在街巷之中，游客之多与那天下雨有相似的效果。东欧旧时代的松松垮垮气氛很难再见到。游客在街尾巷角屋檐下玻璃橱窗前，都是衣着露出名牌标志、身材高挑或矮胖的男女，本地人只有换外钞做黑市买卖的中年人。我只求快些穿过游人，铆足了劲，才走到了城堡前的石阶。回到查理士大桥，只有巴托克的雕塑，静静站在伏尔塔瓦河上，那些凭桥接吻的男女，夹在人海中的留披肩发或秃头的人，有几个是在二十二年前天鹅绒革命中游行的前乌托邦主义者？

　　时间，你让人讨厌！这首著名的革命之歌还有多少人能记起？

五

　　我准时地应花穗子的约。东方财团租用了前捷克总统府，著名的城堡俯视着河畔。远看过去，圣维斯大教堂哥特式的尖顶与电视塔好像并立为全城最高点。

我惊异地将目光转向静候一旁的旧友花穗子，仔细地打量她。她简直一点也没有变，身材还是一等的苗条加丰满，如果不是总经理，我想她还会像当年，露出骄傲的肚脐眼满街走。脸上肯定有脂粉，但不明显，可能头发白得多了，才弄成一头乌黑，护理得好，发质光亮。一个将青春顽强地握在自己手里的女人，这样能战胜岁月的女人，我还未见到过第二个。

"你来得正好，你早应当来布拉格，这是个赚钱的好地方。"花穗子和我说话的方式，仿佛我们天天在一起，一点都不像许多年没见面，多少有些生疏才是。

我不知怎么回答。

她拉起我的手，引我穿过一个走廊，走进一个奇大的房间：全墙都是屏幕，令人眼花缭乱，在此注视调动全公司业务、货运和科研。

"自从80年代来到此地，近二十年打天下。现在，我感到极累，希望你能帮帮我。"她走着，突然回过头来说。

我说："我脑子从来听不清楚钱的声音，只能给你添乱。"

"你还是老样子，非要我求你才行。"

"求也不行呀，我只想一个人待待，几天而已。"

她笑了，笑得很感染人，我不由得也笑了。我们手挽着手，走到隔壁一个像客厅的房间。她说："你陪陪我，多玩玩，爱留到什么时候都随你，想走就走，什么时候都欢迎你回来。"接下来是老一套的女人互相恭维对方漂亮的话题，虽然我是由衷的，但说出来也带有几分虚假的劲头。

她突然提起张俊："这个人，我是看错了。他怎么能自私到胡言乱语呢？"

"怎么啦？"我问。

"他向恐怖分子说出太多秘密。不是我怀疑，凭直觉，我就知道是这么回事。如此胆怯，是对公司的叛逆。公司不会容忍。"

"他如果那样，就不会托我找你。"

花穗子停下，问："你相信他对公司忠心耿耿？"

"我只知道他对你忠心，生命危险之中还想着你。"

"我正在考虑是否要求总公司召回他，如果他还能活下来的话。"花穗子说。

未关上的走廊窗子，映出哥特式尖顶建筑，几乎被摩天大楼吞没。黄瓦红瓦低矮的小街两边的小房子，好像给侏儒住的。总统官邸多少年了都空着，仅作为游览之地。以前戏剧家哈维尔做总统时情愿住在河畔的公寓里。现在他干脆辞了总统之职，躲到山里继续写他的剧本。

这个向往自由的城市，浪漫、懒散的城市，盼望春天。春天终于来了，空气自由地充满天空，除老城区外，周围的工厂，巨型运输机在起落，雷达在旋转，计算机网络在吱吱响，卫星的电波轻轻地擦过易北河面上极长的拖轮。到处是后信息时代与旧工业时代的混合体。由华信公司制造的全景电视高悬在最醒目的街口。而我昔日的朋友——花穗子就跟当年那些曼哈顿的中国女人一样，早就不愿提起初来此地时贩卖春药、传授东方神气怪功或是看风水教太极拳起家的历史。

我止住自己往下想。这样看待花穗子不太对。毕竟她跟我这种一事无成的文人不一样，她靠自己闯出一片世界，货真价实，我应佩服才是。

而且，若不是她，我还不知在哪个凶险之地逃命呢。

正像她所讲，若不是她回了一次中国，正好到那个山城，往事历历在目，她的记忆中便不会浮现出我的面孔，一打听，知我在纽约，但没人知我具体在纽约哪儿。这难不倒她，她的全球追索网设备健全又先进，还真把我给找着了。我从屏幕上看到她的面孔，听到她一次又一次邀请。在离开纽约后，正不知何去何从之际，我想，何不去布拉格那个浪漫无比柔情无比的城市，舔净自己伤口上的血呢？

"你不来，就是瞧不起我。"她在传像电话里姐儿们义气十足地说。

　　那我还犹豫什么呢？虽然我和花穗子早就不像当年那么亲密，我早已不是我，她早已不是她，我们肯定不会将银制的玫瑰红、月光白、蛋心黄的三色戒指，彼此一模一样地作为信物戴到无名指上，我也忘了她与我的男友的一段多事的闹剧。说实话，我除了感激，还掺杂了佩服，她如此调整我们的情谊，大方，率直，不纠缠一般女人都会看重的小细节，我难道还要装模作样喝多年陈醋？况且，我的确不知道自己能到地球上的哪个角落去度过余生。这 2011 年的多事之秋，我已在两个城市差点送了命，我得找个地方躲过劫难。

　　"你在想什么，来，请坐下，让我们好好喝一杯。"花穗子温柔地打断我的思绪。我向她抱歉地一点头，并随她安排我坐下。看着她婀娜多姿地走到长桌的另一边。

　　教堂的钟声荡漾着。浅浅地涂了晚霞的宫墙，映在伏尔塔瓦河面上。轻快的风把霓虹灯的四肢扭拉着，在桥和河畔跳舞。夜阴暗地遮挡了所有没情致的景色，遣送出捷克童话里的月亮，有点调皮，轻快地滑出云幕。

　　我和花穗子坐在宫廷式桌子的两端，金碧辉煌的放射形吊灯垂在桌子上方的天花板上，侍从一道道撤换肴馔。新端上来一只鹌鹑，清蒸的，微微透青色，几瓣蒜摊在盘沿，香气诱人。落地窗被侍者敞开，一点儿也听不见山下喧腾的市声。

我和花穗子慢慢喝着酒，谈话如从前，内容一会儿隔山一会儿临海，没边没际地说，不需要音乐伴奏。只要有对方的声音，不管说什么，都显得十分美好。

"女贵族李布丝建立这座城市时，其他贵族很反对，尽管他们一个比一个疯狂地追求着她，却都想做她的主。李布丝对他们进行报复。她走到伏尔塔瓦河河湾的小山上眺望，有个农夫在耕田，太阳在小山和缓坡间懒洋洋地睡下去。她走到农夫面前，说：'我要你做我的丈夫。'"花穗子手扶了一下高绾在脑后的头发。

"这恐怕是整个欧洲古建筑保留得最完整的城市。"我说。

"外观，一个脸罢了。"花穗子插话。她用餐刀把鹌鹑划成几个小块。

"不管怎么样吧，幸亏半世纪前二战没打到这里。否则，像德累斯顿，留着废墟，铭记历史仇恨有什么好？这个堂堂皇皇的城堡区，住过德国人、俄国人、奥地利人，谁当布拉格的主，谁就住这儿。"我举起酒杯，"你镇住我了，亲爱的，如今你是城堡的主人。祝贺你！"

"不，祝贺中国，现在轮到东方人了，"花穗子高兴地说，"没有祖国就没有我。"

我们隔着盘、杯、刀、叉，隔着燃得温情脉脉的烛焰，相互凝视着举了举杯，一饮而尽陈酿的月桂酒。

电话铃突然响起。花穗子按了一下桌边的钮，问秘书是谁，然后说："就告诉他，这阵子我没空。"她将电话钮关掉。不耐烦的声音和动作，不太全是对打电话的人生气。我想她是在证明我那句恭维话，她明显地很乐意听到这话，对故友炫耀成功比向敌人炫耀胜利更为过瘾，并且都急切而有点夸张，不管是什么样大开大合大气魄的人，都免不了。

同一个道理，我的赞美真诚、不含有讥讽，她反而不舒坦了。可能我嘲骂两句，她更得意一点。以前，她性格中就有被谑之乐。当然，现在她早已不是当年无家无业无牵无挂的流浪女子，而我仍然是。

或许是我太在意她会如何想的缘故，才生出上面的看法。

我站了起来告辞。

"不在这儿过夜？有你的房间。"花穗子挽留我。

"不，谢谢你。"我坚持要回旅馆。

花穗子将我送到宴会厅门口。一个五十岁左右的西方男人在过道里叫住她，说是有要事商量。

花穗子忙给我介绍，她说，这是华信公司驻欧洲副总经理——哈谢克。然后说我："这是我最好的女朋友蝃蛛。"

　　我伸出手去握住对方的手，觉得这人好像在哪儿见过，面熟得很，他微微鬈曲的头发，头发不多，脸上骨骼粗大。

　　和我客套完毕的哈谢克转过身，对花穗子说，希望和她单独说两句。花穗子本想发作，但却伸出手拍拍哈谢克的脸。哈谢克就一声不响了，静候一旁。他有一副狼狗的相貌，即使年龄大一点，也是女人不讨厌的西方男人类型。

　　"已经叫了出租送你回去。"花穗子解释说，不巧她的司机还未回来，而她自己有事脱不了身，所以叫了包车。

　　"不必，我散步下山。"我婉谢，"没几步路。"

　　"何必呢？"花穗子说。

　　我也不坚持了。对她和哈谢克挥手的那一刻，我猛地想起，哈谢克的脸型，跟几年前全世界闻名的中国出资美国出演员的好莱坞电影中的恶棍很相像。这些恶棍总是轻而易举勾上女人，然后要她们的命。得花好一场打斗才能弄死他们。花穗子会像电影中傻傻的百万富婆上这种男人的当？对张俊那样的中国人，她倒是毫不留情。也许女强人在男人世界中混世界，自有对付男人的招数，不是我这种俗人能弄得清的。

　　六门轿车驶出城堡，路上几乎没其他车行驶，一路滑下山。出租车司机侃侃而谈，说是东方人全虚伪，谈的只是钱。他从反光镜看出我在仔细听，便关小收音机，里面的捷克人正吵得不可开交，我不懂捷语，但猜得出收音机里谈的和这个捷克司机用蹩脚英文谈的差不多。司机说，东方人工作太勤奋，穿着太整洁，待人太骄傲，看不起西方穷人，把他们看成劣等人种。

"那么，西方有钱人看得起东方人吗？"我反问。

"西方有钱人至少绅士派头，不显山露水。东方有钱人在这城市霸道着呢，人人见着得先让三分。瞧瞧伏尔塔瓦河边的豪华宾馆，全是黄皮肤世界，警卫森严，子女有专校读书。"

司机突然想起："哦，对不起，你也是东方人，日本人还是新加坡人？"

"中国人。"我回答。

"和花女士一样？"司机问。

"差不多吧。"

"了不起，啊，中国人！"出租司机不再说话了，代之以明显的敌意或畏惧。我极不舒服，坐在车里，如针刺扎身。中国公司在这个国家的成功种下的祸根，已在暗夜里爆裂出一束束幽蓝的火花。

东方是秩序、节制、信仰的代表；东方人认为自己是优秀基因，高级人种。曾几何时，是被侵占被奴役的地位。现在，历史翻了个转。

六

位于佩特林山之南的思乡旅馆，叫人想起马思聪的名曲，把那支曲子留在脑子里，故土便挥之不去，种种忘却的记忆也就像霉点一样冒了出来。有广场那么大的草地，七八个英国人穿着白衣裤，悠闲地交谈，不当一回事地挥动板球，视线懒散。枫树、梧桐等大片树林在风中轻唱，远远的城市如一个漫步的诗人，头上戴着好多尖顶的冠冕。

我将垂下的草秆帘子卷起来。我喜欢这旅馆，一是我夜里睡得不错，很久未有这么好的睡眠；二是它的房间不像外表装饰得那么华丽，圆形拱门，宫殿壁画的顶，维纳斯、纳西瑟斯的雕像耸立在喷泉中心，齐整的草坪，郁金香、玫瑰怒放在规矩的方块里，阳光使每一种色彩都夸张十倍地逼现在眼前。

整个房间墙全白，有手工漆的木桌、木床，嵌进墙里的壁橱，有淡淡的新生树叶的嫩绿，或染有几抹最宁静的幽蓝。靠门口，有个穿鞋的木墩，上面深深的鞋印，完全可以肯定是从上世纪遗留下来的。

房间里还立着个大海盗箱，屋梁墙柱是奥地利式，黑木暴露着。床上的全套用品为白底碎紫花，纯棉布，触及皮肤，就像跟一个可心的人缠绕一般。

这个国家最优秀的音乐家斯美塔那在流亡的途中，如果能够或被允许返回这儿，哪怕看一眼，最终的结果可能就不是发疯死在精神病医院。流亡的路漫长，使人心生出这样那样的厚茧，才能忘掉家乡，一个够不着回不了的家乡。虽然在这个时代，家乡不过几小时的距离，飞越它，就如同飞越整个世纪那么艰难。

这么平静的心情，既不沉浸回忆，又不奢望未来，令我产生出换件惬意的衣服的欲求。我赤脚走在地板上，拿了靛青色齐脚踝长丝绸裙。不错，镜子衬出一个不年轻的女人，脸仍瘦削，眼睛和头发一样漆黑，未涂口红的嘴唇，唇线自然地弯曲，我在上面点了点紫红。镜子里的女人变成我不认识的了，冷漠，冷漠到我的心头紧紧一缩。绸裙前后两道斜纹，像专制的符号，贴着手臂、腿的部分又一丝不露，设计这时装的人向妖魔请教过。

仿佛这番收拾是为了等门铃响。我笑自己，走到门边。

一位高个、栗色头发长及后腰的姑娘，站在直走廊。她不太安静地移动着脚，转身，我没见过这个看来像捷克人的姑娘。我从门孔里观察她约莫一分钟后，打开了门。

姑娘说她叫娜塔丽。她一开口说话，那股挂在脸上的严肃劲儿全消失了。她表情开朗，喜欢笑，额头极高，有点斯拉夫与日耳曼的混血，很吸引人。

我自己坐了下来。她坐定后，用一口地道的 BBC 英语问我，是否知道阿历克斯的伤势。

我不是未听明白，而是不想回答，所以我支吾两声。

"你那天在贵妃醉餐馆。"她提醒我。

可能是她样子友好，不像警察那么一副挖出你心肝的无情冷酷样，我脑子在一阵夹着烟雾的碎玻璃块里搜索一遍。说如果未记错的话，阿历克斯最多伤了点皮。但他逃不出振荡器的波网。

娜塔丽告辞前，建议我到"真正的布拉格"走走，不必老待在"殖民者"的圈子里。

她说得有道理，我大胆地问她有无时间，没想到她竟然很高兴做我的向导。

当我们一起上了有轨电车后，娜塔丽已经和我熟如朋友，从内而外透出的自然和放松，让我不能把对异族人的疑心警戒拿来对付她了。电车越走越慢，行人和汽车在轨道上横穿。70 年代醉酒开车，80 年代超速开车，90 年代初发脾气开车，

90年代末和新世纪初胡乱开车。喇叭、铃声一路齐奏，让人
又想起涣散而无奈的60年代。

"我们下车，走路也比坐车快。"娜塔丽说。

走在街上，心情宽敞些了。街头立着一个雕塑：翻倒的坦
克。1968年，有个学生自焚，抗击苏军坦克入侵，压制布拉
格之春运动。娜塔丽在我身边，握着我的手。我的脸那么痛，
仿佛自焚之火还熊熊燃烧，火焰炙烤着我。而坦克被乱涂乱
画，根本见不着原先的油漆，炮塔上有条黑字的标语：溜滑板
不是罪。

我对娜塔丽说："全世界都一样。"

娜塔丽点点头。

"你瞎点头。"我有点火了，说，"你根本就不知道我指的
什么。"

"我当然知道。"她重复了一句，"全世界都一样。"

拐入小巷，差不多每个小广场都有两个裸露的天使雕像
守着。天使断臂、少翅膀，灰尘、鸟屎披满全身。窗框油漆掉
尽，有的锈迹斑斑。

我们一前一后地走，一说话，又进入老题目。我说："自
由绝不会有罪。但写这条标语的人忘了，自由总和罪相连，否
则就不叫自由。否则这么美丽的一个城市就不会变得这么不

伦不类。自由也不会套上电子振荡器。"

"我带你去斯米乔夫地区，或许你会喜欢。"娜塔丽收敛笑容，说，"如果法庭要你做证，你能不能以刚才的观点加以引证来讲话？"

我听得很专心。

"比如，左翼社会党并未枪毙人，但政府将以此定罪，说现场中弹死去的几个人皆为左翼社会党劫持者击毙的。"她看着我，稍停了停，"我们知道你会同情左翼社会党从事的事业，恳望你能合作。"

这才是娜塔丽来找我的真正目的，并非为了了解阿历克斯受伤的情况。阿历克斯的伤势，她当然知道，就像她知道怎么找到我。我不置可否地笑笑。

娜塔丽说："你总不可能不与正义站在一边吧？"

我说："我站在我自己的一边。"

争执持续一路。我和娜塔丽越争执就越像一类人，因此气氛并未冷淡下去。而脚下生风似的快，没过多久，已进入斯米乔夫地区。

60 年代盖的俄式住宅区，当时为社会主义的骄傲。房子早已破败，杂草丛生，树叶肥大茂盛。地铁广场正在举行狂欢，戴着假面的人们载歌载舞。街上游荡的人无拘无束，闲散自在。这不是我已见过的那个漂亮优雅的城市，而是另一个布拉格，这里的天也蓝得特别，那些废弃的建筑、颓塌的道路、油漆剥落的房子好像也是一种有意的陪衬，精心的安排。环绕广场的楼房窗外随风飘扬的挂晒之物，如懒散而满不在乎的旗帜和宣言，来吧，和我们一齐舞蹈！单簧管，还有六孔竖笛回旋在广场四周，像处于幸福之中的祈求：要尽情享受生活！

　　慢慢地走着，我们过了桥，站到斯洛凡斯岛上，我的眼睛才不由自主地转到周围的风光上。眼前的一幕令我惊讶万分：岛上热闹异常，全是人，从老到幼全都一丝不挂。刚开始长出点点青春毛的男女少年混在一块玩牌，每件器官新鲜得晶莹，阳光沐浴在他们身上，一轮轮闪着纯洁的辉光。欧洲各国人都有，一个家庭一个家庭，围坐在桌子四周。浑身都是毛的俄罗斯人，像庞然大物。苗条的法国女人，乳房高耸，屁股如花瓶那么曲线圆润。一群德国老太太皱纹折叠，一伸一缩，韵律十足地在网两边打板球。裁判戴着眼镜，年龄几乎可做我的外婆，光着身子坐在网前高凳上，干瘪的乳房紧贴胸膛，差不多晃不动了，却一样怡然自得，高声地喊着："二比十五！"

　　河滩上的吼叫引起我的注意，泥、沙、汗水弄得身体白白黑黑的，除了几件器官，几乎分不清男女，但个个肌肉都发达，像希腊的雕像。悬挂在钢架上的沙袋被击得连钢架都晃动。摔跤的人紧紧抱住，一个肉体缠住另一个，彼此勒得骨骼嘣嘣地响。一个个儿不大的女人用一个漂亮的大背袋动作把男人猛摔倒在沙地上。然后，全身压了上去，手臂和腿狠命钳住男人身体。男人的双腿无奈地踢蹬着。耍弄棍棒的人，头系红带，离沙滩稍远，比起摔跤的人，身体要干净得多，有进有退。击木剑的人，头盔下长发飞舞。

直到娜塔丽拍了我一掌，我才回过神，掉转身去。她已脱掉衣服，身体匀称、结实，乳房不大，却含满了汁液般地鼓胀着。

我的心猛地跳了起来。我想我的脸一定红了。

"叫了你两声也不应。"娜塔丽说，"把衣服脱掉。你已快成注视中心了。"

"注视中心就注视中心。"我仍不动手。

"怎么，不愿或是不敢？"

我摇摇头，虽然自己从未见过这阵势。欧洲的天体营只是听说过，在东方却是不可能的事："在东方，裸体就是性，性就是房间里的事。因而在这个号称全球文化一体的时代，我这个算得上见多识广的女人还未进过天体营。"我对娜塔丽说，"女人还有个样子。男人却没有一个像男人，怎么都蔫着，赌气似的。"

"哦，不满意？"娜塔丽听我这么说，大笑了起来，"这就是我们每年一次的'布拉格之夏狂欢节'。"或许我比她想象的东方女人表现得好一些，没惊吓，也没大叫大嚷。"来看男人是要失望的。"她说。

"这儿缺乏一样狂欢必不可少的东西：性。"我失望地撕开拉链，裙子顺着手臂和腿滑落在地，露出未穿内衣裤的身体，好像我早就知道会到这地方来似的。这下轮到我对吃惊的她大笑了。

娜塔丽打量我。我的幸运数字1，幸运花朵康乃馨，在我股沟上沿，紧贴着最敏感的部位，色泽比往日更加鲜艳，更加夸张。

娜塔丽上上下下看着我的手臂和屁股上的文身，目光久久地盯在上面，神态由惊奇渐渐转为惊恐，半晌，她问："这是胎记？"她从数字和花朵的图案上念出声来："2011。"

"不是胎记。"我说，"这是中国刺花高手弘法大师所作。"

她似懂非懂地闭了一下眼睛，脸上泛起大片的红晕，一直延伸到脖子上，朝她赤裸的乳房蔓延开去。她干吗如此紧张？似乎透不过气来？

七

娜塔丽游得很远了。我退回岸边。绕开岛上天体营的人，往僻静里去，阳光贴着皮肤梳理，像天真调皮的小手指，我的心慌乱不已。这阳光，穿衣服，有些微凉意，不穿衣服，却正好冷热适中。河畔绿成一片，没有房屋。远处山腰上点点白影，是刚建的别墅区，风筝、航空气球、东方鬼子的飞船飘升在天空山峦间。

水蓝成明亮的平面。风摇动平面上的景致。我涂抹过防晒油的身体呈金黄色，一段段显露在水面上：黑发短长不齐，顺风倒向一边。没有首饰，也没有脂粉、眼影、唇膏，身体跟挣扎出母亲子宫被放入清水里时一样，我闭上了眼睛。

它是从另一个世界而来，命定的，不可闪避的；它嘶鸣，是一串揪魂的音符，以河水飞溅，四蹄腾空飞越的色块扩充我的视角；它的红，比火焰还艳丽，尾巴和肚子两侧宽长的黑纹，黑到透明的程度。内脏抖动，肺翼张开，肌肉勃发。

我奋力一跃，就翻上了它的背。它穿过溪流和树林，跃上草地，又驰下河岸，剽悍的颈，高昂的头，豹子一样的眼珠，却在我赤裸的胯下如此驯服！我拉紧缰绳。最先如同每个女人骑自行车般舒畅，然后，就不只是舒畅了，我落入甜蜜而兴奋的幻觉里。它的跃动像拨琴弦一样颠着我沉甸甸的乳房，撞击着我柔软的腿间。我们飞得那么高、那么快，以至我扔开了缰绳，抱住它的脖子。绝对不是幻觉，就跟真的一样，就是真的，正在发生的，我抓紧它的毛发，皮肤紧连，汗水相浸，叫我第一次明白人世短暂，却能够与永恒并肩驰骋。

它知道我疲倦了似的减慢了脚步。欢乐的我似乎被放入水里？或仍旧一半在水里一半在岸上，我重新闭上眼睛转入沉睡，回到被我抛到千里万里之外的从前的年代里。那是个饥饿的年代，那更是个极端的年代！

那人可以是他，也可以是她。那人的雨靴、伞顺着水漂来。那人的面目是那种既善良又美妙的一类，专让我这种人为之发狂，还让这发狂上升到一定的顶点。事情一步步来，相遇，惊奇，信，电话，邂逅。情感的波澜要多壮阔就有多壮阔。如果我说杀人，那人就会递上刀子。如果我杀死了人，那人就会代我去顶罪挨枪子。我说白，那人决不会说是黑。无条件，就是无条件嘛！让我感激不尽，心存惭愧，相信终身我们彼此相随，天南地北心心相印。这世上不是万事如人意，总有灾祸临头，这样那样的变故。这不是谁的错，即使没有这个偶然，也有那个意外，这墙比那墙有高有低，无条件变为有条件了，而有条件就是终点。

当然那人也会哭会闹，会弄得跟真的一样，也会突然转过脸去，一走了之，跟从来就没有过什么事一样，从此是陌生人。

是啊，我说，只有傻瓜才会不相信这一套。而我分明就是傻瓜一个。

当然，这不是爱情，爱情还在这种关系之下，这种感情的领域大到我累筋骨伤寿命也够不着边的地步。

那人——他（她）中的一员，一个长相无可挑剔，说话嗓音娃娃腔的女人，天知道，我竟迷惑在她的世界那么久！当我被驱逐出来时，回头回想全过程，真是大惊失色。可我还不至于悲叹到喊上当受骗的地步。我不喊，我便会听到她这么喊：不是她欠了别人，是别人都欠了她。那最后的时刻，我和她在我讲述的一个故事里度过。

一张被遗忘在古老房子里的床，具体些，它是双人长宽，檀香木雕花，仿明式古董，无论异性或同性，谁睡上这张床，都会被另一个接近这床的人所左右，被钩着鼻子走。男女恋情，男男恋情，女女恋情，老少恋情。最后的结局只有两类：一类是双双殉情死在这张床上；一类是被杀，死于决斗或死于刑场。这是张鬼床，叫人害怕，又叫人魂牵梦绕。这是张欲火之床，靠灾难与幸福燃烧，它和死亡扣成环，又与欢乐联蒂为果。

　　而我要找的那个人，不管是男是女，就是躺在这么一张床上的，等待我排开阻拦，不顾一切后果，走过去。

　　"我就是。"男友斩钉截铁表示。

　　好吧！我相信他，凭着他从长江流域一个个城市追踪而来的执拗。饭堂的招贴栏前，夜深人静。"你得跟我回去。"他说。

　　"不可能。"

　　"女人需要的一切，我都会给你。"

　　"好笑。"我说。

　　"你绝对不能这样向别的男人笑，上午你犯规一次，昨天你让人握手不放。星期天竟背着我去见那种流口水的男人。"

　　"我从不指责你跟别的女人。"我说。

　　"如果我与别人，那只是为了更在意你，而不是图自我快乐。"他说。

　　我笑了，平静地对他说："你未免太不善于作假。"

　　男友不说话了。他用身体代替语言，他想叫我哀求，泪水满面，阻止他，痛骂他，痛打他。我偏不。我双目空洞，灵魂飞离躯壳。仿佛随他怎么处置身体都行，那身体不是我的，那身体在问：完了，对吗？就这样毁灭，是吗？我看着自己的躯壳与他保持他永远够不着的距离。一道界河，将我与这种无聊男女关系的世界隔开，他们永远在界河那边，而我则在界河这头。

我终于醒了过来。天已经灰黑。我肯定在静静踱着步的马的背上半醒半睡了好几个钟头。而马比我的任何一个情人都忠贞，仔细照料我，轻轻地摇着我。

红云缭绕天边。我从马背上直起身，发现红云并非落日余晖，而是天体营的人燃起的一堆堆篝火，一阵风带过来大人孩子的笑骂声。

八

劫持犯的审判变成了演说场所。阿历克斯系了条红领带，侃侃而谈："20 世纪的可怕，不是人类增长了三倍，而是杀人技术的飞速发明，改变了人的整个身心存在方式，摧毁了进步的神话和理想。正义和平等，盖不住人类从未经历的痛苦和流血。除了这些，我们还有什么财产留给未来呢？"

他总结说："我们不知朝何处去。历史把我们带到这儿来，是为了让我们看清自己。20 世纪是历史上非正常死亡最多的世纪，而非正常死亡只是集体屠杀的避讳雅词。因此，你们把我们对 20 世纪恐怖的抗议，称为恐怖活动。"

公诉人和法官似乎有意让被告有演说机会。

满庭的摄像机和记者，报纸大量报道，登审判照片，电台现场直播。"任何所谓的进步，都抢夺走人民的幸福和基本生存权。只有剥夺国际资本主义的贪婪，才有平和宁静。"有人轻轻拍我的肩，把我叫出庭。于是我被带到一辆轿车里，花穗子坐在里面，还有哈谢克。花穗子拉拉我的手，让我坐在她身边。

我立即感到来错了地方。我应该躲开花穗子的手下人，随便闪进哪一丛人里，都比这儿自在。

花穗子说："《此岸早报》昨日报道了，华信公司驻欧洲副总经理哈谢克代表东方财团向捷克政府提出严重抗议：如不能制止反资本主义恐怖活动，东方财团将不惜一切损失全体撤出捷克，那样捷克全国生产就得瘫痪。"她抽着烟，戴了顶云纱帽，斜扣在头发上。

"你说法欠妥当，"哈谢克强调说，"这并非我原话。"

"意思差不多。"

"事情没有你想的糟。"

车子泊在停车场花园式的顶层。这儿不像楼下每层那么拥挤不堪，也没有车子转着圈子妄想找到空位的声音。

"够热闹的吧？"花穗子转脸问我。

这种情况最好是什么也不说，我沉默着。哈谢克把话接了过去："其实，这样表态符合东方财团的利益。"

"未必那么简单。"花穗子说，"若我们表示有意撤出，捷克政府可乘机大捞一笔固定资产。"

哈谢克讥笑："他们有这个胆量真敢停了全国经济命脉？几百万人失业是哪个政府也受不了的事。"他打开车门，退了出去。

法庭中途休息一再延缓，仿佛就是为了让我和花穗子在她的车里做一次谈话似的。

九

熄掉烟后，花穗子的手放在膝盖上，白金钻戒在暗淡的车里闪着智慧之光。"你还记得欧阳河吗？"她说。

"他是这个时代不可多得的诗人。"我当然记得。

"他在十年前去申请三个想象专利，把专利局的人吓了一跳：一是折叠停车场，汽车开到哪里都可以停进去，开出来，像打开纸张；二是便携房间，摊在空地上与原样完全一致，包括空气、温度、湿度、房间摆设，不同的只是房外风景。"

"他的第三个是一种交通想象，"我补充道，"从 A 地到 B 地，在纸上画好，对起来，一折一合。"我这么说完，从车窗望出去，我眼睛所够得着的风景，全是人、车，有坡度的街道被挤弯，这些房屋随时都可能爆裂，轰然倒塌。我被自己的想法惊了一下。

"那时，我就盼望这些想象能在我手中实现。"花穗子望着我，神情专注，"我们现在的技术应当能做这些，关键障碍就是缺乏想象力！"她指指自己的脑袋，好像计划尚未成功都是那些科学家太保守。

我是实实在在的感动。花穗子这么个时候还给我谈她和我共同的朋友，回忆当初的理想抱负，那一切并且和现在的事业休戚相关，向我吐诉苦恼、挫折。

我说，想象若能实现，我也不用到布拉格，只需折个纸，咱们就能见面。照此法，只要想回中国去，什么时候都可办到。

我们这时候说的话，像三岁的小孩那么单纯。

"你来这儿，我真是希望你能帮我的。"花穗子说，"我知道你能。"

我没回过味来，思想不过从三岁长大到十三岁而已。

"你和那些左翼分子往来，是朋友？"花穗子点明了。

"我见过。"我承认，紧接着，我反问，"你怎么知道呢？"

"蟫蛛。"她叫我从前的名字，说，"你是一等聪明的人，我、你都是东方人，我们的感情、利益皆是息息相通的。你知道，无论你任何时候，怎样情况，我都是你最好、真正的朋友。"她说"最好、真正"时用了不少感情。

还能说什么，我说什么都多余。直到我与她从车子出来，乘电梯，穿过街，街上飞满塑料的"飞去来"刀，两个胖胖的大人领着七八个女孩玩着，故意让行人受惊吓。那些刀也确像真刀，白光闪闪，呼啸着在头顶转悠。我们并行走向法院的台阶。我遂发现自己有多么傻。花穗子完全可能在我住的旅馆房间里设监视器，或派专人保护我出外的安全。刚才绕那么大个弯，为了说几句实质性的话，她有必要这么对付我吗？二十多年了，她的本性就一点没变？

我向上迈的脚步松垮，落在她身后三步台阶上。她回过身来看了看我。那俯视的目光实际就是四个字：好自为之。

十

花穗子永远是高傲的。她的手可以把风暴引来，也能把风暴推远。她轻蔑地一笑，似乎在说："不是我的对手，是上帝的手。"

但花穗子不这么说，她不说，就更了不起。她总是能从我这类俗人、庸人、甘愿赖活着的人身上看到命运：那是恶的高速公路，几千万年的历史在燃烧。

我对唯一担任过自己男友的人叙说过这种崇拜，我说着说着，流出了想念她的眼泪。她那时已只身闯荡东欧，许久没有音讯，我写给她的信都原封不动地退了回来。与其说我思念她，不如说为她担心。

男人的小气小量表现得那么彻底，那天，我是领教到了。男友说："我如果把一切告诉你了，你就不会这样想念她了。"接着他列举了花穗子一度与他调情、幽会的场所。

这怎么可能？如果非在这两人中选择一人，我相信花穗子而不愿相信男友。更何况，花穗子劝我离开这个男人不是一次，在她眼里这个男人干脆算不上是个男人。

"那你可以写信问她，我有她的地址。"

男友说着，便在地址本上查询。

看了他递过来的地址，和我记的地址不一样，连国家也变了，是捷克。我说："要写信你自己写。"

男友兴奋地回去了，男友重新来找我时，拿出一封贴着捷克典型的铜版细雕式邮票的信，两眼放光。

信绝对是花穗子的笔迹，只有一句话："这个男人说的是事实。"

信如此之短，短到什么也未发生过。没有解释，没有说明，没有道歉。

我想花穗子是对的，没有虚伪或真诚的字面上的俗套。她的心里依然有我，没有我，她就不会钓上我这个不值得的男友，她不是背叛我，而是重视我。她唯一有错的地方，就是不了解我在性问题上的非嫉妒化。我也有错，我应该好好写本书，或是在电视上公开宣扬，甚至应该扛个大高音喇叭，爬到全城最高点，传播我的观点。但我没有，可能是由于没遇到这种机会，没有那么一个制高点。

我眼泪又流了下来。

男友诧异了："难道你还对她一如既往？"

我没有能止住泪水，一边流泪，一边说："绝不是气你，我比以前更加倍地想念她，而且怀着内疚。我应该早告诉她，我是怎样一个女人。"

"你是怎样一个女人？"男友惊诧莫名，"天下女人没一个是正常的。我越来越搞不懂你们。花穗子跟我做爱时，总问：'她怎么样？她这样和你来吗？她欲望强不强？'每次我都弄得索然无味。我想我根本就不该和女人打交道。"他骂了一句脏话，像个地道的小市民，连音调也捏得极准。

看着这头被困于人和人关系之谜中的野兽，我很想告诉他：只有消灭精神，才能逃出这怪圈。后来我想，当时之所以没对他说，是由于我突然明白，这话用在我身上比用在他身上更合适。

十一

据说，这个仅有一千万人口的小国家曾有八十万共产党员，两万名党的工作人员。虽然一些领导者的错误曾使这个国家蒙上一层悲剧的面纱，但至少没有使这个国家贫穷、挨饿。几乎每个星期五下午两点始，离城去度假的车便将高速公路堵住。汽车摆成的长龙，挪动着笨重的身躯，走走停停，停停走走。

以前这城市有种无助感，还有种无辜感，命运总要被别人主宰。但安全，即使坦克开进来，那不过是做做样子，杀几个人也是做做样子，让你认这命，基本上没有发生过明火执仗的大干。人群中秘密警察特务灵巧敏锐的身姿，提示着这城市一切运转得极为正常，地窖、阁楼、厕所、酒吧，或许都设有窃听器，表明思想意识形态在每个时期受到严格保护，比起大规模的杀人，这点和善的控制、稍微的窒息算得了什么呢？受不了？那就离开这个国家，离开这个城市！走得越远越好。走了，这城市才真正进入宁静祥和的怀抱。

瞧瞧，这城市的地铁，比大部分国家干净、漂亮。像庄稼苗壮的一片又一片工人区建筑，让多少人结束了贫民窟生活！别看不起长相粗俗了些的文化宫，虽然与整个城市的典雅不相称，但却和所有劳动人民享受文化的口号呼应，代表了一段不可抹去的历史。这跟今天三十五美元一夜的带早餐的小旅店、专业擦皮鞋户、艺术打地板蜡户一样，不过都是给这城市起一种增色添光的作用。关键在于：星期五下午谁能最早离开工作，谁的成就就最大。对往上爬的倦怠和冷淡，像无形无状的符咒，抓住了市民的心。

伏尔塔瓦河似乎比人还要敏感，为吸引旅客，七彩的射灯，照耀其上，也引不出万马奔腾汹涌澎湃的气势来。圣徒们在桥上悠闲地垂着手。以前这城市有二十多个大剧场，每夜客满。现在票不易卖出去，大部分倒闭了改成餐厅，演员在街头拉琴歌唱，讨旅客赏钱。以前上剧院为逃避现实，现在，现实比戏剧更精彩。不过这些人好像穷也不改其乐，在街头拉琴照样拉得如痴如醉。

可怜的哈维尔，一个喜爱穿牛仔裤，开明、民主的总统，一个剧作家，不得不避开这舞台，到虚无的舞台去表演他的戏。他的卫队依然穿着深蓝色制服，海水和天空最富有人情味时的色泽，但仅作为观赏游览，作为一种装饰落进游客的眼睛里。我本应安静，却莫名地烦躁，整个人融入街头一支忧郁的爵士里，晃晃悠悠，几分几秒之后，我也就变成了一支反复回旋的民歌。莫非我也染上了东欧病，无意胡混日子，却有意游戏人生？

这个悠闲自在的国家，也许理该被东方资本控制起来，管束起来，好好干点活，为人类进步添砖加瓦，打打小工。

十二

我可以用多种理由为自己在法庭上的行为申辩。首先激怒我的是法庭的庄严性。我被带上法庭左边那个位置，供法官、公诉人、被告律师提问，让陪审团看我脸上每一丝表情。我必须发誓说的都是真话，向一个非我信仰的圣经起誓。

庄严的法官，一个典型宫廷官僚模样的中年男子。陪审团，在法庭一隅，木讷地坐着。两个公诉人，眼睛毒辣，浑身透着鹰的爪子气。律师，一个胖胖的女人，能言善辩，却时时让被告抢尽风头。

这样的一系列人，非常模式化的组合，每个人都知道是在演戏，给捷克政府的两面派政策打掩护。

更加激怒我的是法庭的戏剧性。一个可容纳下六百多人的审判厅，座无虚席。有三分之二的人一举一动都表明是为看热闹而来的，他们穿得大红大紫，强烈的色块相互冲撞，他们并不喧哗也不大声叫嚷，而是不经意、不小心地弄出连串的声音，咳嗽，椅子吱嘎响，皮包或随身带的物品哐当掉地，引起笑声、叹息、道歉，加之他们持的那种整治过的腔调，使人真的认真起来。

阿历克斯坐在他的胖律师右旁，与我的位置斜对。他默默看着我，不说话的时候，又像一个少年了，忧郁、沉静。他有着全场唯一把审判当一回事的表情。

公诉人把我认作强有力的证人，完全可能，把我这东方人看成一张能把被告捏扁的王牌。灰发，脸上皱纹略少，大约睡眠不佳，眼睛布有红丝的一位，走到我面前问："劫持者每杀死一个人质，是隔半小时还是十分钟？"

他的问题竟是这样的，无章无法，头尾截断，专挑他所需。杀人是既定的，需要我肯定核证的是时间长短和被告残忍的程度。这个公诉人打了根方格领带，褐色配黑色。我敢说，他换根领带，我的反应会好一点。

"对不起，我没看见有人被杀。"

我的话煽起法庭一片狂欢的吼叫。法官敲桌子："肃静！肃静！"

公诉人的执着和不甘心，使得事情朝着一个极端滑去，没法改变：

"神经振荡器？据我们所知，纯属记者捏造。我只需要尊敬的女士回答，你看见了神经振荡器，它像什么样子？若没看见，你就点点头就是。"

被告律师从座位站起来，抗议公诉人公然诱供。

法官说："证人回答。"

我点点头。公诉人很自得地环视了一圈寂静的四周。他朝自己座位走去的时候，我却接着说下去："我之所以未看见，是我已被神经振荡器击伤，大脑失去了知觉。"我把握情绪，尽量地流露出委屈、愤怒、又不嚣张，泪水薄薄一层含隐在眼眶里，嘴唇轻轻相咬，稍停顿，声音带呜咽，但清晰："我的头现在早晚还痛、晕，夜里吃了安眠药也睡不着，一个星期来我入睡的时间加起来不过才七八个钟头。我要求警方和华信公司赔偿我身体精神受到的损害！"

满堂的欢呼，像催化剂蛊惑我继续对着扩音器说下去：

"制造这种神经振荡武器，跟制造原子弹没有多大区别，一样是为了杀人牟取暴利，充当残害人类的刽子手。"

暴风雨般的呼叫，压过掌声，比捷克足球队打进俄国人球门还热闹。

我知道自己这么说意味着什么。所有情绪变化明显的人中，肯定有两个人最为激烈。一个是华信公司驻欧洲分公司总经理，我的旧日好友花穗子；另一个是被告，阿历克斯，供认不讳的劫持组织者。前者的生气必到愤恨程度，我的言行较开庭前我与她的谈话相去甚远，我背离了东方财团的利益，也背叛了她的友谊；后者高兴到意外兴奋程度，他预料过，但没有预料到我比他想象的还要过激。

我当然明白，碍于双方，我最好的做法是，保持沉默或装糊涂，甚至倾向华信公司一边，都是不过分的。但是，我没这么做，而且我一秒钟也不愿看这两个人的面目表情。后者是弱的一方，他逃脱不了惩治，可能判死刑，可能判无期徒刑，这也不是我要那么说的理由。强的一方，气焰腾腾，燎得人不舒服，应该被什么人耍弄一下，如没什么人，那么我就来当这个人，谁叫你们让我出庭，并且整个法庭的剧场效果是如此适合我按我的意愿做。

我被带出法庭，为了躲开门口挤着的记者，我从后门溜了出去。

　　背靠墙，我从包里掏出香烟，用打火机点燃，抽起来。两名法警在宽长的过道来回走着。太阳光透过玻璃斜照着他们移动的身体。我在背阴处，肺吸着烟叶的火辣味和几丝柠檬香。我一口接一口吸着，尽量不去想象法庭内被告的辩护律师，是怎样不失时机地施展她的口才和智慧，可以算得上是她一生中最杰出的辩解，有据有论，让公诉人没词，而因势利导地帮助陪审团的女士先生们，唤醒他们正直的良心，恢复他们不偏不倚的理性，把同情之手伸向被告。

　　待烟燃到蒂之时，我决定不回到法庭——不想看到结果，而是到街上随便哪一家咖啡馆里喝一杯。于是，我拉了拉皮包带子，朝出口走去。

十三

　　天黑尽，我才拖着精疲力竭的身体回到旅馆。

　　路过总台时，大堂总管叫住我，递过来一个白信封。谢过他后，我在喷泉旁的皮靠椅上坐了下来。启开信封，露出一张印制精美的歌剧入场券。娜塔丽附言，说希望我能去，她将来旅馆接我，说要给我一个惊喜。感谢之意一字没有，却洋溢在纸面纸背。

　　我将头靠在皮椅上。喷泉凉凉的水分子不时落到皮肤上，像帮助我驱逐疲倦似的。休息了十来分钟，我觉得不那么累了，脸色似乎也好看多了。

　　正待起身，大堂总管拿着移动电话，走过来说："女士，您的电话。"

　　怪了，我心里哼了一声，想这个夜晚但愿什么也不发生。若要来事，也别都在这个晚上来。过了今晚，起码我可以好好睡一觉，等我睡足一夜之后，要干什么都行。

　　对着话筒我问："是谁?"

　　电话那头回答："是我，张俊。"

　　单听他的声音，我便清楚，刚才的担心纯属多余，至少担心的一半消解掉了。在这个时候，我谁都不在乎，只在乎一个人：花穗子。我承认自己不是什么好人、完人，虽然我有心往这方面靠拢，但我做不到，做得不够，我也有驾驭不了自己本性的时候。若我在法庭上那么做，在她看来真不地道的话，我将会为这阵子心里升起的从未有过的内疚谴责自己。那个我，太陌生了，不是我。因此，我是极不习惯的，得让我有个准备去适应，适应自己的反击和她的惩罚。

　　我的思想就这么摇摆浮动着，根本未听张俊在电话里说的话。

"你在听我说话吗？"张俊问。

我抓紧话筒，对他说："对不起，请你再说一遍！"

张俊说，他与我虽只有一面之交，但觉得我很不一般，特别是与花穗子相比。他很感谢我，为了我在法庭上的作证。

我以为自己听错了，但是没有。他这么说莫非是套我？他也猜到了我的缄默，说："我不往你房间打电话，你应该相信我。"他怕窃听，可能是在暗示，有人将这么做。突然，我认为张俊兴许就在离我不远的地方，并且他能看见我，而我看不见他。

"这不该是你说的话。"我伸直一条腿，将身体在皮椅上展弄得不那么别扭，"如果你还记得，你在一周前还请我去找她。"

"但是她什么也没做，说不定做了与我期望相反的事。"张俊声音听来很近，就像在我对面一样，"我没死，她就不会高兴。"他说花穗子有意让他那个时间去贵妃醉，她是想加害我们两人，她早就得到 LESP 准备行动的情报。

我不想陷进他和花穗子不可挽回的濒于崩溃的关系里去。花穗子说张俊背叛了她，向左翼社会党提供了情报。在那个品尝鹌鹑的晚宴上，我不愿意相信花穗子说的话，认为花穗子故意那么说，她喜欢把身边的男人置于鞋底践踏，然后，装扮成一个慈爱的母亲去扶起他们，擦去他们脸上受宠若惊的泪水。哪个男人能逃脱她的整治？我冷笑。

张俊说："请别笑，你帮我出了口气。"

我说："我没这么大的本事，你搞错了。"

"不管你怎么说，我这人不轻易谢人的，但我会谢你。"

"别那样。我们不会有这种谢和不谢的机会。"我淡心淡肠地说。

"那不一定。虽然我的职位和高薪随时都可能被她革掉。但我这人可能还不是那么无用。"张俊自信地说。接着话锋一转，谈起下午法庭上的事。他说没想到。

"什么没想到？"

"法庭宣判——在案件未审定前，被告缴一千万美元作保，保释待审。"

"哦？一千万美元。"我惊叫道。

"谁叫那家伙是头儿呢？"张俊话又转了回来，"这还应归功于你的证词！"

从搁下电话，回到房间，到洗完淋浴这一段时间里，我心里全是不屑，轻视张俊，我有权不站在东方资本家一边，他没有这权。为内斗而出卖本民族，并不高尚。

　　我为自己冲了一壶香淡的茉莉花茶，靠窗坐了下来。夜风拂动裙裾，茉莉的气味把久违的故乡、不可回想的故乡，带回我身体周围。

　　张俊有种非找人一吐为快的孤独。不错，我性格中的软性的一面占了先，他得到了我的同情。他肯定面临许多不易说出口的困境。他若出来作证，当然只可能说有利于东方财团的话，但他身为华信公司副总裁，这个身份就将抵消他的证词。如果他作不利于东方财团的证词，他能吗？他必定被要挟控制了。就像他的职位一直等于空设一样，实权不在手中，白挂了一个空头衔。

　　他也许曾在某些方面讨花穗子喜欢，甚过哈谢克。可花穗子得用捷克人，尤其是在捷克人的国家。张俊碍她的眼，也碍哈谢克的眼是必然的。他说的话有七分之五是事实，包括花穗子不想管他的死活。但她有意叫他到贵妃醉去遭遇一场劫持，恐怕是他杜撰的吧？世上没有这么戏剧化的事。这件事那件事都可能戏剧化，但花穗子有意让张俊上贵妃醉这件事是不可能的。只有一种可能，她自己不愿去会我，要张俊去，但不便说明，说明了，便没意思了。她想让我和张俊在贵妃醉巧遇？张俊衣着、风度，洒脱中的忧郁，衔接得天衣无缝，没有女人不感兴趣的。花穗子知道，他正是我不讨厌的那类男子。

但愿我的分析不带偏执，要做到旁观真太不容易了，那就暂且打住。我亲爱的穗子，我给了她出其不意的一击，与以前相比，少了暧昧，更没有了缠绵，却一样让她喘不过气来。她为我这冷酷的一击，采取怎样的方式来回应呢？我渴望结果慢些到来。我盯着茶杯，从茶壶流出青绿的茶水，冒出一缕热气，在杯口摇曳。可能我和张俊想背叛花穗子的冲动，几乎是相同的；在某种程度上，也较为贴近捷克人反抗东方资本家的情绪，说到底，我们仍旧是人类本性的奴隶。

十四

由巴士换乘地铁，大约二十分钟，可能是周二，且过了上班时间，地铁里尽是游客。除了携带摄影摄像器材、地图、双语词典等物，游客和本地人最大的不同是眼睛不安分。

我抬起头，望了下车壁上的线路图，知道了大致方向，便摊开手里的《今日射击报》。

昨日临睡前，我拨掉了电话。如果房间里有了监视设备，电话自然会被监听。张俊不打电话到房间就是一个说明。于是，我在房间里每个隐蔽之处以及能够装置微型监视器的地方检查，却一无所获，怏怏地坐在床前，认输地叹口气。我的不死心，使得我隔了半小时又开始搜寻。仍是没有蛛丝马迹，如此反复折腾，倒医治了我的失眠症。不用吃药，倒在床上，就呼呼睡着了，睡得很香。直到第二天中午才翻身下床。拉开草帘：青翠碧绿的草地，鸟扑闪翅膀，树枝颤动，鸣声前呼后拥，极其美妙。

这么好的景致，什么也没遗留下的优良状态，肯定不是什么吉兆。干吗不到艾尔兹格卑儿格山里去租个乡间房子呢？我现有的美元足够我维持一段日子，在这个国家，甚至都不必兑换成捷币，美元值钱又被人储存。就要那种便宜又干净带厨房的单间小屋。

这个想法叫我兴奋。

梳洗完毕，往肚子里填了些充饥的东西，我拿了随身皮包，抓了顶有绸花飘带的礼帽，戴在头上。礼帽的藕色与裙子的浅咖啡色相配，正如礼帽的坚挺与裙子的流畅一样。帽子将我的头发全部装进去，露出修长的脖子。

横排双人座上坐着一大帮英国年老的"岛国综合征"患者，竖排长条座位较空，我的左右是四男一女，一对年轻夫妇，还有一个男孩。

车进站了。那对夫妇下了车。向前行驶的列车又陷入隧道的黑暗里。车窗玻璃及时描绘出我握着报纸，脸压着报纸边的模样。不对，玻璃上还有一双眼珠，转悠快速，虽然也在看报纸，却不时地斜到我的方向。

我缓慢地转过头去，左手方向，跳过两个打瞌睡的男子，这两个男人手扣着手，情意绵绵。靠自动车门，一个正在看报的人，正是车玻璃窗上的对应位置。大敞开的报纸盖住了此人整张脸、半个微微向后倾斜的身体。报纸未遮住的袖子、裤子、手还有粘有泥草的皮鞋，看来这人身材健壮、魁梧。

列车沿着轨道稍稍弯曲着前行。我将头埋入举起的报纸之中。那个人翻了一页报纸，比我认真。不过，我也会认真的，我翻过一页广告，中页的黑体字抓住我的目光，东方人正在剥削这个国家。中国资本主义是其中最凶残的变体，而且带家族封建色彩。西方代表了新的力量——自由主义与社会主义联手，组成中左翼联盟。大小标题与前几日的报纸有所不同，不再含沙射影，而是指向明了，火药味透出报纸，一场大风暴正在酝酿。

我眼睛往左乜斜。

那人不朝我这边瞧，更说明我的感觉不会错，他在跟踪我，且还不止这一次。没准，昨日或许多个昨日已经在执行他所接受的指令了。

车子停住，这是火车站，下的人不多，上来的旅客估计会把每节车厢灌满。旅行包、皮箱使得人踉跄不稳。两个宽身材的黑人妇女提着行李从边上移到两排竖长椅中间。我扔下报纸，借她们遮住我的一瞬，瞅着空隙，一侧身到右手门口，在门关上前一瞬间跳下车去。

十五

接近火车站，便有种中国每个城市的市场都有的奇特感觉。遍地的人，包裹货物出租车堵塞了通道。80 年代进军俄罗斯大地的中国倒爷早就掉转方向，向东欧推进，80 年代的倒爷假如不横死，就发了横财。但一代一代新的中国倒爷进入商品流通的大市场，他们差不多都是中国大城市的青年人，一代比一代机灵聪明，且趾高气扬。熟悉的中国话，使我有点窘迫。

"有什么好卖的?"

"走走卖卖。看这些捷克佬差啥喜欢啥就卖啥。"

倒爷总归是倒爷，是生意耗子精。布拉格不是俄罗斯内地城市，缺吃缺穿，缺日用品。这儿得用些异国小情调榨油水，异国大情调是另一门道里的事。而且成不成都是一锤子定音，没有回头客。他们获取猎物，一干二脆，短捷，致命。然而，大生意大买卖他们搞不过官倒，像华信公司这些地基稳固、实力雄厚的老霸主。"这个奸商民族！"我愤愤然，忘了自己的肤色和母语是什么。

售票处长蛇队形摆动到门外半里长，加塞插队的多半是女人。洋人也学会了中国人不规矩排队的一套。队伍混乱伸缩、膨胀到庞大无边。

我挤过人群，即使靠开后门或在人群中找黑市，弄到一张火车票也要花上一两个钟头。到易北河流域一带，就成其为一个念头，定格在脑子里。我未必真想去那些典雅捷克味浓厚的小镇待些日子。

在那里，我完全可能会被闷死。那么，我还是留在这城市吗？租一个价廉实惠的房间，天天面壁思过，不被任何人打搅，也不进入任何人的生活！我快快地靠边上侧着身子走。穿着宽大的衬衣，缺一条腿的妇人在树荫下吹着黑管，不由得想起布拉格历史悠久的浪漫，我停下脚步。

我略略一回视，没有看那妇人，而是面对朝我涌过来的音乐。一个戴白黄双色帽檐的男子，屡次进入我的视线：瘦弱，走路有点不稳，像是旅游皮鞋出了什么毛病。他当然是在跟我。

他很好，把我从吹管妇人制造的世界里拉回，我应该谢他才是。没有慌张，也不惊讶，我只是加快了步伐。

两个女警察在草坪上，驱散妄图以草坪为床的旅客。他尾随一辆在人群里靠按喇叭慢慢滑行着的轿车。我趁机穿过草坪，从草坪中间小径绕回马路。我不想叫出租车，也不想乘地铁。地铁里那双犀利的眼睛，带着使人不愉快的威胁，浮现在眼前，那人也一定在我的四周。

老古董的有轨电车叮当响着，在十来米的站前，正待开车。我跑得再快也赶不上，它的门已合拢，朝我站着的小食店驶来。绿灯由黄变红。

我招手，自然不抱任何希望。

电车居然停下。司机戴着近视眼镜，一个小年轻，栗色头发散开在肩上。我疾步蹿了过去，跨进敞开的车门。我下意识地回望，确信没人跟上，才掏出零币买车票。一个急刹车，我跟跄了一下，赶紧抓住车厢里的钢柱。

好吧！我对自己说，即使你找到一个满意的住处，像蚕蛹那么裹起，那种人也会像狼犬，嗅出你的味儿，找到你。那种人，不知何方神仙下凡，把目的隐藏得不露端倪。

我干吗要租房子，另择其他城市避开这儿？我就赖着脸，装着不要脸，住花穗子已付了三个月支票的旅馆得了。等着她的惩治，等着会来临的一切，这才像我！电车在街道间响着铃穿行，朝西北老城驶去。花穗子怎么对我，是她和我之间的事。而现在，起码有两方甚至三方的人瞄准我，东方财团、LESP，还有想在对抗中捡大便宜的捷克政府，都不会放过我。

我没有自己想的那么蠢，常常我想蠢一点，也办不到。蠢就是福气，我就是少福气。

不管怎么样，有一条规律是颠扑不破的：我和自己过不去的倔脾性，与生俱来，只有听之任之，无理可讲。

十六

小石子铺就的街路，屋檐伸出，刚好露出一线光。二层楼房居多，最高不过四层。木头混凝土结构，墙或粉红或浅黄，没有乱涂的字和画，整整齐齐，铜、铁老煤气灯挂在门前，一家一盏，色彩各异。花房、鞋店、香料室、一个接一个的玻璃器皿店，一概玲珑小巧，里外装饰出独具一格的风尚来。

我暗自庆幸，当机立断，就趁着车往街尾的一拐，蹦下了电车。这条街像个长颈布口袋，越往里越显长。男人比女人还着意装扮引起了我的好奇。一向认为男人服饰单调只能在领带和质地上变来变去的我，终于开眼了。铜片、铝丝、银、金、花草、竹木质，形式张狂到失却幽默的效果。呢花格裙、长靴、孔雀帽套在一个仙鹤模样的老先生身上，倒有无限的玩味，与他正注视的一扇十七世纪的窗子相配得丝丝入扣。

橱窗内的多情小猫，撩人大狗，媚眼歪歪斜斜。难道我瞎走瞎闯到国外游客仅闻其名但难以找到的黄红区来了？

标价从五十美元到一万美元不等。特价异物则由经纪人谈。螺旋钢楼梯，升降盘绕，每个房间设有音响录像，鲜果酱美酒，虐待与被虐待的皮鞭、镣铐、绑架等刑具。慢可慢到一夜周旋，快可快到进快餐店吃一顿自助午餐的工夫。

真刀真枪表演的孔，每隔两分钟放一个筹码，可赌谁败谁赢。这家夏娃亚当竞技馆，孔无虚设，客人盈满。隔壁是一个摄像服务店，专给愿意留一段自我的男人找女人对戏，或是想再煽一点火焰的女人找男人对影。

两个漂亮的捷克男孩把我请进店内。"东方人优待，一百美元便可和你挑中的任何一位模特合影。"说话的是一位从楼梯上下来的方脸长眉毛的男子。

"一定要和模特一样打扮吗？"我装着什么也不懂地问。

"随你喜欢！"方脸男子笑眯眯地说。

我饶有兴致地打量店内，像一个极大的厅，垂了几根精美的布带，墙边、皮沙发椅，到处都有千姿百态的插花。方脸男子递我一张名片。我不懂捷文，把名片翻过来，上面用英文写着：阿历克斯请小姐面谈。

我抬起脸，在柜台后面看到几张笑容真诚的脸。我的手将头上的帽子稍微摆正了一些。凭什么我不信任他们？

方脸男子叫住一辆出租汽车，用捷文对车夫说了将去的地点。临街的房子宜人，高大，街面宽阔而亮堂，种满花草。但我没法辨清自己在哪儿。直到汽车停在全是砖头砌的和红场一样大的广场上，我的头脑才回到自己肩上。

不错，正是老城广场。太阳在向西边坠落。不过，光线尚未转红，斜打在梯恩教堂哥特式的尖顶一侧。15 世纪时的钟在阴影里正指到六点三刻。广场四周白色黄色的墙面，配上红瓦黑褐色瓦，有小部分被太阳照耀着。背景的天像块巨大的蓝布，蓝布的边缘泛乳白，于风中一动不动。

十七

酒吧里所有人脸上都有股肃穆之气，衣服也较正规，虽然喝着酒，抽着烟。

我被领到里间。里面七八个人，清一色男性。像是在开会，围着两张凑紧的木桌坐着。见我进来，一个穿 T 恤衫牛仔裤的男子站了起来，走到我面前。

是阿历克斯。他留了胡须，我第一眼未能认出。他朝我伸出双臂，热烈地拥抱我，在我的脸颊亲吻了两下，胜过了一般的打招呼形式。

方脸男子与阿历克斯叽里咕哝说着捷语，说完之后，向我点了下头，便将门虚掩住，退了出去。

阿历克斯将屋子里的人介绍给我。他们全都站了起来，向我鼓掌致意：这就是那天在法庭上的中国女人！是的，就是她。他们对我亲切、友好、尊敬，我一向处之泰然。这个时候，我才感到被人崇拜是很累的事。我所坐着的椅子，紧靠阿历克斯，他的背对着窗，露出梯恩教堂一角。

会议继续下去，我听着，不想插嘴。

"一个人如果是在 20 世纪中出生的，他的苦难就没到头。直到耄耋之年，也没有看到多少希望，不仅没有希望，也没有欢乐的回顾——一个屠杀和战争的世纪，人类历史上最暴力的世纪。"说话的是一个四十岁左右的男人，穿圆领衬衫。他的手在桌子上敲，很激动。桌子上既没杯子，也没烟灰缸，空气比外间好。墙上是伏尔塔瓦河，一帧帧木刻画，似乎是几百年前的景致。这人可能是在呼应阿历克斯刚才的演讲，想请他再讲下去。

"历史把我们带到这一点，"阿历克斯声音满含着悲怆感，"捷克政府使用振荡器灭绝同胞，这不是偶然的，1900 年北京的义和团以暴力方式驱赶西方殖民者，正好快 110 年了，义和团事件也许会在欧洲重演。这就是上一个世纪初与现实西方文明罪恶的报应！"

他的话使我一震。房间气温顿时上升。他们争论，分析，担忧，惊恐。难道我，我这义和团的曾孙女，命定又到另一个义和团中遭遇这个新世纪？而我还是不言语。我就是他们特制的耳朵，过滤，清理，加工，专为下一个千年存入上个千年的宣言和控诉。

20 世纪有多少罪恶？它无疑是历史上战争最多的世纪，它发生过世界大战，而且不止一次。以前的无数世纪固然战争不断，但都是男性壮年的事。20 世纪战争大都成为全民战争，"人民战争"，不分老少一律参加，一样挨炸，一样被杀，一样得杀人。

在 1000 年之末时，有骚动，也只是在一些修道士的心中。而 20 世纪全世界都用了耶稣纪年，灾难就被请上了门。2000 年的到来，几乎给全世界每一个人带来不可抑止的恐怖，想一下这三个"0"，就会浑身战栗。三个"0"像巨型包围圈，在一寸寸缩小围阵。

看着这些人控制不住的激动，我想起爱伦堡于本世纪初写的小说《欧洲的毁灭》，第二天注定毁灭的巴黎，人们是怎样的可爱！特别是那两个端庄美貌仪态万方的公爵夫人，她们是多么懂得如何度过最后一刻：裸舞狂欢一整夜，迎接第二天的末日。这一千年之初，人类还是混混沌沌，自得其乐，日出而锄，日落而息，生老病死，听命于天。

这新千年之初，人类浮躁不安。想钱想权，想出人头地，想抓过邻人的财产、妻子、丈夫，一切奉行偷来主义、抢来主义、无耻主义。从鸡毛蒜皮的暗斗，到杀人放火的堕落，日夜不得平静，欲壑难填。为一点小理由，不管民族的、肤色的、宗教的，都能热血沸腾，不眨一眼一挥手，便炸碎几万人的头颅。

千年之初，人类绝大部分是文盲，没有多少人能写字读书；新千年之初，人类又变成文盲，染上从小被视像催眠形成的痴呆症。

命定上帝的代理人喊哑了喉咙，灾难必将在 2011 年最后一声钟响时来临！

而只有消灭异族资本这魔术的使者、这些反基督的代理人，才能拯救欧洲！

这些人未免太极端！花穗子们毕竟为这个国家带来了繁

荣，繁荣总不见得全是坏事。资本的本性是剥削，知识的本性
是控制。取消资本，取消知识，这种实验上世纪不是大规模做
过了吗？中国曾经最彻底地做过，结果又最彻底地翻转过来。
人类的命运就是自己折腾自己。

我的耳朵终于听满了，也终于瞅着机会告辞。

阿历克斯陪我走到外间，在酒柜前止步，他要了两份苦
艾酒。"来，干杯！为了那些在贵妃醉的死难者！还为你压
惊。"他说，"结识你，我真高兴！"

这个西方义和团头目！要驱逐布拉格东方人的排外分子！
这可爱的微笑！还对我说："你得再小心一些。"

我呷了一口苦艾酒，说："谢谢你把我请到这儿来。"我
停了一下，"我有什么必要小心？"

他歉意地一笑："请原谅，不过你的确处于一种极端不安
全之中。"

"你怎么知道？"

"要不要我给你帮助？"他不回答，而是提出了问题。

"不必！"

"你是我们的朋友，我们不能袖手不管。而且，你会看
到，对任何肤色的友人，我们的政策都是开明和民主的。我们
绝不是狭隘的民族主义者。"

"谢谢!"我又呷了一口酒,舌头冷冷的。

他看看我,说:"阶级斗争,言辞总是激烈的,但这只是策略,我们只是逼政府妥协让步。"

我想说,到时候,你未必控制得住。但我感到说了也没用。人们总为利益所左右,利益摆不平时,道理也七歪八倒。

酒吧的高椅上一个女士慢悠悠地拨着吉他,在哼唱一支歌:你去问那些陌生人,他们在找什么?他们会不会像我这么说,不要难过!

这词这调,我太熟悉了,三十六年前的中国名歌星,第一个女扮男装的歌手,妈妈听话的孩子,妈妈永远在责怪的孩子,想讨妈妈喜欢,又孤独伤心的孩子。唱歌的人模仿中国歌星,不看人,以为是男声,她唱得真好!尤其是在这个时候,唱我熟悉的歌,好像知道我的那颗心,让我感到整个乐队在对着一个脸化妆成女人的男孩低低倾诉。

十八

我关掉电视。西方所有没掌过权的政党派别团体:绿党、嬉皮士、托洛茨基主义者、无政府主义、公社派、性自由派、新世纪流浪者协会,一日比一日热衷信仰。这些人相信世界即将灭亡，相信阶级斗争，夺取政权和临终拯救。

那两个电视新闻主持人，男的声音沉重，女的面色冷峻，两人全身穿黑。他们主持的讨论，参加的社会名流，意见不一，但对前次政府与东方资本家同谋，使用神经振荡器，都表示愤怒。有个女作家激动地从座位上站起来，呼吁民众，重新归来吧，革命！"哈维尔，你能坐视你的国家、你的人民陷于别人的宰割而不闻不问吗？"

这城市像个贵妇，昏庸，倦怠，披满珠光宝气，却毫无生命的拼搏之力，正被各种势力撕裂。但新闻媒体的自由和公开，令我肃然起敬，也令我害怕。

我在屋子里坐立不安，烦躁，渴望对手，渴望有个干净利落的了结。经过这么多年的折磨之后，我自虐的天性在不顾一切地推动我。然而，事实上，不管哪一边，我都不想靠拢，我不想属于任何一边。

从墙和屋顶，传来一种啾啾的声音，像是电话线被风吹出的声音。自昨天半夜起，我先以为是做梦，惊醒却不是。白天听来更真切，像是一个冤魂，叫唤得凄切、悲怨，时高时低，来来回回想不通地向我诉说着。可惜，那是我听不懂的语言。

肯定是被某个电话吓破胆的死者，把魂附在上面。奇怪，我这么想后，那叫唤理解似的停住了。风却仍在吹着。天气忽然转凉，可一旦衣服裹身，马上会鼻子堵塞，喉咙痒痛得感冒。

十九

谁能忘了中国名指挥郭文景呢，一个灰发长长飘飘浪漫味十足的男人？他在十年前指挥交响乐团演奏《和平交响曲》，让多少炎黄子孙流下了泪水。自那以后，郭文景的演奏风靡全球。郭文景一出现在舞台，欢迎他的掌声一波接一波涌起。他的手一挥，全场戛然安静。钢琴、定音鼓、汉语的合唱响起，鸟叫，旋律上升，雪山融化，万物在河流两岸生长，阳光和煦，浮现出一幅幅春天的音画。一改合唱曲中的沉重，变得轻快、华丽和抒情。

"《悬棺套曲》!"我差点叫出声来，抓住身旁娜塔丽的手直摇晃。郭文景的这个剧，是根据中国三峡古代传说改造的殉难剧，但有着极强的可塑性，在北京的演出着重于宇宙性；在拉萨的演出则是史诗；在长沙、昆明的演出类似乡村行吟剧；在重庆的演出，却像一个超现代化的川剧；在纽约和巴黎的演出则是中世纪神秘剧。从舞台无布景、乐队、合唱队的设置来看，正在这城市演出的《悬棺套曲》倾向于清唱剧。形式简单，反而使套曲本身的魅力表现得更为完整，更能击中它所想揭示的生命、命运的本质及神秘莫测。

娜塔丽从舞台掉转脸，黑暗中，亮闪闪的眸子仿佛在说，不枉此行吧！她不允许我看广告，不允许我问别人，就为了让我这一刻激动。

两次低音单簧管，加上六孔竖笛，使乐器成为透明。高音乐器吹低声调。

与伴唱的四川高腔相衔，二胡接了过去，悲怆、细腻地展开，舞台上重复地响起川音的悲呼：噢，那个人爱我吗，那个人会爱我吗？笛子和定音鼓，将大量的音响色块卷裹开。我恍若在游行的队伍中，重新辨认一座座城市，我曾经到过的所有的城市，包括这座娜塔丽的城市。如一个切分音，一个声音在说：每个国家都有秘密警察，在音乐厅里查叛乱信号的秘密警察，不只在布拉格有。假声的男高音又哀号起来时，京胡在高音域伴奏，管乐之合奏给整个乐调一种奇玄的风格。

我在哪里啊！已不在人世的母亲朝我走来，她伸出双臂，想拥抱我，却被一层透明的薄膜相隔。她的嘴唇启动，口形像是在说，皮肤革命革来革去有什么用？皮肤还是皮肤。母亲的正确在于把所有的不正确变为更正确。我们的肤色，我们的快感，我们的傲气与谦卑，我们上下嘴唇的狂恣，我们的富裕贫穷、青春衰老都在皮肤上；人的美丑也取之于皮肤最简单的安排，所有的反馈也在皮肤上。离开皮肤，一切都没用，真的没用！只有死亡才可使我们抛开皮肤，远离感觉世界的烦恼。

乐曲进入新的一章，为上一章华彩的顶峰，它讽刺、讥笑，好像在调侃一切歌剧，然后，是定音鼓和钢琴，加入急不可待不可阻挠的旋律，是无羁的狂欢。女高音温柔地展现她的装饰音，把川音糅成说唱式的吟咏。

我是一个对音乐狂热到生病，迷恋到可以自杀的人，音乐居于我心中的位置与写作并列，虽然我不会演奏任何一种乐器，唱歌时五音不准。相对艺术，爱情属于次要地位，不管是对男人的还是对女人的爱情。我爱上艺术时，正是少年时期，理想、远大抱负之美好教育，却掩盖不了"文化大革命"留在精神上的伤口和血迹。未来之恐怖，与未来光辉灿烂都是不可靠的假定，唯有艺术，始终属于仰望位置，在我面前。

现在，在未来的边缘上站着的我，音乐，写作，可爱至极的爱情，泛泛的回忆，或长久深深的遗憾都退得遥远。有什么东西可使我信任，可将生命相托？又有什么东西可打动我，再抛洒出几滴热泪？我不会，也不相信其他人会，即使我面对郭

文景的音乐，即使我有那么几分钟回到 1968 年、1989 年时的
布拉格，回到 1968 年、1989 年时的中国。

　　因此，当我瞥见面朝舞台右边第二个包厢里的花穗子时，
竟觉得是个幻觉。从某个角度上来讲，我和她仍是同一类人！
18 世纪宫廷贵族夫人装束的花穗子，肩臂裸露，乳房撑起，
头发高绾在头顶，一只手举着望远镜。装饰着巴洛克风格半
裸的天使的包厢内，还有哈谢克，她的背后是张俊，打着黑领
结。

　　同样，如果花穗子看到斯梅塔那歌剧院池座里的我，用
这残破的身体和心灵去抚摸郭文景的音乐带来的回忆，她也
会吃惊的。我们随着岁月的流逝，成为半老徐娘，丧失掉多少
珍贵的东西，远远不只是面皮的细嫩与乳房的坚实！

　　舞台上，穿蓝袍的女声，穿白袍的男声，随着指挥，让主
合唱曲流畅地进入终曲，超度的经文在把迷途的灵魂送入天
堂。

二十

　　回想音乐剧散场之际，张俊对我说的一段话，我总有一
种摸不着边的感觉。我已步入布拉格这个迷宫很深了。按照

时尚，剧散之后，会有象征性的淡酒，为头场歌剧观众与演出者提供一种社交的酒会。花穗子忙着跟人握手拥抱应酬，她没看见我，兴许是故意没看见。我也未走上前去打招呼。人一距离近，便因过于真实变得不真实起来，所有的过去都不过是衬托，供现在参考的背景资料而已。

哈谢克朝这边看。我避开，几步走到门廊外的柱子旁，等娜塔丽从洗手间出来。

张俊叫住了我。他的腿有点不方便，像是枪伤未完全痊愈。

"你看起来不错。"他说。

"好像是不错。"

张俊随我走到柱子后。他说起前几天的事：花穗子又吐又泻，发高烧，脸上全是小红点。病得奇怪。她似乎很想叫你去，但她就是不说这话。

"她今天已好了吧，看起来不错。"我不想谈花穗子，虽然在心里我骂自己是个十足的混账。我一时兴起甚至想走过去，去向花穗子表示心意。

娜塔丽在一旁说："走吧，时间不早了。"她从洗手间出来了，可能已经站了两分钟了，她有千种理由不愿我与华信公司的人交谈。

在老城小巷里一家凸型的餐馆，我和娜塔丽一人要了一份鱼游红海面条。我边吃边在心里琢磨张俊告诉的那些有关花穗子生病的事，目的何在呢？我让侍者送来两杯竹叶青，这种酒度高味香，有点甜，但不腻。

花穗子生病，她想见我，并不恨我而是宽恕我了？分明不是。花穗子连个电话也没打给我，不屑于与我打交道，这倒能维持她在我心中以往的形象。张俊莫不是在提醒我，要我领略另一层意思。他当然知道，没有另一个人比我更了解花穗子的了。

不管我怎么想这件事，有一点是不可忽略的，即那些跟踪在我身后的人，不怀好意，随时都会给我致命的一击。而我不愿把这些人与花穗子联系在一起，任何一个会杀死我的人决不会是接受她的指令。她对我还不至于如此。

二十一

刚拐到街尾的镜子店，擦着教堂投在地上的一处阴影，雨点就打在身上。跨过有轨电车的轨道，便见人举着伞，伞和人都很怪诞。桥畔露天咖啡桌前的客人纷纷撤回室内。

雨线变成泼翻的水桶，倾洒下来。

奔到了街对面，雨水已湿透我和娜塔丽亮光闪闪的晚礼服。就在我们彼此打量对方的狼狈相时，为对方湿淋淋的头发，水勾勒出的身体曲线再也管不住自己的手。酒为脸的红晕、光滑、动人做好了准备。在黑暗之中，她多像一枝红玫瑰！我假作害怕地闪躲，又转而兴奋地哈哈大笑。

雨越下越大，天变得紫蓝。街上行人渐渐稀少。

借着路灯昏黄的光，我和她搂着，跟跄着跑向河边的小汽艇。

娜塔丽敏捷地跳上汽艇，一把将我拽了上去。

她启动引擎，亮起前后灯。一边驾驶汽艇，一边说起自己。她比我小三岁。父母都是大学教师。1968 年布拉格之春时随父母逃亡到伦敦。她在那儿读了小学中学大学。直到解冻后，才回到布拉格来。在查理士大学读人类心理学博士。有个姐姐在纽约。她的话说得极快。我所捕捉到的信息极为简略。她不像要深谈，也不像不愿处朋友的样子。

于是，我把话题移开，问起阿历克斯。雨越来越大，船灯照亮河畔的树林、房屋、扎进河水里的木桩。雨声大到盖过机器的轰鸣、河水的流淌，盖过我们俩的说话声。

"他是个孤儿。"娜塔丽拦腰抱住我，把耳朵贴在我的脸颊上。她好像在说，阿历克斯搞过绝食，游行，暴动，自行车欧洲赛，徒手攀登阿尔卑斯山悬崖。做什么都身体力行。她问："喜欢他？"

我笑吟吟不作回答。

"没人不喜欢他。一会儿你就可以被喜欢！没准他也会来今天的自由主义晚会。"娜塔丽说。

二十二

这是条巨型游轮，亮着大大小小的彩灯，泊在河中央。娜塔丽将汽艇缓缓靠过去。有人接住她扔上去的缆绳，系好。

两岸沉沉的山麓，在雨水里泡得漆黑，像是伏尔塔瓦河上游一带。我曾乘游船白天游过伏尔塔瓦河，水和天比赛似的蓝，树滴汁似的翠绿，岩石绝望似的雪白。偶有房子，也像白白红红漂亮的玩具，夹在连绵青山之中，作为风景里的小点缀。如果船不鸣汽笛，身边人都停止说话，你便会觉得自己正在朝冥冥之中的一个世界驶去，无论那世界被描述得如何千篇一律，你还是断不了奇异的感觉。

踏上甲板，我看清，接缆绳的青年全身赤裸，脸像青铜雕像。他的背、屁股肌肉绷得很紧。船舷边的灯正打在他身上。

雨水在船舷栏杆、前后舱未遮接之处溅起小小的喷泉，雨没有停的迹象。

青年被我和娜塔丽夹在中间。娜塔丽滴着水的脸，亮亮的眸子，扭动在楼梯上的腰肢，是这么让我屏住气息！我的血在身体内流动的声音，与河流在船四周流动的声音，使这个黑夜显出不同寻常来。

二十三

阿历克斯说："难道你不喜欢这矛和盾牌？假如你已经腻味美酒和诗篇。"我顺着他的眼光看去，墙上一副副矛和盾摆出的花样，被烛光、天花板华丽的凹灯扩大出好几倍，投射在盛宴厅男女身上，一对，几双，一簇，毛发叠合，错开。一堵门内，人和人相叠。那就是肉，是汉字的绝活。

我是喜欢的，不只是喜欢。我真像伏尔塔瓦河湾那最像女人阴部的一段里的女人。那里的女人便是肉，门即是天，门即是地，天地合二为一，人人合二为一。

据东方风水大师说那里二水夹岸，此地女人好淫，需处罚。捷克政府请来中国易经大师，在河分为两条支流绕着岛屿的地方与其汇合处安了个金装的关公，镇邪。那里的女人从此跟修女一样，还绝了生育。男不男，女不女，一天天少了人味。只好拆掉雕塑。淫声浪语又像轻烟袅袅升腾在那段河流两岸。

"你就应该取掉铁衣锁。"阿历克斯说。他不穿衣服更像我认识的某个人。那个人也有他一样性感的骨骼、脸型，背上也有一道深深的肌肉沟。沁有汗珠的一根根毛发，微微卷曲。这样的肉体能把我身体内的平静和理性摒弃，仿佛我天生就是这么不知羞耻，不明妇道，不善伪装，只要我所要的。不管明天，不在乎昨日，只要这一刻，这一刻。

大厅如一个任意的六面体，分不出哪是头哪是尾。跨进大厅的人都处于迎接和接受状态之中，调动所有的器官，向欢乐挺进。

阿历克斯贴近我的身体，我们倒在了五面镜子一面地板的大厅中。那所有张开的腿跟紧闭的手臂全都处于飞奔的速度中。我穿的那件被雨水浸透的晚礼服，此刻可能已顺着伏尔塔瓦河水漂走。它的白闪闪的光芒在黑寂的河流中，像一支等了好久才唱出的歌。

我说，就这么插进去，插得有底无空。

阿历克斯在我身下叫了一声，脸扭动，手从我冰凉的腰滑上我的乳房。

闪电划过被雨水紧紧包裹的世界，我和他在这一瞬相互凝视。阿历克斯说话的时候，响起雷声，雷不是震彻大地的沉闷声，也不是断头台般的咔嚓声，雷是轻缓地坠在河岸，腾起一片绛红色，如两片透明的钹相撞，掀动你非得和另一个非你融合在一起，才能安神。

阿历克斯便是在这样的时候述说他对我的忠心。他说他最大的快感是看着一个他所爱到骨子里的女人，和别的男人做爱。

"比如我现在非常爱你，就非常想看你和别的男人做爱，你越狂热，我就越激动。"

他奇异的爱情表白方式，使我一下达到了从未有过的兴奋，整个骨盆惊悸般摇动起来。我们是大厅里动作最凶猛又最顽强的一对。但是，我们在众人的高叫声中独独保持沉默，仿佛我们嘶哑的呼喊超越了声波。

性与爱二者无关。阿历克斯喘过气来，抚理我的头发，说，性是一种自觉的修炼，只需要一点情绪和刺激，爱却是被动地加在你身上的情感和责任。

这个从小就喜欢冒险，把玩笑与冒险甚至政治配合得成为一门艺术，又不可避免后半生将在监牢里度过的男人，以宣讲色情理论，给我在他身上的运动伴奏。

是的，总得有人做冒险的事，总得有人做崇高理想的事，也总得有人糊里糊涂，而每一个人都有权享受快乐。

从古到今，人类做什么都进步得变了形，偏偏人做爱方式实质上讲没什么变化，相对人被杀、人杀人的方法，太相形见绌了。做爱方式没有大进步的人类即使是到了未来，也不可能在这方面推进，只可能在选择跟谁上面求自由。既然我们能在此把自由推到极点，我们就超越了所谓的进步，跨过了一个个千年，人类进步的标志是杀人，我们用自由自在地任意做爱表达我们的观点。

我所未看见过的纷纷出现在眼前，我所未享受到的正在到来，已经到来。雨还在下，那很薄的一层帘怎挡得住船舷外的虎视眈眈的黑暗呢，这艘轮船不过是大洋中的一小片树叶，在风雨中飘摇。但既然推不开命定的死亡和暴力，一晌贪欢又有什么不对的呢？

二十四

我不是找理由，我不必找理由。我饮下色泽阴惨瓶颈曲长的烈酒，吸下了状如珍珠粉的毒，注射灼烧煮沸后的针药，我和每个房间、每层舱内的人没有区别。

在中央厅的舞池里，乐声中扭动的赤裸身体，假若穿上衣服，其实跟过去时代的迪斯科舞厅里看到的男女没太大区别——腿向外分开摆动，臀部与上身往回往前运动，手挥在空中。只是脱去衣服后，原先的象征动作成为功能动作而已。

那个一直坐在外舱灯光下看书、戴眼镜的褐色皮肤南亚女子，这时走到我身边，她取掉了眼镜，随着音乐节奏起舞，一副金坠子的项链垂在乳沟间，很亮，很吸引目光。她在各种肤色的人堆里，动作自然、专横而柔美。由于一丝不挂，更像头雌兽。她从舞台这头舞到舞台那头，又狂舞回来。终于，仰倒在洁白的地毯上，她的仰卧的舞姿显出技艺更加不凡。她的长相平平，但我看不到这一点，因为她动作出众，长相便被掩盖了，只有粉红的乳房和漆黑的阴毛在那儿飞舞。看着她，我的心猛然跳起来。

如果她是花穗子，那又怎么样？我被自己突如其来的这个问题怔住了。我跑到酒柜前，为自己倒了一杯冰水。花穗子一根一根拨六弦琴，微微低垂的脸，眼睛里一尘不染。那词，我当然还记得，不会忘，就像从那个时代里过来的人都会唱一样：

不要问我从哪里来，我的故乡在远方。为什么流浪，流浪远方。还有天空飞翔的小鸟，山间停留的小溪，还有宽阔的草原。

"我要开个晚会，请所有认识的人来，包括三亲六戚、朋友仇人一个不少。"她扔下琴说，"我将开的这个晚会，让想象实践，随性情行动。然后在酒和食物里放一种毒药，狂欢而暴死。"肉体交错、尸体遍地的幻景，使她激动不已。是不是她同时展现给我两个极端？一边是纯情，忧郁，但对未来充满梦想；另一边是淫乱，残酷，对未来绝望，只求生命赶快结束。

也许，我是在那一刻才真正被花穗子勾去了魂。我寻遍世界，我也碰不到第二个人会像你。我对她这么说。那天，我们在床上长久跪拜，不向天王老子，不向土地菩萨，也不向上帝，只向我们自己的心，说，我们从此就是姐妹，跟亲生的一样，比亲生的还亲。可是她，现在的布拉格女王，不仅想不起，也根本不会来参加这样的晚会，他们是精神生活高雅的东方贵族。

"下一个！"又跳起舞蹈来的南亚女子叫道。舞者越来越美，场面越来越壮观。在梅毒接近消失，疱疹尚未流行的60年代；在疱疹接近消失，艾滋病尚未流行的80年代初；在艾滋病接近消失，爱包拉刚开始在纽约出现尚不为人知的此时，在爱神和病毒互斗的喘息期，幸运的人类总是在幸运地尽情享受。

船头独静，我朝那儿去。风横在皮肤上，雨则斜着。我举起玻璃杯子。灯光在黑暗中描出一个赤裸的女人，熟透的女人快乐的身段。光中雨丝牵在杯里，滴答滴答。我仰起脸，张开嘴唇任雨水飘进。

高举的杯子被一只坚硬的手接了过去，这个男人站在我背后，倾斜杯子朝我身上倒。

我闭上眼睛，带股凉气艳红的酒，仔仔细细往我嘴唇、耳朵、脖颈、乳头、腰、肚脐，一点一点流。那手陌生，但带着火焰，从我头发、后颈、背、臀部、腿，一点点滑落，在一片黑色丛林和深渊区，水和手会合。杯子砰然落在甲板上，随后是我往后仰压倒他的声音。

二十五

从集会、游行开始，到罢工、罢课，然后公共设施如商店、超级市场、地铁、邮局，连电影院、剧院甚至法院一个一个关了门，恐怕只有厕所、医院、餐馆、轮船在运行。历史会扮怪脸，并且尽拣熟悉的戏演，蹩脚又拙劣。但整个局面恐怕并非谁能控制得住。路障，街垒，交通瘫痪，而红白蓝国旗像森林般竖在大街小巷，迎风飘扬。不仅是布拉格人，连同在布拉格的所有西方人都加入了，认为是他们分内的事——冲击东方资本家公司区住宅区。首先严惩其领先信徒白种人买办。东方人持新式武器自卫，高频电子保护网立即围护了所占用的区域。

东欧各政府则利用群众起来冲击东方资本势力，同时维持"秩序"外表。警察、军队一边控制闹事，一边鼓励闹事。

阿历克斯的案子无限期后延了，他所预言过的中国义和团运动的颠倒，成全了他。我望着远处查理士桥头举着标语喊着口号的队伍，盘子里的炸鸡一口也吃不下，仅把笋、蘑菇粉汤喝了。

出了威廉餐馆，整条街都是戴手套端着老鹰的人。老鹰翅膀上用油漆画了眼睛，一圈红一圈黑。不像去参加游行和冲击，好像只是让养鹰者有个热闹场所比赛，听说只有鹰能穿越高频电波网。

当自称是警察的两名便衣出现在面前，我毫不惊奇，一句也不问。他们一个在前，一个在后。在前的一个挽着我的手说："希望你能与我们合作，别声张，免得引起流血。"他的另一只手在腰上摸摸那儿的小口径步枪，"我们只是想找你调查了解一下。"仿佛是为了让我安心，他可能因为我脸色太镇定反而觉得我不正常，需要假意安慰我一句。

在警察局的单间里，大半天时间过去，也没人来。直到夜幕降临，我才被塞进一辆四壁没窗的车子。我仍没问将去哪里。要来的总会来到。我还有点欣喜，晚来还不如早来，与其落在结局外惭愧得慌，还不如在结局里处之泰然。

罩子笼住我的头，仅露出个口，让嘴呼吸。我被牵引着，走了许多的楼梯、过道，然后停了下来。有人揭去罩子。我试着睁开眼睛，但眼仍花，只感到人影退出，自动门"唰"地一下合上了。

脚步声消失，一切归于寂静。我看清了，房间较宽敞，足以显出单人床的窄小。边上有个卫生间，但没有窗子，看来是全封闭式建筑，靠机器调节气温和空气。子夜一点十五分，是不会有好戏上演的了。既来之，则安之，我倒在床上，踢掉鞋子，连外衣也未脱，就蒙头睡去。

二十六

拂晓，我感觉自己生起病来，头疼痛，全身无力。这该是梦吧！我想着，站起来。有声音在说：躺好，躺好！声音和蔼。奇怪，这声音并不陌生。我回到床上，接着睡。

我醒过来，第一发现房间里陈设不对，可以肯定这是完全不同于昨天来的那个房间，不仅大，还有外间，双人床，化妆镜，窗帘，老式壁炉，舒适、讲究、高雅。一束百合斜搁在沙发桌上的水晶花瓶里。我走到窗子前，拉开窗帘，竟是一大片竹林，阳光充足。三个窗子一样景致。我已明白自己大致在什么地方了。穿上衣服，我来到外间，一个等边三角形奇大的空间，开满了鲜花。花穗子坐在那儿，正在用早餐。

不知是见了花穗子，还是其他什么缘故，我感觉百病皆消，全身上下通气和顺。看来我已快靠近结局。

花穗子让我坐在椅子上。我的一份早餐已经摆好。我欲言，她说，先吃吧，有话再慢慢谈。她没化妆，穿了件蓝底红花睡衣，配上染过的黑衣，那份憔悴、郁悒绝不亚于胡乱睡了一觉的我。

桌上盘、叉、勺、杯子通通收走。我突然瞥见自己腕上的手表，上面日期不对，难道我睡了一整个白天两整个夜？我问花穗子："这是怎么回事？"

"怎么回事？"花穗子说，"你应该感谢我把你弄到我这儿来。否则你还不知道怎么样呢？当然，如果报纸不说你被抓，我也不知道。为了证实东方财团自卫队逮捕你的传言，我费了好大的劲从别人那儿把你弄来。"她说得铮铮有声，但我不再信她，谁也不愿信了。

看看我，她递过一张昨日的《今日射击》。

她几乎不让我安心看报，说："你瞧，你有多重的分量，白天猛攻这城堡，夜里还轮班倒狠攻，口号只是要求放你！"

报纸上说，几个养鹰的人看见我被抓走。说是东方财团自卫队认为我出卖了资本家的利益，作为叛徒逮捕了我。

我抖了抖手中的报纸，对花穗子说："就凭这个，你就派人来这么对付我？"

"报上说了吗？政府采取高压措施，强拉人，抓走人。暴力升级，原因并非在我。"花穗子站了起来。她启开烟盒，但却合上了。

我说："报纸都是胡言乱语，瞎扯！"

"知道就好。我们的神经振荡器仅一百米有效距离，我们被围困，你也该受受。"

"为什么该我？"

"你的戏演得太出色，是你煽动 LESP 的无理要求，使造反高涨，乱民革命。"花穗子的腔调和报纸真是互相印证。

这样的谈话自然进行不下去。

花穗子说："中午再见。"起身朝门口走去。她的态度没什么变化，也不提前次我们多年来旧账新账。就我自己心里与她拉开的距离而言，实际上一切皆可言明。门在她身后关上。我听见钥匙响。不用说，门被锁住了。

这房子不在靠河的一头，很安静，听不到围攻城堡的声音。我拧开电视，电视一片麻点，没有图像。我往墙上靠，无意中触动了什么钮键，墙闪开，里面全是书、录像带之类的东西，放得整整齐齐，俨然是一个小型图书馆，中文书居多。花穗子曾经是个读书迷，也做过文学家梦，在地球另一边的山城小报、杂志上发过几篇散文和几首小诗，不知文字过于华美或是缺乏臭酸评论家鼓吹，未能持续，便金盆洗手，洗心革面，另择佳境。对此，我认为没有什么值得可惜的，这世界文学家永远只嫌太多。我的目光在书架上顿了一顿，可不，端端正正放着一排我的书，包括发表了我的小说的杂志。她是在收集，并且收集得很全。有的书名，像《带鞍的鹿》《背叛之夏》，连我自己都觉得陌生。因为年代久，书和杂志的边角有点发黄，但不翻卷，也没污渍、毁损。

花穗子从未提过，多年前曾有一次我把书送给她。她一脸无兴趣，连句客套话也不说，拿了书瞅一眼封面就扔到一边去了。我自然下不为例，知道她眼高，根本不屑于看我的作品。因此，我此时才着实吃惊。由此推测，她多年来一直在刊物上翻阅我的作品，跟踪我的写作生涯。

　　我退出书室回到房间。

　　在靠窗的一堵墙，我仔细观察，窗的木纹纸有一条不易看见的直直的缝。我把手放在缝上，墙自动从缝往两头敞开，根本不需要身体贴上去就能办到。

　　一个大游泳池，建得跟海边天然浴场一般。浅浅的沙滩，逐渐向前延展，远景有人正在冲浪，屏幕效果足以乱真。而另一扇墙闪开，穿过一个 S 形过道，则是一间极大的化妆兼服饰室。鞋、包、帽子，成套未开封的精美的衣服，各类项链、耳环、手链，琳琅满目。当年有一千双鞋的马科斯夫人见了，也会甘拜下风。花穗子从来在我面前、别人面前表现出来的都是刚强，决不向命运低头的英雄本色，想想，卧室推开"墙"就可有一个全世界数一数二的游泳池，一个大百货公司的女人用品，令天下女人都羡慕，一个精巧图书馆的藏书，想必音响光盘也会在某扇一推即开的墙内。她的富有，到今日才真正显示于我眼前，同时显示的，还有她的无与伦比的孤独。

　　我点燃一支烟，坐在沙发上抽了起来。我差点忘了自己的处境。或许我从来都不考虑处境，有能力面对任何处境。我这条命本来就是捡来的，一次又一次。

　　在沙发桌底，我发现了一盒像扑克牌的带子，不明显，但也不隐蔽。我把带子拿在手中，瞧了瞧，随后，又放回原处。

二十七

张俊在电话里说，自我失踪后，他到处找我，先是在城堡外找，后是在城堡内找，最后才想到我只可能在花穗子这儿。这是别人不可觉察也劫不走我的地方。

"你想做什么？"我直截了当地说。

"我想救你！"张俊的口气有点生气。他说："花穗子手段太毒辣，她不该这么对你。"

"她没拿我怎么样。"我不想提这个问题。还是老习惯，这是我和花穗子之间的事，我不喜欢有人问，即使这人是张俊，"我不想出去做红灯照。"

"我不跟你争论，"他很着急，电话里听得见来回走动的脚步声，"你随时都可能被害。"他要到哪里去，为什么要带上我？也许是由于他是个三方都不要的人，而我是个三方都想握在手里的人。

我这边默然不语。

张俊说怕花穗子突然回办公室，碰见他和我打电话，他叫我把房间里的窗子打开，他设法绕过大楼和城堡内的自卫队，从窗子上想办法。

"你一定得打开窗子。"他叮嘱说。

我答应了，没问为什么。

他说在下午一点钟左右，那时人都在吃午饭，守备最松。

我仍旧同意了，以一种无可无不可的态度。

他说围攻越来越严重，用石头、酒瓶，开始拉扯和流血。

忽然，"啪嗒"一声电话挂断了。

二十八

北纬50°东经14.4°这个城市到底要发生什么？不是我认为自己多么高尚，我的确对城市的关心胜过自身。耶路撒冷的朝圣者增加，多于平日几倍，人们在等待救世主的第二次降临。布拉格面朝耶路撒冷的一个城堡，也变得神圣，人们匍匐，亲吻，吞吃从墙上刮下来的石粉。

新西兰的毛利人半蹲半站，图腾涂满皮肤，唱着歌，甩着肩和胯，敲着鼓。

而英国几万新嬉皮士冲进了有四千年历史的 stonehenge 祭坛，开始和平地举行第二次降临大仪式。

中国的琵琶古琴奏出宁静的弦乐通过电脑网络响彻整个

伏尔塔瓦河岸，试图让狂热的大众神经安定下来。

什么都怕煽，煽起来，便灭不了。什么都怕嚷，嚷起来了，就一窝蜂，我突然觉得这世界之可怕，到了我没有料想到的地步。阿历克斯在法庭上曾说，人做不了自己的主，是因为太想对这个世界做主。我到这一阵子才回过味来。

窗外的竹林不见了，而是一片黄色的康乃馨。

我走近窗子，仔细一瞧，的确如此。我想也未想便把三扇窗全部打开。从窗子往下看，有十层楼那么高。我所领略到的风景，一定是电子控制的可移动风景。康乃馨，我的幸运之花在这时出现，作为一个信号，却一反常态，必吉少凶多。

张俊说在下午一点钟左右到。

我看了一下手表，还有二十七分钟到一点。张俊会来吗？他怎么救我呢？

怀着试试的想法，我打开电视，电视竟然好好的，可能是我无意中拨动了缆线开关。主宰电视的妖怪发善心，让我不像个囚犯在房间里乱窜。我迅速调拨到当地台。

东方财团正在和抵抗组织谈判。

代表们各占椭圆形大理石桌一边。哈谢克为东方财团谈判代表团团长。阿历克斯为另一方代表团团长。已经谈了两天一夜，没有结果。谈判桌上已开始吃东西，这样的谈判必是持久战了。

荧屏跳到围攻城堡的镜头。是凌晨时分的报道。火把、篝火、长梯、绳索、弓箭、长矛枪等最原始的造反武器，还有大十字架。没有一个警察，双方也没使用枪、炮之类的现代武器。不料城堡上一个浑身着火的人被推了下来，是偷袭进城堡的抵抗分子。早已动真了。

我调了一个台，是捷克国家台。谈判桌上出现了新情况。

一伙头缠白布、穿白袍的人冲进谈判席，把东方财团的哈谢克从座位上抓了起来。其他东方财团成员脸色骤然改变，他们做不到镇定。阿历克斯没有反应，即使想干涉，也无用。如一幅漫画，哈谢克被剥光衣服，当众羞辱。因为他的样子不太狼狈，平淡，手总想捂住私处，这幅漫画才达到了些许妙趣横生的效果。口号把现场直播员的声音都淹没了。"偿还人命！""还我兄弟！""还我同志！"

影像和声音突然消失。

我回过头，花穗子拿着袖珍控制器，穿一件黑色的套裙，上衣领翅膀形张开，裙子紧贴屁股、腿，一直垂到地上。耳环和项链都是珍珠，雍容华贵。但她面色暗淡，十分难看，加之服饰的搭配，活像一个幽灵。

这时，我听到她的声音说："亲爱的，那里会守得住，你放心。"

　　她走到沙发前，弯身将那盘带子拿起来，放入机器里。"你想看吧?"她玩着手里的袖珍控制器问。

　　说实话，我不太想看，但我却点了点头。

二十九

　　一个女人和一个男人在床上。男人解去女人的衣服，一手抓住女人的乳头，一手放在女人的两脚间，说："爱我！爱我！"

　　镜头里的女人是我，那男人既像张俊又像阿历克斯，也像似曾相识的某个男人，或者说根本就是一个陌生人。这个脸形和身材变化多端的男人，则越来越像是哈谢克。我的声音，竟在反复地说着"爱我，爱我"。

　　不是那个没窗的盒子房间，也不是这儿，那房间布置跟一个旅馆无二。我看出来了，我的眼睛神态不对，脸红得像涂了釉彩。

　　"得了，你关上吧！"我对花穗子说，"嘿，你让哈谢克来对付我，可笑！所有的这些。你想说我们从此扯平了。从前，现在，包括今后。"

"我有那么幼稚？我是在想，人总得有个闪失的时候，比如我们遭遇到的某个男人，比如某个时候的我，某个时候的你。"

"比如被绑架了，被喷射了药物，被人任意摆布——强暴——被高科技随心所欲地换头改面。"我一口气不停地说，"你花这么大劲，多没有必要！只要你愿意看，我可以和敌人睡觉，别说是厌恶的人。"

"话别说得这么难听！"花穗子坐到我身边，"不错，不错，我们彼此都不必挨对方的巴掌了。"

花穗子说得有道理，我和她是如此心平气和！如果我们还能像一对受伤的兔子或豹子那么红着眼撕咬，我们还有救。但我们没有机会获救，一点也没有了。我真的想诅咒这个造物主。想想，那时的撕咬带着真情实感，现在的温文尔雅却在残忍地证明，现实把我们都改变成让自己看了都瞧不起的人：我们说着我们自己也不知道的话，我们干着我们自己也不知道的事。

"窗外是你最喜欢的花。"花穗子说。

这句话落到我心里时，即成为：那就是过去了的生活。我朝那片风景看了一眼，窗外除了康乃馨，什么也没有。我溜了一下手表，心想，时间早过一点了。张俊是怎么回事？

"他不会来了。"花穗子一切都不必问地说，"你建议一种解决他的办法吧！是把他投进伏尔塔瓦河，交给警察，还是像你小说里处置男人的手法，把他阉割掉？"

我愣愣地看着花穗子："你终于忍不住了。"

"我不会容忍人背叛。他救不了你，谁也救不了你。只有你自己能救自己。"

"直说了吧！"

"我一直不希望流血事件发生，现在已经发生了。这是我控制不了的事。"花穗子叹了口气，说希望我以秩序安全为重，避免大规模流血。"现在只有你去和抵抗分子谈，让他们停止围攻城堡，和平解决。"

"此话当真？"

"当然！我三思过。"她的态度慎重，"去吧！"

"我？"我说，"恐怕连哈维尔出山也没这么大的能量，更何况我？"

"他们围攻是要我们放你，但放你出去，得促成和平。"

"这是条件？"

"是他们这么说的。"

我笑了起来："你不会不明白这只是政治口号。"

"不会的。"花穗子肯定地说，"你是阿历克斯看重的女人，而且他们认定你是上帝派来的新千年之初使者——你身上的胎记 2011，抵抗分子里有大半头目是宗教狂，信你。"

花穗子一副认真的样子在我眼里极其滑稽，她补充道："他们会听你的。"

原来如此！花穗子的话点穿一连串罩在我面前的雾幔。这真像一个玩笑。假若身在布拉格这个迷宫里的每个人都在制造玩笑，每个人都在开玩笑，我还在这儿较真就太不懂幽默了。花穗子表情一点也不慌张。可我已感觉到她的不对劲来，她眼神那么直，说话声音那么大。于是，我点头同意了。

"着火了。""放燃烧弹了！"喊声四起。同时响起窗下自卫队跑步的声响。走廊里的侍卫在敲门："总经理！总经理！"

三十

一个气喘吁吁的声音在说："政府来了十几架直升机，别的东方资本家正在逃之夭夭。他们已冲过电子网。"那人叫花穗子赶紧走，显然城堡陷入群众之手已成定局。

"去，叫一架直升机等着！"花穗子的声音。

侍卫跑走的声音，突然停住。

"怎么啦？"

侍卫焦急的声音换成惊恐不堪："哈谢克已被暴乱分子吊死在城堡朝河的墙上。"

走廊外没有声响，可能花穗子朝侍者挥了一下手，让他快去留一架直升机；可能花穗子什么也没做，连个表情也没有。我在门内看不到走廊，只感觉到那儿的那一瞬间是凝结的，包括侍者飞一样闪出的脚步，也是悄无声息的。

火焰、浓烟，在窗外屏幕风景上腾起，与上面的康乃馨花丛一样辉煌。枪声炮声中好像还有坦克的隆隆声，分不清多少人的吼叫贯穿城市上空，肯定加入了第三方，这第三方一边派直升机将东方资本家救出，一边镇压暴乱清理混乱秩序，维持体制的脸面。坦克隆隆声隔得很远，但我感觉到了。通往城堡的石梯，小径，曲折的绳梯，一个人在奔跑闪躲，流血倒地，这不是虚虚实实的烟尘，即使用镜头全扫描下来，也很难估计伤亡究竟有多少。

"花穗子，张俊在哪儿？"我对着冲进门来的花穗子叫，我不想他为我而等着被火烧。

"可惜，他无法知道你对他的关心了，他早完蛋了！"花穗子突然拔出枪抵住我的腰，"听话，跟我走。"

她个子比我高不了多少，但她有准备，还有一种蛮力。

"你知道你杀了我，我会感激你的。"我被她拖着，往外间走。

"难道你一直不感激我?"花穗子说。

"你不用枪,我也仍在你手心里。"

走廊里城堡监视扫描屏幕,刚好映入停在圣维斯大教堂前等我们的直升机,一道光团一闪,炸成碎片的直升机腾上天空,在火焰里飞舞。

花穗子一把将我推回房间。我跌倒在地毯上。她笑了起来,头发散乱。

"那我们就只有从城堡地下通道走了,张俊妄想自逃并带你出城堡的地方。他的尊贵的尸体在那儿等着我们呢!"她弯身朝我伸出一只手,"来,知道吗,这个世界将与我们无关。"

我拒绝她的手,自己爬了起来,重复花穗子的话:"这个世界将与我们无关?你盼望革命到来,恐怕已非一日。你可以不承认,但你的确是这样的。你从来都是一个不安于现状的人,财、权、色对你已失去了吸引,你需要新的刺激、新的冒险,你需要和自己过不去。正好,反正世界末日即将来临。"

花穗子举着枪说:"快走!说得不错,可以边说边走,最好是以后再说。"

我往卧室退:"你听着,我不会跟你走!你开枪呀,别让我也变得像你这么可怜、这么真实。"刚好退到沙发旁,我把沙发桌上的水晶花瓶连花带水朝她砸过去，她闪开了，花瓶落在地毯上，发出沉闷的响声。

她定睛看着我，眼睛像对假眼。

"好吧，你活腻了，我这就成全你。"她朝往墙边退的我开枪。子弹嗖嗖穿过我的头发。我条件反射般摸摸头，头还在，转过身去瞧墙，墙上子弹击中的地方炸开两个饭碗一样大的洞。

"带劲吧?"花穗子又朝我的脚下开枪。我不顾一切地跑，跳上床，滚下地毯，无意撞开墙的开关，庞大的游泳池，使我和她的身影显得像两个小黑点。我抓住貌似沙滩的平地上的扶栏。花穗子跳下倾斜的台阶，背对着微微泛着波纹的水，轻蔑地逼近我。

我跑不动了，我躲不过这枪弹，绊倒在地上，掉过头看到花穗子举起枪。"别杀我!"我的声音带着哭腔，对死亡本能的恐惧震慑着我。

花穗子轻蔑的脸色忽然转为极古怪的温柔，仿佛在说，她等了那么久，等的就是我求饶的信号——我承认她的优势、她的权力。她手中对准我的头脑的枪口朝下移，对准我的胸口。突然，她掉转枪口对着自己的嘴，把枪放了进去，扣动扳机。"啪"的一声，她的脑袋飞掉了上半部，血像水龙头喷水一样喷射到我身上，她只有半个头的身体栽到了池子里。

蔚蓝的池水变浑，变浅红，大红。她的黑色长裙漂荡着，双手摊开，像是在欢迎最后的安静，残缺的身体浮起，如一幅色彩艳丽的油画。

三十一

天一半是夜晚的阴暗，一半是白日的惨淡。火光浓烟中的城堡，东方资本家办公住宅区离我越来越远。闹剧呀，闹剧！谁在吼叫？我听见了，却毫无反应。我没有目的地朝前走，只要能躲开人就行。我以为能办到，不过是痴心妄想，到处都是人。这个秋冬交接之际，却一直持续着夏天的气温。

城市上空萦绕着腾腾黑云，那云像粗大的十字架立在天边。

我走近了，看清这里是树、鲜花环绕的墓地。但墓地上的装束都极其随便，有的几乎没穿衣服，很多人脸上画了眉，口红鲜艳，连男人也化了妆。他们一杯在手，有说有笑，在开酒会。一些简简单单的塑料棺材在下葬。人们往墓穴棺材里扔鲜花，抛洒酒杯里的酒。一些人倚着墓碑、墓石，在亲吻、抚摸、做爱，自由自在，仿佛这才是怀念这场革命中牺牲掉的性命的最好方式。

阿历克斯什么也没穿，从半裸体的人堆里站起，全身的肌肉湿润，他器官诱人地向我点头，朝我走来。我正待张开手臂，想在他强壮的怀里休息片刻，他却像没看见我浑身上下脸上头发上的血，不管我从哪里来，将到哪里去，像不认识我似的从我身边走了过去。

有人递过一杯橄榄酒。

我拿着，只觉得杯子太沉，便松开了手，杯子摔在一块17世纪就立在这儿的黑大理石上，声音清脆，玻璃片遮住了大理石上死者的名字。

一个倚树坐着、脚搁在一块墓石上的女人，样子有点像娜塔丽，戴着一顶草帽，拨着六弦琴。声音略带沙哑，但听不出是欢乐还是痛苦。很像我生活中存在的一个女人的歌声。小曲反反复复的六句：

D 像傻瓜，

I 像冰，

D 像魔鬼，

O 像橘子，

N 像夜，

G像万有引力。

听着，听着，我陡然意识到，她不是在唱 DiDong——我
的名字吗？难道被埋葬的人是我？我的耳朵"嗡"的一声，
有好几分钟什么也听不到。举着酒杯狂欢的人，正在葬死人
的人，还有那些在墓地跳一种脚踢得高高的舞的人。不，不像
人，倒像骷髅，也不太像骷髅。他们很像我熟悉的一部小说里
的一个场面。那小说叫什么名字来着？脑子很乱。

但我，我怎么竟走在了这样一部小说里，并且，成为其中
一员？或许根本就没有这么一部小说，只是我的一种思维习
惯。

我转过了身。仿佛有层透明的硬墙，"唰"地一下垂在我
后面，我奔跑着离开了墓地。

三十二

大楼、商店、马路、桥梁，都空荡荡，只有街垒、路障、
汽车斜七倒八地搁在路上。没有一个人，静寂得可怕。奇怪！
打我从墓地酒会往回走，就没有遇到一个人，连一只鸟一朵
花也没有。这城市突然变了个样，使我完全不认识了。

马路对面是华信公司的一座全玻璃的办公楼。我跑了过去。我的耳朵没骗我，的确有人声。循着声音走，上楼，再上楼，推开门：房间里，全是计算机，其中一台，屏幕有一堵墙那么大，声音来自它。

我伸出手指，往键上打电脑联网中心的地址后，我问电脑：

"你能给我一个活下去的理由吗?"

没有回答。

我又打入一个电脑联网中心的地址，同样的：

"你能给我一个活下去的理由吗?"

还是没有回答，说是"无法辨认"。

尽我所知的一个个地址，全输入电脑中去。屏幕上仍是不回答。

我突然想起来那些地址都是实在的，因此，在世界上也是虚有的。我的经历告诉我，这个实有的世界已经不可能给我一个理由。哪怕一个一文不值的理由。我应当从华信公司巨大的信息库中调出我的世界——分别存在于我的许多小说中的世界，包括这部小说中的世界。我当然清楚我的想象世界中阴森黑暗的东西太多，我下指令把所有的贬词改成褒语，所有的阴暗改成光明，所有的恐怖改成希望，失落改成拥有，所有的哭泣之乡改为歌声之邦。

仅花了十几秒钟，指令就顺利完成了。然后，我按下指令综合。

琴声叮叮咚咚响起。我站起，电脑竟自动认出了我的问题，打出了三维图。

这是个巨大的城市，周围有大片的郊区。像布拉格，但似乎比布拉格宏伟得多；像纽约，但没有那么繁杂喧腾；像上海，却没有那百万融会的混乱。郊外，青山郁郁葱葱，瀑布长流，城堡隐在云雾之中。我站在三维图中，发觉可以进入城市的任何一条街道和任何一所房子，可从房子里面看外面，也可从外面观察里面的人怎么生活：生活富裕，没有生老病死，没有战争、恐怖，没有心灵的创伤，没有利益和权力的冲突，没有这样那样的偏见。他们的肤色发色都是混杂的：一家兄弟姐妹各有千秋，无法拉帮结伙。吃饭、睡觉，包括性交是极效率化的美。我在他们中间走动，一会儿进入这个人的心灵，一会儿进入那个人的皮肤感觉神经丛，并且能以他们的心灵来感受美味、感受爱情。这个城市太美满，美满到不能提供一个使我生存下去的理由，就像不完美的上海、纽约和布拉格使我无法生存下去一样。

我只能往前推进。有点像梦中的那种不由自主。沿着一条条街向前，走路显然不够快，我调用飞行车行进在高速公路快车道上的速度，渐渐我用子弹穿过空气的凶猛，冲出大弧线的隧道，我对着自己说，一定要走到边上，一定要走到边上，才知道外面还有什么。但愿那边上可以给我一个生存下去的理由。我越来越快，超过音速十倍地冲向美满世界的边缘。

不知不觉，速度慢下来了，不知什么介质渐渐滞缓了我疯狂的飞行。周围的景色越来越真切，越来越明晰，我好像骑着一匹红鬃的马，行驶在一条土路上，此起彼伏的山道，群山逶迤缥缈，山谷间溪水潺潺，鸟声清脆。道旁碧绿的树枝拂着我的脸。

我听到了人声。前面是一条生有苔藓、转动着水磨的小溪，一幢茅草屋的驿道边，插着褪色的旗幌。我下了马。依着溪畔倾斜的坡度，凉风刮着山坡上的野草、几丛堇堇菜和麦门冬，人们席地或坐或卧，向店小二高声叫道：又香又醇的老酒，只管大碗斟来呀！

最好！在那遥远的过去——上一个千年之初，这些种着桑麻小米的地面，尚未被现代城市改变的时候，就有不仅香醇，而且又猛又烈的酒，二锅头一般沉朴实在，我喝了一碗又一碗，想喝几天几夜就喝几天几夜，想有多醉就有多醉，直到酒像霏霏细雨，把我里里外外全部湿透！

附录

首发责任编辑手记

——关于虹影和她的《康乃馨俱乐部》

林宋瑜

　　我以为我是了解虹影的，我们认识超过 20 年了。从 1993 年我责编她在内地发表的第一篇小说《岔路上消失的女人》（《花城》1993 年第 5 期）算起，虹影的创作如今已是一个丰饶而灿烂的世界。基本上，她的作品，尤其是长篇小说，我都会阅读。她送我的书，也都藏存着，里面还夹有她美丽性感的照片。我们的私人联系时断时续，有时走得特别近，有时会失联几年。我想我写虹影，大概可以信手拈来。但事实上，我面对电脑发呆很久了，我觉得要写出我认识的虹影，谈她的创作，不是一件容易的事。

　　1993 年，我到北京大学参加一个文学方面的研讨会。虹影和她当时的丈夫、任教于英国伦敦大学的 ZYH 也来参加这个会议。ZYH 是著名学者，早在我读硕士研究生时随导师参加学术会议就听过他的学术发言。所以这次我就向他组稿。与虹影第一次见面，我只知道她是 ZYH 年轻美丽的妻子。虹影送了我一本她出版不久的诗集《伦敦，危险的幽会》，原来她是诗人。她说她也写小说，想拿给我看看。那就是《岔路上消失的女人》。那时候，先锋实验小说的技术探索还很受文坛青睐，作家们比较喜欢把人物和故事写得玄虚曲折，甚至只存下符号和隐喻。而初读虹影的小说，我感觉比较特别。她是会讲故事的人，尤其会讲女人隐秘内心的故事。与实验性写作不同，与传统叙事也不同，虹影的叙事方式带有一种诡异的却又是冥想式的风格，这样就有悬念，给读者想象的空间大，就想追着看下去。《岔路上消失的女人》从标题上就让人产生好奇心。这是包含着一个西方人要求东方人“被看”、男性要求女性“被看”的冲突性故事，双重屈辱与被损伤的身心成为生存的切肤之痛。我当时并不了解虹影的生活，我甚至想象她在资本主义国家过着教授夫人的优雅闲适生活，究竟从哪里获得灵感，能够如此犀利而深刻地把双重霸权话语（西方的、父权制的）下的求生存者的真实境遇通过小说虚构揭露出来？

那次会议期间，我还溜出来到北京市区找作家陈染。陈染那时是创作高峰期，风头正健。之前来过广州，与我颇投契。我到陈染家之后，首先借用陈染家的电话打虹影的 BB 机。那年头，大家都没有手机，有 BB 机就是时髦且经济充裕的标志了，就像现在的人追买苹果手机。虹影有 BB 机，她在我的房间留了张字条，说有事找我，让我复她的 BB 机。所以我告诉虹影我在陈染家，她说她也要过来。于是，她与陈染就认识了。我还记得那次我从北京坐火车返广州，她们送我到北京火车站，还买了月台票，一直送我上卧铺车厢。那是一个冬夜，她们都穿着做工考究的毛呢大衣，戴着时尚的帽子，身段窈窕却气场强大，一进车厢所有人的目光都投射过来。她们下车后，车厢的人问我："你的朋友是电影演员吗?"后来，她们一度亲密无间，就像死党。还互相发表小说献给对方。那个时期，她们都写了许多小说，都非常引人注目。她们两人，在文坛上熠熠闪光。

虹影在伦敦她所居住的伦尼米德街 131 号书房里虚构一个又一个遥远而奇特的故事，然后发表在地球另一头她的祖国各种文学杂志上。譬如《近年余虹研究》、《玄桥之机》、《玉米的咒语》、《脏手指·瓶盖子》等等，尽是些诡秘的情节，同性恋、多角恋、女儿与母亲、父亲，怀孕、出走、身世之谜……触目惊心、剑拔弩张、玄机重重的叙述，冷静、不含任何夸张与矫情，读起来令人更容易感受到一种创痛与破碎的绝望感，一种宿命般的毁灭感。我真觉得她像个巫女。把战争、记忆、传说等等个人化内在化，意象飞翔于英伦岛国之外，国际性与最私人的经验交织而成的修辞效果，在虹影的作品中有相当典型的位置，"一张世界地图铺在地板上。我站在上面。"① 家园之外的家园书写，使虹影的叙述风格在内地及海外的当代女性文本中显出具有个性特征的疏离感。在讲故事的过程中，她一路埋下地雷，设下陷阱，布下地网，等着阅读者不知不觉进入她预设的圈套。也因此，虹影的创作影响力越来越大。

《康乃馨俱乐部》（1994 年《花城》第 6 期）就是那个时期寄来给我的。这是一个中篇小说，而且故事发生在未来，所以也可以说是一个未来小说。虹影说她正在构思另外两部，与《康乃馨俱乐部》构成三部曲，其实是关于女性的一部长篇小说。坦白说，当时《康乃馨俱乐部》把我读得瞠目结舌，它的内容超出我的经验之外。虽然许多小说都超出阅读者的经验之外，虹影的这篇构思，冲击力还是非常巨大的。她虚构了未来世界一个与男人为敌、由妇女组织起来向男人开战的

① 虹影《你一直对温柔妥协》《脏手指·瓶盖子》，新世界出版社 1994 年版。

复仇式的暴力集团"康乃馨俱乐部",并借用人物"我"宣布:"我们主张甘地式的不合作主义,费边式的渐进主义。我们要求女人们团结起来,拒绝男人的性霸权,挫折他们的性暴虐倾向,从而改造社会。我们不能偏离这既定的宗旨,也是我们运动的立足点。"① 这群神出鬼没的女子报复的方式就是用一把剪刀,把男人的性器官割掉。这种造反式的、颠覆式的女性文本,在以往的女性写作中,几乎是不可见的。虽然《花城》在同一年的第 1 期发表了林白的长篇小说《一个人的战争》,在文坛引起强烈反响,《一个人的战争》被誉为中国女性主义写作范本,但《一个人的战争》首先是一个女性自我的战争,而不是两性的战争。《康乃馨俱乐部》却是在性、欲望的虚构中将性别战争展现得淋漓尽致而且毫不妥协,非常彻底。但故事发展到最后,战火停熄,仇恨放下,两性和解。女主人公的自我分裂,性爱中的反讽色彩,借助故事对男权中心社会建构的政治、历史、道德等方面理念的颠覆,贯穿着作者艺术处理中充满神秘、期待、悬念、预感、紧张的效果。诡谲怪异的情节结构,咒语方式地与男权世界的对峙和纠缠,使虹影的作品风格抛掉了传统意义上女性作品的伤感、

① 《花城》1994 年第 6 期

幽怨和软弱。于是，加上她另外两篇：《逃出纽约的其他方法》（《小说家》1996 年第 6 期，后改名为《逃出纽约》）和《千年之末布拉格》（《花城》1996 年第 1 期，后改名为《布拉格的陷落》），因而使这部后来命名为《女子有行》三部曲的小说引起沸沸扬扬的争论，不可避免地成为内地女性主义立场写作的典型文本之一。虹影的创作到此体现出来的女性主义立场的彻底性是不折不扣的。她以对性别关系的清醒和不迂回的抒写，超越了性别写作的局限。王鸿生、曲春景在《祈祷、反讽与默想——1994 年〈花城〉小说的叙事问题》①一文中评述："还是来看看《康乃馨俱乐部》（虹影）。在当代小说中，像这样激进而张狂的女权主义文本极为少见。……虹影的清醒之处在于使人物省悟到，审判必须从自我开始，不仅对男人，也要对女人。当一一恢复理性之后，男女两性才可能同时看清，他们经受着同一个失败，因此需要寻找同一种语言，一种超性别、超权力的语言。还是埃莱娜·西克苏说得好：人类的心没有性别！"

《康乃馨俱乐部》因为主题及内容的问题，有关部门在审读时认为太极端，点名批评了。不久，虹影把她刚完成的

---

① 《花城》1995 年第 6 期

《饥饿的女儿》寄来给我，并告诉我这是她很重要的长篇，也是自传性很强的小说。《饥饿的女儿》同样给我强烈的震撼，我也因此更多地了解了虹影。我把小说送审了，但因为杂志刚挨批评，《饥饿的女儿》又写得很不十平八稳，主编没有下定决心发表它。我一直保存着由虹影寄来的《饥饿的女儿》打印稿，并看着它获得国际性的声誉。它迄今已经出版了29种语言版本，在国内也有多个版本，反复再版。虹影在送我的一个版本上写着："宋瑜兄，我们是彼此一段特殊记忆的见证人。"这句话，可以有各种解读。

　　虹影后来把《K》也寄来给我了。关于《K》，我最近居然在虹影的《K》这本书里找到我1999年4月为《K》写的审阅意见表。审阅意见表是要提交的，这个应该是草稿。审阅意见对作品进行介绍之后，我当时还写了这么一段："……作者有意把林写成中国式的查泰莱夫人，所以倾注全部笔力刻划性爱细节，华丽且充满激情，尤其揉合了中国道家的养生术理论，使性爱带上一层东方神秘色彩。观念大胆开放，但性描写的章节太多。是否采用？请定择。"《K》后来发表在《作家》杂志上。再后来，惹出一场很有名的官司。被起诉时，虹影正为了创作小说《阿难》准备去印度采风。她路经广州，住在我体育西的家里。她的邮箱出了点问题，便通过我的邮箱收发邮件。ZYH 也帮她收集资料应对官司，他们有时通越洋电话。当时，我很羡慕他们的恩爱和相知相惜。《K》的官司打得很非文学，这让文学界许多人士纷纷为虹影打抱不平。我也在《羊城晚报》① 发表文章表达我的观点："作为《K》原稿的早期读者之一，我曾为这部小说写过审稿意见。我在意见书里曾提及《查泰莱夫人的情人》，这种联想也许已预示它可能引发的争议。但意料不到的是，它一面世，引发的并不是正常的文学争议，竟然是遭遇'侵害先人名誉'的指控。《K》蕴含着极其复杂多样的主题内涵，里面涉及的所有性爱关系显示出浪漫和唯美的倾向。……'性'是这部小说的出发点，它的内涵却涉及中西文化、性别、生命、爱、理想……所有的情节不在于猎艳，也不在于渲泄，它们显示出来的是巨大的文化张力。这是一部极为严肃的小说，它不仅仅在叙述策略上引人入胜，同时也是一次文化精神探索上的历险。"

这场官司，使虹影成为有争议性的作家。她后来创作的《阿难》、《上海王》等，都寄来给我。但杂志负责人对虹影的作品越来越小心翼翼，所以这些小说都没采用。后来虹影只

---

① 金羊网 2003 – 02 – 18

有一篇评论文章《会讲故事的母亲——海外女作家的女性意识》在《花城》（2005 年第 6 期）发表。不久，我离开了《花城》杂志。

　　虹影每次过广州或来广州，都会联系我。我们一起去逛街，吃喝玩乐，也购衣物。她买衣服一买就是一堆，带回去送人，也送她家里的保姆。我的厨艺算得到许多人认可，所以我也会做几个小菜煲个汤款待虹影。虹影的味蕾是真的发达，她对美食的品味细腻而敏感，我的厨艺要得到她夸奖并不容易，让我认识到提高的空间还很大。她自我调侃："穷人家的孩子更挑剔。"所以后来虹影变身为美厨娘，写作美食厨艺作品，我一点都不奇怪。她就是个美食家、厨艺高手。我们在一起时会窃窃私语，谈些女人话题、情感话题。她那时候的婚姻，在我看来像蜜糖一样，所以我不太明白虹影作品中的尖锐、犀利，还有些阴郁。有一天，我突然问虹影，你怎么不生个孩子呀？她哈哈笑着信口开河："如果是混血儿，我就生。"若干年以后，她 45 岁"高龄"时，真的生了个混血女儿，非常聪明漂亮，古灵精怪。孩子的爸爸是英国人亚当，一位温良有礼的绅士。然后，虹影出版了长篇小说《好儿女花》。她给我发来邮件要我读这本已出版的小说。我读了，又一次瞠目结舌。在虚与实之间，在对虹影的知与未知之间，我重新认识虹影，感受虹影。最初，我感到不可思议，然后一点点重新梳理早在她的作品中有种种伏笔的真实。我叹服她生命的坚韧与倔强，看到她隐忍的一面，并对她的创作有新的理解。在一个虹影的访谈中，我看到她这么一句话："上床好办，爱情就难了，婚姻更难。相伴终生就是一场生命之战。"

现在的虹影，身上的妖娆之气越来越淡，眼神温婉而充满慈爱，追逐着她女儿的身影。她的创作有了新的天地。她开始为像女儿一样的孩子们写童话了，一部，又一部……

虹影如风。她非常丰富，有无限的可能性。这正是我觉得很难落笔写她的原因。尽管我刚刚写了几千字，但还是言不尽意。唯有祝福她！

2016 年 4 月 16 日

女性白日梦与历史寓言

——虹影的小说叙事

陈晓明

　　多年来，虹影的名字以神奇和诡秘在中国文坛若隐若现，时常制造一些绚丽而忧伤的故事。如果说过去人们可以凭偏见面对虹影的写作视而不见的话，那么现在仅仅以麻木迟钝为借口已难以回避虹影的存在。数年前，虹影这个名字印在一本题名《伦敦，危险的幽会》的诗集上，耸人听闻的书名引人注目，然而里面却多有女性的温馨和感伤。事实上，写诗的虹影还不如现在写小说的虹影那么具有叛逆性，不管人们如何回避，虹影的小说是一种倔强的存在，她把那些最极端的女性经验推到人们的面前，她以咄咄逼人的姿势迫使你正视她的位置。不管如何，她引起域外文坛的重视，多次获取域外文学大奖，使她在国内的影响显得很不相称。如果再忽视虹影的写作，那只能说明我们对女性主义写作缺乏基本的感受力和承受力。

　　虹影的小说似乎一开始就远离直接经验，她热衷于探索那些非常规的、陌生化的、神奇而怪异的超现实经验。她最初的小说就潜伏着一种玄秘性的动机，这些神奇诡秘的因素从一开始就引诱着叙事的发展，引诱着故事向着不可预测的方位变化，并且促使明确的主题意念变得隐晦奥妙。《玄机之桥》（《钟山》1994 年第 1 期），就是一篇玄机四伏的小说。这篇怀旧意味浓重的小说，并不是在重温具体的历史，而是对一段特殊的历史时期的人类生活作一种玄秘的揭示。战争，一座即将沦陷的城市，神秘的幽会，地下接头，黑夜里的交媾等等，使这篇小说神机莫测。那个"她"或"我"到底是一个女特务或许就是一个妓女，都难以判断，但这一切在虹影的小说中并不重要，而是那样一种生活不可预测的变故。就像那口空箱子："箱子里什么也没有，空空荡荡，只有一股熟悉而又说不出是什么的气味在空气中弥散开来。我做好了各种思想准备，但这个空箱，却是我无法去接受的事实。但眼前这个信号又使我想到许多可能，可能你无奈之中只能给我留下这个空箱，让我自己去寻找答案。"某种意义上，这段文字在虹影的小说叙事中是一个具有提纲挈领的象征，她的叙事如同在你的面前放置着一个箱子，也许里面有什么宝物，但里面什么也没有，然而，蹊跷之处在于："一种熟悉而又说不出是什么的气味在空气中弥散开来……"使你觉得里面依然有未被揭开的秘密，你不得不苦苦寻求答案，这是虹影小说的象征，也是虹影处置的现实世界。

这篇小说当然也可以勉强读出实的内容，因为女人以情感和欲望的选择，而错过了完成炸桥的任务；而一次错误的交媾，则使这个女特务被误认为妓女。然而更重要的是它的虚的内涵。这个在道德和意识形态的层面上被贬抑的女性，她的存在显然被推到极端的境地，一种危机四伏而又无可把握的生活，她的存在本身成为一个空箱，她的历史和她面对的世界也因此成为一个空箱子。在她的存在和她的历史被隐瞒和改写的未来生活中，她将成为什么样子呢？这就像那个打开空无一物的箱子，虹影的小说有着奇怪的力量，她的叙事结束了，然而，她的小说世界却在无限伸展下去。在这一意义上，她的叙事就是一个无限开启的女性白日梦世界，那些无法捉摸的历史寓意与永无终结的女性独白相互缠绕，它们试图去构成一个女性被虐/自虐的文明异化史。

玄秘的动机使虹影的短篇小说的叙事显得精粹而有突变的效果。这种玄机并不只是起到叙述的效果，作为一种类似悬念的技术性装置，它们总是与对女性的文化/历史境遇起到强有力的揭示作用。《红蜻蜓》（《钟山》1994 年第 1 期）讲述一个可能患有精神病的女人的现实处境和命运。欲望被压制下去了，她的日常生活呈现为病态。大腿根部不断出现的手指印，神秘而怪诞，令她恐惧也令她兴奋。那种梦游的状态和精神病似的幻觉，使得这个女性的生活世界又变得异常的玄秘，当这个玄机被揭开时，女人也从精神病的梦游中惊醒，也许她在这一时刻真正变成了精神病。这样一个技术性的玄机，在虹影的叙事中，也同时起到强有力地击穿生活的虚假性意义的作用。女人的欲望被社会、从而被女性的自我严重地压制下去。她们只有在精神病的状态中，在梦游中才有可能实现。这种实现是一种满足，同时又是对妇女的伤害。它一旦变成现实，就只能以悲剧的形式来给予它的社会意义。伤害妇女并不仅是一个诡秘的男人，而且还有女人。最终结果，是两个女人的悲剧。这个本来发生在女性的梦游世界里的故事，一旦现实化，一旦社会化，它就必然是对女性世界的摧毁。虹影的"玄机"在这里揭示了女性的生活一旦社会化时所经历的突变。它有着某种令人震惊的效果。

　　当然，虹影并不仅仅是探索纯粹的女性世界，她或许意识到女性世界的异化植根于男权世界，并且男权文化本身也面临各种危机。《你一直对温柔妥协》（《小说家》1995 年第 3

期），是虹影对人性的复杂性进行的一次颇有力度的表现。这篇小说一反虹影过去以女人为主角的习惯，主人公是一个刚成年的男子小小。这篇小说的故事也明晰得多，那种作为叙事动机和结构性的"玄秘"因素，现在完全置换为"性"的内化意向。也许是小小从小对家庭的父母关系的厌恶，也许是童年捉连藏目睹交媾的丑恶场面的经验，小小对男女之恋有一种逃避情绪。他成为一个性倒错者。而与高晓的相遇，则使他不可避免成为同性恋者。事实上，这篇小说对性倒错角色的描写未必是它的主要意图，也不是它的深刻之处。"性"在这里替代了过去客体化的机制，而成为生活世界里一个起支配作用的力量。小说叙事以细致而锐利的笔法，揭示了软弱无力的个人生活是如何被卷入环境——历史的、政治的、家庭的环境，而力比多的内驱力促使那些最亲近的人是如何成为个人生存的地狱。

虹影在这里颠倒了弗洛伊德的恋母情节。弑父/娶母的模式被改写为厌母/恋父的模式。小小一直没有一个真正的父亲，一个促使他完成象征性去势的父亲，这使他一直无法成为一个真正的男子汉。他厌恶父亲，不如说他同时渴求一个真正的父亲，一个慈善的、体面的、有能力的父亲，他在高晓的身上找到了这种形象的要素。但是高晓也不是一个称职的父亲，他不过是一个同性恋者，小小"觉得高晓本来就是那种人，而且一步步把他弄成了那种人"。小小本来渴求一个父亲的形象，然而，高晓"心怀叵测，有预谋有计划地安排了他俩间发生的一切"。虹影令人惊异地写出了一个渴求真正的、理想化的父亲和母亲形象的刚成年男子的内心经验。后来出现了乃秀的形象，她是小小渴求的理想化的母亲形象，现在，不是父亲，而是这个想象的母亲使小小成为男子汉。她对小小的激励，使小小这个一直"对温柔妥协"的人成为"和父亲一样的人"。也正是在这时，在他真正成人之后，小小的母亲自己毁容，而小小看到江边那个人，他关上了门。《你一直对温柔妥协》并不是纯粹的心理分析小说，但是心理分析的意味，使它对生活的某些极端性的片面处境给予了直接的表达。深入到人类生活那些隐秘的角落，打开那些玄秘的生活死结，这篇小说应该说是有相当的力度。

　　不难看出虹影的写作一开始就定位在相当复杂的叙述结构层面上，同时着力去揭示那些纯粹而怪异的女性经验和人性隐秘而复杂的内在世界。通观虹影的小说，你不得不惊异她把女性的内心经验——更彻底地说——女性的白日梦，发挥到极端的境地。她的长篇小说《女子有行》则是女性白日梦的全景式的表达，毫无疑问也是汉语写作迄今为止最具叛逆性的一次女性写作，作为虹影写作的一次概括，它当然也是当代中国女性写作的一个奇观。

作为这部长篇小说第一部的《康乃馨俱乐部》（《花城》1994 年第 6 期），描写了一群时髦怪异的女子，她们开着吉普车，文身，剪寸头，时兴乞丐主义，在午夜出动。这些怪戾的女性组成的康乃馨俱乐部，主要实施对男性的报复。虹影的叙事把男女关系推到极端，它们构成妇女被压迫、欺骗、遗弃的历史。她们遭遇乱伦、强暴、愚弄之后就是被丢弃。不管是作为父辈形象出现的"父亲"和"主编"，还是作为情人角色出现的古恒或是鹰之类的男人，都遭到根本的否定，那些困扰女性由来已久的焦虑和恐惧，现在被细致呈现出来，"乱伦"和"背叛"构成了全部男女关系的两个死结，两个无法逾越的基本障碍。在既定的文化秩序里，女性只有服从，现在这些不安分的女性精灵，猫、债主、妖精和蜘蛛，开始铤而走险，她们实施的报复是对男性进行阳具切割。从表面上看，虹影的叙事显得极为离奇荒诞，那些行为方式，那些生活场景，都远离生活现实，如同梦境一样怪诞虚幻，它们确实也就是女性的白日梦，彻底的，不受现在文化秩序规范的女性白日梦。在这里面，女性的经验、感觉被再现得极为充分。彻底的女性叙述才具有毫不妥协的离经叛道的意味。

如果认为虹影白日梦式的叙事只是离奇古怪，那就过于表面化了，事实上，在这些放任而夸张的叙事中，隐含着相当尖锐的对两性关系历史的重新思考。这个叙事人"我"的命名，就构成对父权制的质疑，这次命名（蝲蛄）是具有反讽性的。这个由父亲来命名的仪式，揭示了父权制的性暴力与文化史合谋的历史渊源。这一切都写在"字典"里——男权书写的历史典籍，那里面已经给定了女性的历史地位，这一切并且以中国文化特有的东方神秘主义的叙事加以权威性的表达，它被置放在天人合一的神圣结构里。当然，还不能说虹影的思考就非常清晰而深刻，但她的追问是有挑战性的。在迄今为止涉及到妇女与男性、与社会对抗性冲突的小说里，虹影的叙事确实是最极端的。20 世纪 80 年代中期，刘索拉的《你别无选择》中出现的追求个性和现代精神的女性，她们还难逃男权崇拜的怪圈，随后的残雪则把男权推到一个被质问的位置上，残雪的女性是以逃避的、纯粹个人幻想的形式来拒绝男权世界，在陈染、林白和徐小斌的叙事中都可以看到对男权的逃避和怀疑，但她们多少都保留了男女两性调和的最后幻想。虹影则走向极端，在她的叙事中，女性一开始就是以报复的面目出现，她们采取了最极端的行为，那就是根本否定阳具的存在。当然，我未必欣赏和赞赏这种极端，也不是说越极端就表达了越值得肯定的女性经验，我想指出的仅仅是，当代中国女性写作的走向所达到的极端程度。

虹影表现了女性的极端反抗，但并不等于她认同了这种反抗的有效性。小说的结尾，那个背叛者"古恒"（他的名字本身对男权文化的历史永久性地进行了讽喻）再次出现，这个和好的场景并未表明男女对抗的解除，相反，它也导向对极端反抗的怀疑。显然，虹影并没有像极端女权主义者所做的那样，断然否定男女在生活世界里的必然联系，她终究意识到二者的必要关系，问题并没有解决，留下的是更复杂的和更深的疑问。

就其小说叙事来说，虹影的叙事很有包容性和立体感。就《康乃馨俱乐部》而言，可以看到虹影把纯粹的女性幻想世界与个人的直接经验加以混淆，那些离奇的、放任的行为，那些激进的场景和不可思议的女性的心理，与极为细致的个人的感觉经验随时糅合在一起，使虹影的叙事坚韧锐利而又有可感性，也可能是长期写诗的缘故，虹影的小说叙事是以诗意化的断片展开的。她对那个城市背景的描写，对个人的自我意识的表达，经常显得相当纯净而透彻："或许他们倒掉的垃圾中有我的一张黑白照片：静谧的夜晚，空气清澈，凉风抚摸皮肤，吹得衣裙习习翻卷。几乎是同一条马路，不对吗？

那就是说同一地点，过去和今天截然不同了，在黑白照片上有两个人影，一个自然是我，另一个是古恒，我和他在马路上走着，我认为我的裙子在风中飘得很美……"这些描写是相当出色的，细致的内心感受与情境的创造达成了一致，并且起到了叙事的转换的作用。当然，虹影的叙事还很善于运用那些玄秘的动机，那些直接的经验（可以还原成日常生活场景）与女性白日梦最大限度地相互融合。因此，虹影的小说叙事可以放开手对生活进行断片式的任意书写。《康乃馨俱乐部》里的那些"我"的回忆和感受，与其他女子的活动，以及幻想场景，都如同一些随意涌现的生活断片，它们没有情节上和逻辑上的必然关联，但是叙事人的内心感受始终制导着叙事的展开，把那些散乱的场景组合在一起，把现实和幻想打碎，加以重新组合。在这里，对生活进行断片式的书写与她寻求生活隐秘悬而未决的诗意达到了外在与内在性的统一。

　　《逃出纽约的其他方法》（《小说家》1996 年第 6 期）是这部小说的高潮部分，不管是作为叙事客体性机能的"玄秘"，还是女性生活内在隐秘的欲望，或是那种对生活进行断片式书写的叙事方式，那些场景和意象的运用等等方面，都得到了全面的发挥。

　　这部分小说对时间、地点的强调是值得玩味的：纽约，

2011。时间和地点都远离当代中国，它的视野对准发达资本主义的超级都市——纽约。而时间则是未来时 2011 年。如果认为小说由此进入科幻领域那就错了。时间在虹影的小说叙事中并不是那么重要，而绝对的虚构性，则使时间仅仅成为任意虚构的借口。这是一次格什温的《蓝色狂想曲》式的文学翻版，它是以东方主义的视点对西方发达资本主义进行狂想式的书写。在西方近世资本主义的文学叙事中，"东方"一直是作为一种奇观，作为一种未开化的、永久不变的、不可思议的、荒诞不经的"他者"而存在。现在，这种视点被转嫁到西方，一个荒诞混乱的后工业化或高科技时代的西方，它现在被放逐到东方的叙事视点中。小说叙事从入关开始，主人公踏上这个发达资本主义国家的国土那一时刻，就发生谬误。有趣的是，机场工作人员都是中东人，他们的"黑胡子卷曲得几乎像《天方夜谭》里的苏丹王"。这个绝对的西方已经非常可疑，这里充满了东方的色彩。西方被东方化了，这是自以为是的西方始料不及的失败。

虹影过去玩弄的"玄秘"，现在大张旗鼓变成一系列不可思议的荒谬，变成一连串的错位或误置，这个来自东方古国的女子，莫名其妙被扣，又莫名其妙释放并获得"哥伦布前大学"三年的全额奖学金，居然连导师的面也不用见。她变成一个到处游荡制造事端的社会闲杂分子。这个"我"同时成了一切喜剧和闹剧的参与者或见证人。这整个故事就是由一连串的胡闹构成，一系列不可思议的奇遇使故事随意转折。然而，它又有着极为真实的现实内容，它几乎涉及到了当今西方各种各样的症结性问题，概括了当今国际化的各种思潮和文化面貌。种族岐视问题、邪教问题、女权主义、高科技崇拜、环境保护、移民问题、文化多元主义……它制造了一个跨国资本主义时代的全息图，一大堆令人眼花缭乱的后现代超级奇观，一个盛大的新世纪的狂欢节，它是后当代寓言和女性白日梦最奇妙的结合。不管怎么说，中国的女性主义小说第一次与国际化思潮对话——尽管有人认为这种对话纯属多余，纯粹是在给大中国丢脸。但我依然认为当今中国的小说写作限界过于狭窄，缺乏基本的当代性，缺乏基本的当代知识背景。至于女性小说更是封闭于自我个人的内心世界，不断地重复复制个人的经验。在这一意义上，虹影的小说揭示了一种新的经验，打开了一个广阔的视野，它的独特价值是毋庸置疑的。

第三部《布拉格的陷落》（《花城》1996 年第 1 期），再次以恢宏的笔调写出一幅新世纪的全景图。这部分以戏谑的叙述开端。它类似警匪片之类的电影场景，极权政治与恐怖活动混淆一体，现代高科技与资本原始积累相得益彰。这个场景充满喜剧和闹剧色彩，具有奇观性并且在制造悬念。小说笔锋一转，却转向描写我与"花穗子"的恩怨纠葛。虹影一直想表现男女之间的对立，现在她把视点转向了女性自身，也许在虹影的理解中，女性之间的背叛，女性内心的正义与良知的分裂更可突现新世纪的人伦境况。小说选择"布拉格"为背景，也许不无象征和隐喻的意义。布拉格这个东欧的古城，曾经是20世纪初欧洲重镇，19世纪的古典式建筑显示了其历史之厚重，也可见其历经的历史变故。布拉格本身是个世界史轮回的见证，然而也是历史沦落的缩影。现在这个勉强回到资本主义老路上去的古旧城市，被东方（中国）的一个跨国公司所控制，东方（中国）人在这里为所欲为，接近横行霸道，晚期资本主义的逻辑依然是利润第一，这个曾经用意识形态来控制的国家现在则把经济放在首位。小说叙事在两个反差极大的层面上展开，一方面是叙述人"我"与"花穗子"的关系纠葛，另一方面是光怪陆离的新世纪式的末日场景。中心命题依然是虹影惯常思考的性与人类存在的真谛。

在这里，女性的白日梦式的叙事再次发挥到淋漓尽致的地步，并且更加有意识地与对历史进行寓言式的书写相结合。要准确表明这部分小说的历史寓言意义是困难的，总之，作者任意发挥奇思异想，对人类复杂的处境、两性关系、友情与忠诚、正义与良知，以及人类的终极性等等，既进行不懈的探索，又加以尖刻的嘲讽。千年之初之末的灾难意识，对原罪的恐惧，与作者热衷于表现的生命欢愉加以混淆，使人难辨真假。但不管如何，还是可以看出作者的手笔大起大落，背景极为开阔，文化代码异常发达。在这一意义上，这部分小说与第二部分一样，可以说作者有一种当代中国作家普遍所欠缺的那种全球化意识，也就是在全球化的历史场景中来表现人类所面临的生存困境。资本主义全球化，并不仅仅是西方向东方（亚洲）的扩张，同时，还有东方向衰败的欧洲的扩张。作者的这种假想虽然很难说有现实依据，但也不失一种对现行历史的颠覆。作为一次彻底的后现代式的写作，《布拉格的陷落》是汉语写作少有的开放式的文本，它涉及到时空的随意变化折叠，它卷进无数的作为"他者"存在的文化代码（如各种各样的书名、音乐作品名和历史人文如识），它最大限度地调动各种自相矛盾的情感因素，它同样涉及到后当代那些历史事件和敏感的主题，如恐怖主义、性变态、暴力与毒品、高科技的反人性问题、跨国资本输入、东方主义……《布拉格的陷落》显示出虹影充分展开叙事的能力。

不难看出，虹影并不长的写作经历也包含着不同时期的变化。过去的那种过分追求叙事方式和隐秘意味的倾向，更多为明晰和写实所替代。尽管《一个流浪女的未来》充满了虚构的荒诞，但它的叙事本体是有现实为依托的，它的整体叙事明晰而流畅，而局部场景也在玄机之间透出生活原本的面目，我想这种变化是明智的。过分的实验性文体已经没有多少革命性的意义，在格非和孙甘露之后，中国小说已经没有多少形式方面的障碍需要逾越，况且格非和孙甘露以及余华都作了新的调整。在常规写作的意义上，我更赞成"细微的差别"，某种四两拨千斤的探索性实验，即把常规叙事做些微的调整，会产生意想不到的效果。虹影有那么多的奇思怪想，有极好的语言感觉，有设置结构和玄机的足够智商，她放平实些，她能保持全球化的叙事视野，关注那些敏感的后现代时代的难题，更多地回到直接的现实经验，回到对现实的生存和对人实际命运的关注，她肯定会有更大的作为。

　　毫无疑问，虹影的写作是属于最有争议的一类，在这个文化多元主义的时代，使用断然的价值判断是困难的。我们无疑有必要、有足够的承受力去理解这种极端的存在。正如人们终究接受了先锋派的小说叙事一样，也正如人们以复杂的心态兴趣盎然地阅读王朔的小说一样，人们终究会对虹影的小说刮目相看。

1999 年于荷兰莱顿 IIAS